宋史演義

從屈膝求和至悵斷重洋

蔡東藩 著

黃袍被服即當陽，三百年來敘興亡
北朝無將南無相，不堪回首憶陳橋

忠奸爭權，江山難全
山河雖易主，忠義仍長存

目錄

第七十六回　屈膝求和母后返駕　刺奸被執義士喪生　005

第七十七回　立趙宗親王嗣服　弒金帝逆賊肆淫　015

第七十八回　金主亮分道入寇　虞允文大破敵軍　025

第七十九回　誅暴主遼陽立新君　隳前功符離驚潰變　035

第八十回　廢守備奸臣通敵　申和約使節還朝　047

第八十一回　朱晦翁創立社倉法　宋孝宗重定內禪儀　057

第八十二回　攬內權辣手逞凶　勸過宮引裾極諫　067

第八十三回　趙汝愚定策立新皇　韓侂胄弄權逐良相　077

第八十四回　賀生辰尚書鑽狗竇　侍夜宴豔后媚龍顏　087

第八十五回　倡北伐喪師辱國　據西陲作亂亡家　097

第八十六回　史彌遠定計除奸　鐵木真稱尊耀武　107

第八十七回　失中都金丞相殉節　獲少女楊家堡成婚　117

第八十八回　寇南朝虜主誤軍謀　據東海降盜加節鉞　127

第八十九回　易嗣君濟邸蒙冤　逐制帥楚城屢亂　137

目錄

第九十回　誅逆首淮南紓患　戕外使蜀右被兵　　147

第九十一回　約蒙古夾擊殘金　克蔡州獻俘太廟　　157

第九十二回　圖中原兩軍敗退　寇南宋三路進兵　　167

第九十三回　守蜀境累得賢才　劾史氏力扶名教　　177

第九十四回　餘制使憂讒殞命　董丞相被脅罷官　　187

第九十五回　捏捷報欺君罔上　拘行人棄好背盟　　197

第九十六回　史天澤討叛誅李璮　賈似道弄權居葛嶺　　207

第九十七回　援孤城連喪二將　寵大憨貽誤十年　　217

第九十八回　報怨興兵蹂躪江右　喪師辱國竄殛嶺南　　227

第九十九回　屯焦山全軍告燼　陷臨安幼主被虜　　237

第一百回　擁二王勉支殘局　覆兩宮悵斷重洋　　249

第七十六回

屈膝求和母后返駕　刺奸被執義士喪生

第七十六回　屈膝求和母后返駕　刺奸被執義士喪生

卻說岳飛死後，于鵬等亦連坐六人，薛仁輔、李若樸、何彥猷等，亦皆被斥，劉允升竟被拘下獄，瘐死囹圄。連判宗正寺齊安王士褒也謫居建州。非高宗昏庸，何至若此？檜遂通書兀朮，兀朮大喜，他將俱酌酒相賀，乃遣宋使莫將先歸通意，嗣令審議使蕭毅、邢具瞻同至臨安，蕭毅等入見高宗，議以淮水為界，索割唐、鄧二州及陝西餘地，且要宋主向金稱臣，歲納銀幣等物。高宗令與秦檜商議，檜一律承認。金使許歸梓宮及韋太后，當下議定和約，共計四款：

一、東以淮水西以商州為兩國界，以北為金屬地，以南為宋屬地。

二、宋歲納銀絹各二十五萬。

三、宋君主受金封冊，得稱宋帝。

四、宋徽宗梓宮及韋太后歸宋。

和議已成，即命何鑄為簽書樞密院事，充金國報謝使，齎奉誓表。一面令秦檜祭告天地社稷，即日遣何鑄偕金使北行。蕭毅等入朝告辭，高宗面諭道：「若今歲太后果還，自當遵守誓約，如或逾期，這誓文也同虛設哩。」蕭毅樂得答應，啟行至汴，鑄與兀朮相見，兀朮索閱誓表，但見表文有云：

臣只此一字，已把宋祖宋宗的威靈，掃地無餘。構言：今來畫疆，以淮水中流為界。西有唐、鄧州，割屬上國，自鄧州西南屬光化軍，為敝邑沿邊州城。既蒙恩造，許備藩方。虧他說出。世世子孫，謹守臣節。連子孫都不要他爭氣。每年皇帝生辰並正旦，遣使稱賀不絕。歲貢銀絹二十五萬匹，自壬戌年為首。即紹興十二年。每歲春季，搬送至泗州交納。有渝此盟，明神是殛。墜命亡氏，踣其國家。臣今既進誓表，伏望上國早降誓詔，庶使敝邑，永為憑焉。

兀朮閱畢，一無異言，喜可知也。當令鑄及蕭毅等，共往會寧。金主看過誓表，即檄兀朮向宋割地。兀朮貪得無厭，且遣人要求商州及和尚、方山二原。秦檜也不管什麼，但教金人如何說，他即如何依，遂將商州及和尚、方山二原，盡行割畀，退至大散關為界。於是宋僅有兩浙、兩淮、江東西、湖南北、西蜀、福建、廣東西十五路，餘如京西南路，止有襄陽一府，陝西路，止有階、成、和、鳳四州。金既畫界，因建五京，以會寧府為上京，遼陽府為東京，大定府為中京，大同府為西京，大興府為南京。尋復改南京為中都，稱汴京為南京。

　　知商州邵隆在任十年，披荊榛瓦礫，作為州治，且招徠商民，屢敗金人。自被割後，隆徙知金州，居常怏怏，嘗率兵出境，意圖規復，金人因此責檜。檜復遷他知敘州。未幾，隆竟暴卒，共說由檜使人鴆死。凶焰滔天，令人髮指。金主尚不肯歸還韋太后，經何鑄再三懇請，始歸徽宗及鄭后、邢后棺木，與高宗生母韋氏。韋太后頗有智慮，既得許還消息，恐金人反覆無常，待役夫畢集，始啟攢宮。欽宗臥泣車前，並對韋太后道：「歸語九哥（高宗係徽宗第九子，故呼九哥）與宰相，為我請還。我若回朝，得一太乙宮使，已滿望了，他不敢計。」韋太后見他淚容滿面，心殊不忍，遂滿口應許。欽宗復出一金環，作為信物。還有徽宗貴妃喬氏，與韋太后曾結為姊妹，送行時，攜金五十兩，贈金使高居安道：「薄物不足為禮，願好護送姊還江南。」復舉酒餞韋太后道：「姊途中保重！歸即為皇太后，妹諒無還期，當老死沙漠罷了。」巫峽猿啼，無此哀苦。韋太后與她握手，慟哭而別。時當盛暑，金人憚行，沿途逐節逗留。韋太后防有他變，託詞稱疾，須待秋涼出發，暗中卻向高居安借貸三千金，作為犒賞。高居安肯貸多金，想尚不忘喬貴妃語。役夫得了犒金，連天熱也忘記了，總是阿堵物最靈。便即趲程前進。行至楚州，由太后弟安樂郡王韋淵，奉

第七十六回　屈膝求和母后返駕　刺奸被執義士喪生

詔來迎，姊弟相見，悲樂交併。及抵臨安，高宗以下，俱在道旁候。宋奉迎使王次翁，金虜行使高居安，先白高宗。高宗慰勞已畢，遂前迎徽宗帝后梓宮。拜跪禮成，然後謁見韋太后。母子重逢，喜極而泣。嗣復迎邢后喪柩，高宗也不禁淚下，且語群臣道：「朕虛后位以待中宮，已歷十六年，不幸後已先逝，直至今歲，始得耗聞，回念舊情，能不增痛。」妻室可念，兄弟乃可忘懷麼？秦檜等勸慰再三，悲始少解。乃引徽宗帝后兩梓宮，奉安龍德別宮，並將邢后柩，祔殯兩梓宮西北，然後奉韋太后入居慈寧宮。徽宗帝后，前已遙上尊諡，唯邢后未曾易名，因追諡懿節。

是時金已遣左宣徽使劉錡齎著袞冕圭冊，冊高宗為宋帝，高宗居然北面拜受且御殿召見群臣，行朝賀禮。何賀之有？晉封秦檜為秦、魏兩國公。檜嫌與蔡京同跡，辭不肯受，乃只封他為魏國公，兼爵太師。餘官亦進秩有差。唯劉錡已早罷兵權，出知荊南府，王庶且安置道州。何鑄自金還後，檜恨他不附飛獄，謫居徽州。張俊本附檜殺飛，不意亦為檜所忌，竟令臺臣江邈劾俊，俊遂罷為醴泉觀使，唯封他一個清河郡王虛銜，算是酬他殺飛的功勞。獨劉光世早解兵柄，隨俗浮沉，素與檜無嫌隙，總算保全祿位，奄然告終。既而徽宗皇帝、顯肅皇后均安葬永固陵，懿節皇后亦就陵旁祔葬。秦檜等累表請立繼后，韋太后亦以為然。這時後宮的寵嬪，第一個是吳貴妃，她本是有侍康的瑞兆，更兼才藝優長，性情委婉，自韋太后南歸後，亦能先意承旨，侍奉無虧，所以韋太后亦頗垂愛，高宗更不必說，即於紹興十三年閏四月，冊立吳貴妃為皇后。后初與張妃並侍高宗，每遇晉封，兩妃名位相等，不判低昂。紹興二年，張氏因元懿太子殀逝，後宮未得生男，特請諸高宗，召宗子伯琮入宮，育為養子。伯琮係太祖七世孫，為秦王德芳後裔，父名子偁，曾封左朝奉大夫。伯琮入宮時僅六歲，越年授和州防禦使，賜名曰瑗。吳氏亦欲得一養子，因選宗室子伯

玖為螟蛉，係太祖七世孫，子彥子，年七歲，賜名曰璩。紹興十二年，張妃病歿，瑗與璩併為吳氏所育。瑗性恭儉，尤好讀書，高宗愛他勤敏，累歲加封。至吳氏立后時，已封瑗為普安郡王。吳后語帝道：「普安二字，係天日之表，妾當為陛下賀得人了。」

先是同知樞密院事李回，及參知政事張宇，均上言：「藝祖傳弟不傳子，德媲堯、舜，陛下應遠法藝祖，庶足昭格天命。」高宗頗為感動。所以於瑗、璩二人內，擬擇一人為皇嗣。獨秦檜獻媚貢諛，特為高宗代畫二策。第一策，是教高宗不必迎還淵聖，免致帝位搖動；第二策，是勸高宗待生親子，才立儲貳，免得傳統外支。叫高宗無祖無兄，確是個好宰相。高宗聞此二策，深合私衷，因此韋太后還朝，本帶著欽宗金環，轉遺高宗，高宗面色不懌，連韋太后也不便多言。了過欽宗臥泣之言。就是立嗣問題，亦累年延宕過去。

還有行人洪皓、張邵、朱弁三使，自金釋歸，三使留金多年，未嘗屈節，及歸朝，高宗俱欲加官封秩，偏三人辭旨憤激，語多忤檜。皓言金人素憚張浚，宜即起用。邵言金人有歸還欽宗及諸王后妃意，應遣使奉迎。弁言和議難恃，當臥薪嘗膽，圖報國仇。這種論調，都是秦檜所厭聞，就是高宗，亦不願入耳。於是皓出知饒州，邵出為臺州崇道觀使，弁僅易官宣教郎，入直祕閣，抑鬱以終。檜且欲中傷趙鼎，兼及張浚，平時檢鼎疏折，有請立皇儲語，遂嗾中丞詹大方，劾鼎嘗懷詭計，妄圖僥福。有詔徙鼎至吉陽軍。鼎出知紹興府後，屢為檜黨所劾，累貶至潮州安置，閉門謝客，不談世事，至是復移徙吉陽。鼎上謝表，有「白首何歸，恨餘生之無幾；丹心未泯，誓九死以不移」等語。檜覽表，冷笑道：「此老倔強猶昔，恐未必能逃我手呢。」

未幾，有彗星出現東方，選人康倬上書，謂彗現乃歷代常事，毫不足

第七十六回　屈膝求和母后返駕　刺奸被執義士喪生

畏。檜特擢倬為京官，且請高宗仰體天意，除舊布新，頒詔大赦。高宗當然聽從，偏惱了一位被黜復進的舊臣，竟上疏極陳星變，應先事豫備，任賢黜邪，以固社稷等語。檜見此疏，不禁大怒道：「我正要與他拚命，他卻敢來虎頭上搔癢麼？」看官道此疏是何人所奏？原來就是故相張浚。浚謫居永州，因赦還朝，提舉臨安府洞霄宮。紹興十一年，改充萬壽觀使，越年，因和議告成，太后回鑾，推恩加封為和國公。浚嫉檜攬權，屢欲奏論時弊，只緣母計氏年老，恐言出禍隨，致貽母憂。計氏窺知浚意，特誦浚父咸對策原文，中有二語云：「臣寧以言死斧鉞，不忍不言以負陛下。」好浚母。浚意乃決，即上疏直陳。檜知浚有意斥己，怎肯干休？立令中丞何若等，聯名劾浚。詔放浚出居連州，尋復徙至永州。仍回原處。自是朝廷黜陟，俱自檜出，但教阿順檜意，無不加官，少一忤檜，就使前時與檜同黨，亦必罷斥。萬俟卨附檜殺飛，得列參政，嗣因檜除拜私人，卨不肯署名，立即罷退。樓炤、李文會均得檜援，入副樞密，後來皆稍稍忤檜，相繼被斥。高宗且待檜益厚，寵眷日隆，封檜母為秦魏國夫人，養子熺舉進士，授祕書少監，領國史。

　　檜妻係王晥妹，無出，熺係王晥庶子，檜被金擄去，晥妻出熺為檜後，名目上是為檜承宗，暗地裡是因晥妒寵。不愧為長舌妻之嫂。至檜自金歸，即率熺見檜，檜心頗喜，遂命熺為繼子。熺既掌國史，進建炎元年至紹興十二年日曆，凡五百九十卷，所有前時詔書章疏，稍侵及檜，即改易焚棄。且自誦檜功德，約二千餘言。浼著作郎王揚英、周執高呈獻高宗。王、周俱得顯秩。檜又禁私家著述，遇有守正闢邪諸學說，輒視為曲學旁門，一律查毀，不得梓行。到了紹興十五年，熺升任翰林學士，兼官侍讀。未幾，賜檜甲第，並緡錢金帛。又未幾，高宗親倖檜第，凡檜妻以下，皆加恩弛封。又未幾，御書「一德格天」四字，賜檜家立匾閣中。又

未幾，許檜立家廟，御賜祭器，真是恩遇優渥，享盡榮華，比那徽宗時代的蔡京，且有過無不及哩。

當時中外官吏，揣摩迎合，競稱檜為聖相，幾乎皋、夔、稷、契，尚不足比。自是稱祥言瑞，諸說又復紛起。雨雪稱賀，海清稱賀，日食不見又稱賀。知虔州薛弼上言，朽柱中忽現文字有「天下太平年」五字。五字出於朽柱，就使真確，亦不足謂祥瑞。檜執奏以聞，詔付史館。高宗越發偷安，視臨安為樂國，不再巡幸江上了。檜又竄洪皓，流胡銓，貶鄭剛中，且必欲害死趙鼎，令吉陽軍隨時檢察，每月俱報趙鼎存亡。鼎遣人至家，遺書囑汾道：「秦檜必欲殺我，我死汝輩尚可無虞，否則恐禍及全家了。」書發後，復自書墓石，記鄉里及除拜歲月，且寫了聯語十四字，作為銘旌。上聯云：「身騎箕尾歸天上」，下聯云：「氣作山河壯本朝」。又作遺表乞歸葬，遂絕粒而死。總計南宋賢相，趙鼎稱首。鼎既歿，遠近銜悲。參政段拂聞訃嘆息，為檜所聞，竟降拂為資政殿大學士，旋且褫職，謫居興國軍。

至紹興十八年，有詔令秦熺知樞密院事，檜問僚屬胡寧道：「兒子近除樞密，外議何如？」寧答道：「外議謂公相謙沖，必不效蔡京所為。」檜聽了此語，心中雖很是懷怨，口中卻不能不道一「是」字。歸與子熺商議，只好由熺具疏乞辭，掩飾耳目。熺因罷為觀文殿學士，位次右僕射，尋又加授少保。檜心猶未懌，欲將生平反對的人物，一網打盡，直教他子子孫孫，永遠不能翻身，然後可洩盡宿忿，任所欲為。就使將南宋半壁篡取了來，也是唾手的事情。直揭檜意，並非虛誣。籌畫已定，便按次做去。先是紹興八年，第一次與金議和，廷臣嘖有煩言，檜獨引吏部尚書李光，入為參政，並署和議。光始為檜所欺，因和圖治，後見檜撤守備，黜諸將，才知檜純是歹意，入朝時，面與檜爭。檜大為怫然，光遂去職。檜

第七十六回　屈膝求和母后返駕　刺奸被執義士喪生

餘怒未息，累謫光至藤、瓊諸州。至紹興二十年，由兩浙轉運副使曹泳，許稱光次子孟堅，錄記父光所作私史，語涉譏訕，請即查辦。檜入朝奏白高宗，乞懲光父子罪，光遇赦不赦。孟堅流戍峽州，又有胡寅、程瑀、潘良貴、宗穎、張燾、許忻、賀允中、吳元許八人，均坐光私黨，一應黜逐。此時的高宗，已被檜欺詐脅迫，毫無主意，簡直是木偶一般，便即唯唯聽從。檜大踏步，趨出朝堂，登輿而歸。

　　行至中途，忽有一壯士突出，遮住秦檜肩輿，從腰間拔出利刃，向檜刺去。偏檜命未該死，連忙把身一閃，這刀鋒只戳入輿中坐板，並不傷及檜身。那壯士拔刀費事，旁邊走過秦氏家將，七手八腳，把壯士打倒，上前捉住壯士。可惜當時沒有炸彈。檜雖倖免害，這一驚也是不小，當命左右帶著刺客，隨輿至家。驚魂少定，叫左右將壯士牽到階前，厲聲問道：「你是何人？擅敢大膽行刺！想總有人主唆，快說出來，我便饒你！」那壯士面不改色，也抗聲怒罵道：「似你這般奸賊，欺君誤國，哪個不想食你肉？寢你皮？我姓施名全，現為殿前小校，意欲為天下除奸，生前不能誅你，死後必為厲鬼，勾你奸魂，看你逃到哪裡去！」雖不能殺檜，恰也罵得爽快。檜被他痛罵，氣得發抖，急命將施全拿交大理獄中，越宿全被磔死。檜經此一嚇，派家將五十名，各持長梃，作為護衛，居則司閽，出必隨護。但自此夢寐不安，時覺冤魂纏繞，免不得釀成一種怔忡病症，整日裡延醫調治，參茸等物，服了無數，才覺有點起色。高宗特地賜假，且詔執政赴檜第議事。檜因病已少愈，乃肩輿入朝，有詔令檜孫壎堪扶掖升殿，免拜跪禮。還第以後，復思大興黨獄，誅鋤善類。念念不忘。

　　湊巧太傅韓世忠病歿，檜心中益歡。從前韋太后南還，因金人畏憚韓、岳，很加器重，岳已遇害，唯韓尚存，迎鑾時，即特別召見，慰勞備至，後來且時加慰問，令高宗垂念功臣，晉封他為咸安郡王。韓雖不預政

事，檜因兩宮向他敬禮，尚有所憚。至韓已去世，無一足畏。聞王庶病死貶所，庶子之奇、之荀撫棺慟哭，曾有「誓報父仇」等語，遂命將之奇流戍海州，之荀流戍容州。且因趙鼎雖死，子姪尚多，竟欲斬草除根，藉杜後患，密謀了好幾載，苦被老病侵尋，屢致中輟，直延到紹興二十五年，潭州郡丞汪召錫，密告知泉州趙令衿（太祖五世孫），曾觀檜家廟記，口誦：「君子之澤，五世而斬」二語。檜即謫令衿至汀州。嗣聞趙鼎子汾飲餞令衿，因大喜道：「此次在我手中了。」遂暗囑侍御史徐嘉，劾奏趙汾與令衿飲別厚饋，必有奸謀。有詔逮汾與令衿至大理鞫問。汾等被逮下獄，檜嗾獄吏脅汾自誣，與張浚、李光、胡寅、胡銓等五十三人，共謀大逆。獄吏承旨，不管汾誣供與否，竟捏造了一篇供狀，獻與秦檜。檜坐一德格天閣下，瞧到此狀，喜歡得了不得，當下取過筆來，意欲加入數語，格外鍛鍊，不意這筆桿竟會作怪，好似有千鈞力量，手力幾不能勝。檜大為驚詫，向上一瞧，忽不覺大叫一聲道：「阿喲，不好了！」道言未絕，身子往後一仰，隨椅倒地。正是：

惡貫已盈禠巨魄，忠臣有後慶更生。

畢竟秦檜是否死去，容待下回續詳。

高宗不忘母后，因欲屈己求和，無識者或以為孝。亦思二帝未歸，中原陸沉，忍情於父兄，而獨睠懷於一母，盡孝者固如是乎？況朱仙鎮之捷，兀朮膽落思歸，兩河人士，翹待王師，設無金牌之召，而令岳武穆即日渡河，韓、劉等相繼並進，安知不可直搗黃龍，迎還父母兄妻耶？顧乃聽信賊檜，讒害忠良，向虜稱臣，僅歸一母，甚且今日封檜，明日賜檜，凡檜家妻妾子孫，無不累邀榮典，高宗猶有人心，應不至愚昧若此。其所以與檜相契者，貪位苟安，拒兄攘國，為賊檜逆揣而知，有以劫持於無形

第七十六回　屈膝求和母后返駕　刺奸被執義士喪生

耳。忠哉施全，捨生取義，雖不即誅檜，而檜之魂魄，已因之沮喪。厥後大獄之不成，未始非一擊一詈之陰為所怵也。檜死而南宋少寧，天不欲亡藝祖之後，乃為之綿延一線也歟。

第七十七回

立趙宗親王嗣服　弒金帝逆賊肆淫

第七十七回　立趙宗親王嗣服　弒金帝逆賊肆淫

卻說秦檜暈倒地上，頓時昏迷過去，不省人事。檜妻王氏及家人僕役等，疑他中風，慌忙扶救，一面召醫灌藥，好容易才得救醒。王氏將廷吏叱去，私問檜身所苦。檜不肯直說，但囑道：「快備後事，我已不能復活了。」到死不肯自陳罪惡，真是大奸。言已，又復暈去。再經王氏等極力呼號，方見他四肢顫動，與殺雞相似，口中模模糊糊的，說了幾聲饒命。王氏亦不禁毛骨俱悚，賊膽心虛。當令家人往延御醫。醫師王繼先，本是秦檜心腹，嘗在宮中伺察動靜，至是聞病，亟至就榻診治。秦檜忽雙目圓睜，呼他為岳少保，又忽呼他為施義士，既而又把趙鼎、王庶等官職名號，都叫了出來，連王繼先都嚇得心驚膽落，勉強擬了一方，慌忙趨出。檜服繼先藥，愈覺沉重，不是連聲呼痛，就是滿口呼冤，那身上的皮膚，忽紅忽青，隨時變色。王氏等正在著忙，有門役報稱御駕到來，急命秦熺出外迎駕。至高宗入內問疾，檜稍覺清醒，想是皇帝到來，眾鬼退避。但口中已不能出詞，只對著高宗，流了幾點鼻涕眼淚。高宗便語秦熺道：「卿父請病假，勢已垂危，看來是不能挽救了。」熺跪奏道：「臣父倘有不測，他日繼臣父後任，應屬何人？」居然想代父職。高宗搖首道：「這事非卿所應預聞。」言訖拂袖出室，乘輦還宮，當命直學士沈虛中草制，令檜父子致仕。表面上卻加封檜為建康郡王，熺為少師。熺子壎、堪並提舉江州、太平興國宮。是夕，檜嚼舌而死。

檜居相位十九年，除一意主和外，專事摧殘善類，所有忠臣良將，誅斥殆盡。凡彈劾事件，均由檜親手撰奏，陰授言官。奏牘中羅織深文，朝臣多知為老秦手筆。一時輔政人員，不準多言。十餘年間，參政易至二十八人，而且賄賂公行，富可敵國，外國珍寶，死猶及門。高宗初奇檜，繼惡檜，後愛檜，晚復畏檜，一切舉措，輒受檜劫制。檜黨張扶請檜乘金根車，呂願中獻秦城王氣詩，檜竊自喜，幾欲效王莽、曹操故事。至

暴死後，高宗語楊存中道：「朕今日始免靴中置刀了。」然尚贈檜申王，賜諡「忠獻」。至寧宗開禧二年，始追奪王爵，改諡「繆丑」。

張俊於檜死前一年，已經病死。檜妻王氏未幾亦死。獨萬俟卨失秦檜歡，累貶至沅州。高宗因檜死擇相，還疑卨非檜黨，召為尚書右僕射，並同平章事，湯思退知樞密院事，張綱參知政事。湯思退向來附檜，檜臥病時，曾召囑後事，贈金千兩，思退不受。高宗聞卻金事，遂加拔擢。其實思退卻金，是怕檜故意嘗試，所以謝卻，並不是有心立異哩。沈該已列參政，本是個隨俗浮沉的人物，唯張綱曾為給事中，嫉檜乞休，家居已二十餘年，至是召為吏部侍郎，立升參政，頗有直聲。御史湯鵬舉等，得他為助，因累劾秦檜病國欺君、黨同伐異諸罪狀。乞黜退檜家姻黨。於是戶部侍郎曹泳謫竄新州，端明殿學士鄭仲熊，侍御史徐嘉，右正言張扶，及待制呂願中等，相繼斥逐。趙汾、趙令衿免罪出獄，李孟堅及王之奇兄弟，許令自便。復張浚、胡寅、洪皓、張九成等原官，遷還李光、胡銓於近州，又追復趙鼎，鄭剛中等官爵。

浚既復官，擬因喪母歸葬，適值高宗因彗出求言，浚不待啟行，即上言：「沈該、萬俟卨、湯思退等，未饜眾望，難勝相位。且金人無厭，恐又將啟釁用兵，宜亟任賢才，以期安攘」云云。此老也算好事。看官你想沈該、萬俟卨、湯思退三人能不動惱麼？萬俟卨尤為忿懣，亟嗾臺官劾浚，說他煽惑人心，搖動國是，因復將浚安置永州。三次至永，莫非有緣。既而卨亦暴死。卨與張俊，均附檜殺飛，所以後世於岳王墓前，特鑄鐵人四個作長跪狀，男三女一，三男即秦檜、張俊、萬俟卨，一女即檜妻王氏，時人詠岳王墓詩有云：「青山有幸埋忠骨，白鐵無辜鑄佞臣」，二句膾炙人口。檜墓在江寧，至明成化年間，為盜所發，竊得珍寶，值資鉅萬。盜被執，有司飭吏往驗，見檜與妻王氏，各僭用水銀為殮，面色如

第七十七回　立趙宗親王嗣服　弒金帝逆賊肆淫

　　生。當下碎屍投廁，且減輕盜罪，大眾稱為快事。千百年後，猶令人恨視逆檜夫婦，賊男賊女，其可為乎？

　　閒文少表，且說萬俟卨既死，湯思退繼代卨任，張綱罷職，用吏部尚書陳康伯為代。思退主和固位，與秦檜、萬俟卨相同。沈該無所建白，旅進旅退，朝廷幸還無事。至紹興二十九年，該以貪冒被劾，落職致仕。思退轉左僕射，康伯進右僕射。是年為韋太后八十壽期，行慶祝禮，不意祝嘏方終，大喪繼起。太后不豫數日，竟崩逝慈寧宮。高宗事母甚謹，自迎歸後，先意承志，唯恐不及，及居喪悲慟不已，諡曰顯仁，葬永佑陵旁。時高宗年已五十有餘，仍無子嗣，高宗意早屬瑗，起初為秦檜所制，故爾遷延。檜死後，復恐母意未合，且有吳後養子璩同時長養，亦加封恩平郡王。東西開府，左右兩難，所以仍然延宕。及母后既崩，密問吏部尚書張燾，求定大計。燾逆揣上意，便進言道：「立儲為國家大事，今日國計，無過於此。請早就兩邸中，擇人建立！」高宗喜道：「朕亦早有此意，俟來春飭議典禮。」燾頓首而退。高宗已明知璩不及瑗，唯恐吳後尚有異言，無以杜口，特出宮女二十人，分給普安、恩平兩邸中。璩得十女，左抱右擁，其樂陶陶。瑗得十女，卻仍令給役，毫不相犯。過了一年，高宗調回宮女，在瑗邸內十人，均尚完璧，在璩邸內十人，盡已破瓜。遂與吳後言及，決意立瑗。高宗擇嗣，亦可謂歷試諸艱。巧值利州提點刑獄范如圭，掇拾至和、嘉祐間名臣章奏，凡三十六篇，合為一編，囊封以獻。高宗知他有意諷諫，即日下詔，立普安郡王瑗為皇嗣，更名為瑋，加封璩開府儀同三司，判大宗正寺，改稱皇姪，仍將宮女一律給還。冊儲禮成，中外大悅。

　　忽由左相陳康伯入報高宗道：「陛下應亟籌邊，防金人要敗盟了。」湯思退在側，便怫然道：「去歲王倫使金，曾還言鄰國恭順，和好無他，

不知今日有什麼敗盟消息？臣意以為沿邊將吏，貪功覬權，所以有此訛言。」康伯微笑道：「恐此番未必是訛傳了。」高宗道：「且待探問確實，再行計較。」陳、湯兩人，依次退出。已而敗盟警耗，日緊一日，侍御史陳俊卿，劾論思退巧詐傾邪，有意矇蔽，思退因即免職。康伯轉任左僕射，參政朱倬，進任右僕射。飭利州西路都統吳拱，知襄陽府，派部兵三千戍邊，兵備始逐漸講求，南北又要開戰了（暫作一束）。

看官！欲知金人敗盟的原故，說來又是話長，待小子補述出來。原來金主亶嗣位後，頗好文學，有志修文，在上京建立孔廟，求孔子支派四十九代孫偓，封為衍聖公。唯孔氏嫡派，從宋南渡，寓居衢州。今有衢州孔氏學。金幹本、兀朮兩人，內外夾輔，初政清明，吏民安堵，後來亶后裴滿氏（一譯作費摩氏）。干政，朝臣多購通內線，得叨榮寵。亶欲立繼嗣，為後所制，心懷抑鬱，因縱酒自遣。哪知杯中物足以消愁，亦足以惹禍。亶嗜酒無度，往往因醉使性，妄殺大臣，連宋使王倫，亦為所戮。自是上下離心，國勢漸衰。撻懶遺子勝花都郎君（撻懶被誅見七十五回），逃往西北，連結蒙古，屢寇金邊。蒙古民族，就是唐朝的室韋分部，向居斡難河、克魯倫河兩流域，游牧為生。初屬遼，繼屬金，至哈不勒有眾數千，幫助撻懶遺胤，與金為敵。兀朮自汴京回國，特帶兵往剿，屢戰不勝，沒奈何與他講和，冊封哈不勒為蒙兀國王（蒙兀一作蒙輔），把西平、河北二十七團寨，盡行割畀，方得罷兵息民（插此數語，為蒙古肇兵張本）。兀朮班師，未幾病逝。金主亶用從弟迪古乃平章政事。迪古乃改名為亮，自以為派衍九潢，與金主同為太祖孫，有覬覦帝位的思想。平居陰結黨羽，攬竊大權，且與裴滿后有勾通情事，金主亶茫無所聞，且進亮為右丞相。亮生辰受賀，金主亶賜亮玉葉鶻廄馬，及宋司馬光畫像。後來聞裴滿后亦有私饋，因大起猜嫌，奪回賜物。亮本懷怨望，哪堪金主如此慢待，

第七十七回　立趙宗親王嗣服　弑金帝逆賊肆淫

　　免不得挾恨愈深。金主亶弟常勝曾封胙王，頗有權力，亮日加譖間，只說胙王陰謀篡立，惹動主怒，立逮胙王下獄。可憐胙王不明不白，竟受了大逆不道的冤誣，活活處死。胙王妻名撒卯，本擬連坐，偏金主亶愛她美麗，竟赦罪入宮，令她侍寢。裴滿后頓懷醋意，詰問金主。金主方寵撒卯，視裴滿后如眼中釘，不待三言兩語，便拔出腰劍，把后砍死。又將德妃烏古論氏（一譯作烏庫哩氏）、夾谷氏（一譯作瓜爾佳氏）、張氏等，一併殺斃，居然把弟婦撒卯冊為中宮。已開逆亮先聲。於是怨聲四起，物議沸騰，亮得乘間逞謀，暗結金主侍衛，作為內應。金主有護衛十人，衛長叫做僕散忽土，舊受斡本厚恩（斡本即亮父），亮遂倚為心腹。尚有衛士徒單（一作徒克坦）及阿里出虎（一作額勒楚克），與亮有姻戚誼，亦願為亮臂助。內侍大興國，及尚書省令史李老僧，也與亮聯合一氣，亮遂祕密合謀，竟做出一出謀王殺宮的把戲來了。

　　金主亶皇統九年，即宋高宗紹興十九年十二月丁巳日，僕散忽土與阿里出虎，入值宮中，待至二鼓，大興國盜出符鑰，偷啟宮門，亮與妹婿徒單貞（一作圖克坦貞），及平章政事秉德，左丞唐古辨，大理卿烏達、李老僧等，各懷利刃，魚貫而入。秉德、唐古辨曾受杖刑，怨恨金主，古辨本尚金主女，至此也為了私恨，竟欲亶刃乃翁。烏達係亮爪牙。當時守門禁卒，以古辨是國婿，亮係皇弟，俱屬至親懿戚，有何可疑？遂任他進去，直達寢殿，破扉徑入。金主驚起，索刀四覓無著，不由的慌了手腳。阿里出虎拔刀先刺，僕散忽土隨後繼進，立把金主砍翻地上。亮上前一刀，血濺滿面，稱帝十四年的金主亶，嗚呼告終！咎由自取。亮麾眾出宮，詐傳金主詔旨，夜召群臣議事。群臣尚未聞耗音，錯疑有特別大故，統共趕到。及至朝堂，方知亮欲稱帝。曹國王宗敏，左丞相宗賢，稍有異言，均被殺死。群臣相顧錯愕，莫敢再言。亮遂上登御座，竟自稱帝，命

秉德為左丞相,唐古辨為右丞相,烏達為平章政事。廢故主亶為東昏王,獨諡裴滿后為悼平皇后,不忘舊情,唯撒卯不知如何處置?大赦國中,改元天德。何不改稱暴德。追尊父斡本為帝,廟號德宗。嫡母徒單氏(一作徒克坦氏)及生母大氏,俱為太后。徒單氏居東宮,大氏居西宮,兩氏向來輯睦,毫無間言。及亮弒亶,徒單氏語亮道:「主雖失道,人臣究不應如此。」亮引為深憾。及徒單氏生日,宮中大開筵宴,酒至半酣,大氏起座,跪進壽觴。徒單氏方與諸公主宗婦笑談,未及下視,大氏長跪片時,始為徒單氏所見,亟起身受觴。亮疑為故意,懷怒而出。次日,傳召諸公主宗婦,詰問何故笑語,一一加杖。大氏聞知,慌忙出阻。亮忿然道:「今日兒為皇帝,豈尚同前日麼?」及公主宗婦等忍痛而去,亮反大笑道:「好教她們知我厲害呢。」既而大殺宗室,把太宗子孫七十餘人,粘沒喝子孫三十餘人,一併屠戮,無一子遺。諸宗室亦殺死五十餘人,又殺宗室左副元帥撒離喝等,夷滅家族,並因左丞相秉德,不先勸進,也將他一刀兩段,連親屬盡行駢誅。殺人之父,人亦殺其父,殺人之兄,人亦殺其兄,天道不為無知。

　　自是大興土木,留意聲色,遣左丞相張浩、右丞相張通古,調集諸路匠役,改築燕京宮室,一切制度,俱依汴京程序。宮殿遍飾黃金,加施五采,金屑在空中飛舞,幾如落雪。每殿需費以億萬計,稍不合意,即令拆造,務極華麗。金屋既成,當然要選集嬌娃,貯為妃妾。第一著下手,見叔母阿懶,饒有姿色,他即將叔父阿魯補殺死,據阿懶為己妾,封為昭妃。繼而一美不足,再求眾美,遂命徒單貞語宰輔道:「朕嗣續未廣,前所誅黨人諸婦,多朕中表親,可盡令入宮,備朕選納。」張浩等奉命維謹,即搜得罪婦百餘人,送入宮中。亮仗著一雙色眼,東瞧西望,就中美麗,恰也不少,唯有四婦,尤為妖豔。一個是阿魯子莎魯啜妻(莎魯啜一

第七十七回　立趙宗親王嗣服　弒金帝逆賊肆淫

譯作莎羅綽），一個是胡魯（一譯作華喇，與阿魯皆太宗子）子胡里剌妻（胡里剌一譯作華喇），一個是胡里剌弟胡失打妻（胡失打一譯作呼達），一個是秉德弟嘉哩妻，四婦收入後宮，輪流取樂。嘉哩妻尤工淫媚，封為修儀。正在尋歡縱樂的時候，忽由烏達妻唐括定哥（一譯作唐古定格）遣侍婢來朝，亮猛然記憶道：「不錯不錯，唐括定哥，我本與她約為夫婦，只因烏達有功，我不忍殺他，特調他為崇義軍制置使，令挈妻同去，免我眷戀。今唐括定哥願踐舊約，我也顧不得許多了。」遂宣來婢入見，且面諭道：「你歸報主母，她能自殺烏達，我定當納她為后，否則將族滅她家。」婢領命而去。

不到半月。唐括定哥果盛妝前來，亮見她杏臉桃腮，比前更豔，不由的摟抱入懷，笑顏問道：「妳夫烏達現尚存否？」唐括定哥道：「上命難違，妾已將他縊死了。」亮大喜道：「好好！」隨即擁入幃中，重續舊歡。次日即封為貴妃，大加寵幸。偏唐括定哥素不安分，在家時與俊僕私通，唐括定哥入宮，俊僕亦隨入。亮雖寵幸唐括定哥，究竟有許多妃妾，總不免隨時應酬，唐括定哥不耐孤寂，乘隙與俊僕敘情，不料為亮所聞，立將俊僕杖死，連唐括定哥亦令自盡。淫婦該有此結果。唐括定哥既死，亮又不覺追悔，聞唐括定哥有妹，名叫唐括石哥，亦頗姣好，曾為祕書監完顏文妻，當即頒詔下去，令完顏文將妻獻出。完顏文只好奉詔，把唐括石哥獻將上去。亮見她綽約風流，不亞乃姊，即面授為麗妃，列入嬪嬙。已而亮憶及姊女蒲察乂察（一作富察徹辰），也有美色，唯已嫁乙剌補（一作伊里布），當令乙剌補出妻獻納，乙剌補亦不敢有違。嗣復聞濟南尹葛王烏祿（一作烏魯）妻烏林荅氏（一譯作烏凌噶氏），儀容秀整，又遣使召令入宮。烏林荅氏泣語烏祿道：「我若不行，上必殺王，我當自勉，不致相累。」烏祿也不禁淚下。烏林荅氏復召王府臣僕道：「為我往禱東嶽，皇天

后土,明鑑我心,我誓不失節哩。」言已,即與烏祿訣別,上車北行。到了良鄉,南向灑淚,暗中低語道:「我今日與大王長別了。」遂袖出一翦,刺喉殉節。難得有此貞媛。亮聞報,遷怒烏祿,竟將他降為曹國公,且大括宗室美婦,無論親戚姊妹,但有三分姿色,一古腦兒收入宮中,供他受用。

　　壽寧縣主什古(一作什貴),係幹離不女;靜樂縣主蒲刺(一作希拉)及習拈(一作希延),係兀朮女;師古兒(一作錫古蘭)係訛魯觀女;混同縣君莎里古貞(一作蘇坿和琢)與妹餘都(一作伊都)係阿魯女,都是亮的從姊妹。郲國夫人崇節(一作重節),係蒲盧虎女孫,是亮姪女;張定安妻奈刺忽(一作鼐喇固)係太后大氏的兄嫂;蒲盧胡只(一作富魯和琢)係麗妃石哥妹,均已適人。亮毫無忌恥,一律召入,逼與之淫。起初尚令她出入,隨後留在宮內,日夕淫恣。尤可怪的,是與婦女交合,必奏樂撤幃,令妃嬪列坐旁觀,且於臥榻前,遍設地衣,令各婦裸逐為戲。至淫興一發,即抱臥地上,赤體交歡。可憐這班含羞忍恥的婦女,只因一念貪生,沒奈何玉體橫陳,任他糟蹋。亮意尚未足,聞江南多美婦人,且有一劉貴妃寵冠宋宮,色藝無雙,意欲興兵南下,為劫掠計,不料太后大氏,一病不起,彌留時,召亮至榻前,泣囑道:「我與徒單太后,始終和好,汝遷都燕京,獨將她留著會寧,未曾迎來,今我將死,不能見她一面,殊為可恨。此後汝須迎她到此,事她如事我一般,休要忘記!切囑切囑!」亮總算應命。及大氏已殂,喪葬禮畢,便親自往迎,命左右持杖二束,跪語徒單太后道:「亮自知不孝,久疏溫清,願太后懲罪加笞。」是一條苦肉計。徒單太后究是女流,見他這般認過,自然軟了心腸,便親掖亮起,且道:「百姓有克家子,尚不忍加笞,我有子如此,寧忍笞麼?」隨叱左右攜杖退去。當下偕亮至燕,入居壽康宮。亮貌極恭順,后出必隨,后起必扶,

第七十七回　立趙宗親王嗣服　弒金帝逆賊肆淫

后有所需，嘗親自供奉。宮廷內外，盛稱亮孝。連徒單氏，亦喜慰非常。滿身作偽。紹興三十一年，欽宗病死五國城，亮祕不報喪，但令簽書樞密院事高景山，右司員外郎王全，至宋賀天中節。臨行時，亮語王全道：「汝見宋主，可面責他沿邊買馬，招致叛亡，且毀去南京宮室，陰懷異志，如誠心修好，可速割漢、淮地界我，方好贖罪。」全唯唯而出。到了臨安，入見高宗，即將亮言轉達。高宗道：「公亦北方名家，奈何出言背理。」全屬聲道：「汝國君臣，莫非因趙桓已死，敢生變志麼？」高宗聞此二語，立即起座入內，令輔臣詢明淵聖死耗，全答言死了數日。於是詔令舉哀，持服三年，尊諡淵聖廟號為欽宗。總計欽宗在位僅二年，被擄後，居金三十餘年，壽六十有一，小子有詩嘆欽宗道：

臥車泣語已嫌遲，老死冰天苦自知。
和虜已成身不返，九哥畢竟太營私。

畢竟宋廷如何對付金使？且至下回表明。

高宗一生行事，唯擇立儲貳，最稱公允，其可以質天地告祖宗者，止此而已。然亦未始非由藝祖傳弟，不私神器，彼蒼者天，為藝祖後裔計，特隱牖高宗之私衷，令其獨斷不惑耳。不然，胡崇信奸邪，屈害忠良，甘為小朝廷以求活耶？金主亶始勤終怠，酗酒好色，身死亮手，實其自取。然族滅之慘，毋乃太酷。意者，由其父吳乞買滅遼侵宋，虐戾已甚，天特假手逆亮，以為好殺之報歟。且粘沒喝、斡離不席捲汴京，兀朮、撒離喝盡銳南牧，金源將帥，為宋害者，無逾四人，亮或族其家，或淫其女，自來夷狄烝報，未有如此之橫逆者也。天道豈果無憑乎？

第七十八回
金主亮分道入寇　虞允文大破敵軍

第七十八回　金主亮分道入寇　虞允文大破敵軍

卻說欽宗死耗，傳至宋都，廷議擬俟金使北還，然後治喪。左史黃中入語宰執道：「這是國家大故，臣子至痛，奈何尚可失禮？」陳康伯即答道：「左史言是。當即日奏請治喪。」中退後，康伯入奏照准，宮廷內外，相率舉哀。一連數日，把金使要索條件，擱置不提。金使迫不及待，轉問宰臣。康伯道：「天子居喪，尚有何心議及此事？貴國如仍顧舊約，幸勿敗盟，否則且俟緩議。」金使再欲爭論，康伯不與一言，累得金使沒趣，悻悻自去。康伯亟奏白高宗，有詔召同安郡王楊存中，及三衙帥趙密，同至都堂，共議軍事。又令侍臣臺諫，一併集議。康伯首先提議道：「今日不必論和與守，但當論戰。」存中接入道：「強虜敗盟，曲在彼，不在我，自應主戰為是。」獨趙密不發一言，右僕射朱倬亦未聞置議。康伯見二人作壁上觀，便語存中道：「現在國勢雖弱，並非不足一戰，但必須君臣上下，一德一心，方可致勝，我且入朝申請，俟上意堅定，然後再議，何如？」存中也即贊成，大眾遂退。

康伯仔細探聽，才知內侍省都知張去為，陰阻用兵，且有勸幸閩、蜀消息，於是手繕奏牘，極陳：「金敵敗盟，天人共憤，事已有進無退，請聖意堅決，速調三衙禁旅，出扼襄、漢，觀釁後動，勿再遷延」等語。殿中侍御史陳俊卿，也上疏乞誅張去為。楊存中又上備敵十策，乃命主管馬軍司成閔，率兵三萬，出戍鄂州，與前時調守襄陽的吳珙，犄角相應。且將金使王全所述，遍諭諸路統制，郡守監司，令他隨宜應變。命吳璘宣撫四川，與制置使王剛中措置邊防。起劉錡為江淮、浙西制置使，屯駐揚州，節制諸路軍馬。楊存中、劉錡二人，可謂當時的碩果。這邊方慎修武備，那邊亦妄動干戈。金主亮因高、王兩使，返報宋事，頓時無名火高起三丈，勃然道：「朕舉兵滅宋，易如反手，此時討平高麗、西夏，合天下為一家，才算得是一統哩。」以若所為，求若所欲，猶緣木而求魚也。參

政敬嗣暉、李通等俱獻諛貢媚，慫恿起兵。亮遂修戰具，造兵船，括民馬，指日南下。獨徒單太后屢次勸阻，亮遂因是挾嫌，並且徵兵愈亟，使掌牌印官燥合（一譯作素赫）赴西北路，募故遼兵。遼人不願行，偏燥合挾勢逞威，鞭笞交下。該死的暴徒。西北路招討使譯史薩巴乘遼人怨望，攻殺燥合，及招討使完顏沃側（沃側一作烏色），遂集眾叛金，立故遼遺族老和尚（一譯作楞華善）為招討使，聯合咸平府穆昆括裡，有眾數萬，聲焰日張。金主亮令僕散忽土西征，忽土陛辭，且入謁徒單太后。太后忽顰眉道：「國家世居上京，既徙中都，今又欲往汴，且聞將興兵渡江，往伐南宋，恐人民疲敝，將生他變。我嘗好言諫阻，不聞見允，今遼人又復叛亂，為之奈何？」忽土勸慰數語，出宮西去。哪知徒單太后這番言論已有人向亮報知。這人為誰？就是太后的侍婢高福娘。自徒單太后至燕後，嘗令福娘問候起居，福娘面目妖嬈，居然為亮所賞識，與她私通，因此太后言動，無不傳報。亮聞此言，不禁忿怒道：「這老嫗又來絮聒，她想阻我，我偏要徙汴，偏要伐宋。」當下傳令遷都，即日登程。徒單太后以下，均從行至汴，太后入居寧德宮。亮又命搜捕宋、遼宗室，共得一百三十餘人，均先時被擄至金，至此一律處死。且密囑福娘道：「此後寧德宮中，倘再有違言，我與她不兩立了。」

　　福娘本已有夫，叫做特末哥（一作特默格）。尤生得狡猾異常，福娘將亮語轉告乃夫，特末哥道：「你何不藉此立功哩？」縱妻肆淫，還要導主弒母，想是別有心肝。福娘乃時進讒言，只說太后有廢立意。亮益怒道：「怪不得她私養鄭王充，現在充四子已長大了，她想抬舉他做皇帝麼？」（借亮口中，敘出徒單氏被弒原因。）遂召點檢大懷忠等入內，特給一劍道：「你去殺了寧德宮老嫗，回來報我！」懷忠持劍而去，至寧德宮，適值徒單太后作樗蒲戲。懷忠叱太后道：「快跪讀詔敕！」太后莫名其妙，愕然

第七十八回　金主亮分道入寇　虞允文大破敵軍

問道：「何人使我下跪？」言未已，那懷忠背後，已突出一人，乃是尚衣局使虎特末（一作華特默），貿然上前，摔后令跪，且向她背後連擊三拳。后再起再仆，已是氣息奄奄，勢將垂斃。高福娘手持一繩，套入後頸，可憐這位金邦嫡母，雙足一伸，嗚呼哀哉！閱至此，令人髮指。還有太后左右數人，亦一併殺死。懷忠等返報，亮命焚太后屍，棄骨水中。窮凶極惡。並拿捕鄭王充子二人，一名檀板（一作塔納），一名阿里白（一作阿里布），立即殺斃（鄭王充及餘二子，想已逃去，故不見史乘）。且恐僕散忽土在外擁兵，蓄有異圖，特召他還朝，結果性命。僕散忽土有弒君罪，死已晚矣。封高福娘為鄖國夫人，特末哥為澤州刺史。何不封他為元緒公？一面大舉南侵，分諸道兵為三十二軍，置左右大都督及三道都統制府，總率師幹。命奔睹（一譯作瓊都）為左大都督，李通為副。紇石烈良弼（一作赫舍哩良弼）為右大都督，烏延蒲盧渾為副（蒲盧渾一作富埒繗）。蘇保衡為浙東道水軍都統制，完顏鄭家奴（家奴一作嘉努）為副，由海道趨臨安。劉萼為漢南道行營兵馬都統制，自蔡州進瞰荊、襄。徒單合喜（一作圖克坦喀爾喀）為西蜀道行營都統制，由鳳翔趨大散關。左監軍徒單貞別將兵二萬入淮陰。亮召諸將授方略，賜宴尚書省，命皇后徒單氏，與太子光英居守，張浩、蕭玉、敬嗣暉留治省事，自己戎服整裝，跨馬啟程，後宮妃嬪，一律隨行。一班娘子軍，不耐兵戰，奈何？

先是亮嘗遣使赴宋，令畫工偕往，描寫臨安湖山，持歸作屏。且命繪入己像，立刻吳山頂上，自題一詩，有「立刻吳山第一峰」七字。至是語侍臣道：「朕此次南行，要實踐圖中繪事了。」要向鬼門關去了。亮眾約六十萬，號稱百萬，氈帳相望，旗鼓連繹不絕。徒單合喜長驅西進，直抵大散關，令遊騎攻黃牛堡。守將李彥堅告急，人情洶洶，制置使王剛中乘快馬馳二百里，突入吳璘營中。璘尚高寢，剛中呼璘速起，正色與語道：

「大將與國家同休戚，奈何敵已侵邊，尚是高枕安臥？」璘大驚道：「有這般事麼？」隨即率帳前親卒，披甲上馬，與剛中馳至殺金平，厄守青野原，益調內省兵，分道並進，援黃牛堡。徒單合喜見宋師四集，不敢進攻，退駐橋頭寨。吳璘遣裨將彭青率兵夜進，劫破徒單合喜，退還鳳翔。在黃牛堡的金兵，亦被守將李彥堅用神臂弓射退，西路金兵已退。川邊解嚴。璘又遣彭青復隴州，他將瀏海復秦州，曹休復洮州，西北已無虞了。東北的大名府，早已屬金，至是有高平人王友直少諳兵法，志復中原，聞金亮渝盟，遂聯絡豪傑，權稱河北等路安撫制置使，遍諭州縣勤王。未幾，得數萬人，分為十三軍，進攻大名，一鼓即克，撫定眾庶，令奉紹興正朔，並遣人入朝奏事。後自壽春來歸，詔授忠義都統制。又有宿遷人魏勝，素號智勇，應募為弓箭手，及金亮南侵，躍然而起，立聚義士三百，渡淮取漣水軍，進攻海州，遍張旗幟，舉煙火為疑兵，又使人招降守卒，諭以金人敗盟興兵，朝廷特興師問罪，如能開門迎降，秋毫無犯。城中人聞言甚喜，即開城相迓。魏勝馳入城中，擒住金知州高文富，陣斃文富子安仁，其餘不戮一人。復招諭朐山、懷仁、沭陽、東海諸縣，一律平定。勝蠲租稅，釋罪囚，發倉庫，犒戰士，馳檄遠近，四方響應。居然有大將風。乘勢進拔沂州，得甲具數萬。金將蒙恬、鎮國領萬人來爭海州，勝設伏以待，待金兵近城，伏兵猝發，擊死鎮國，餘眾遁去。淮南總管李寶，代奏勝功，詔命勝知海州事。

　　金主亮聞數路警報，亟擬渡淮南進，命李通至清河口，築梁濟師。且恐魏勝襲他後路，即分兵數萬，往圍海州。勝遣使向李寶乞援，寶正率師航海，擬從海道拒敵膠西。既得魏勝急報，即帶著手下兵士，往援魏勝。適值金兵到了新橋，距海州城僅十餘里，寶麾兵迎擊，戰鬥方酣，魏勝也出城夾攻，金兵腹背受敵，頓時潰走。勝還守北關，金兵又進，覆被勝擊

第七十八回　金主亮分道入寇　虞允文大破敵軍

退。既而金兵再攻東門，勝單槍匹馬，出城呵叱，敵皆駭散。翌晨，陰霧四塞，金兵四面薄城，仍不能入，乃拔寨馳去。

李寶既解海州圍，遂引舟師赴膠西白石島。會值金將完顏鄭家奴，驅戰艦出海口，泊陳家島，相距僅一山。寶禱諸石臼神，北風驟起，正好乘風出戰，霎時間過山薄敵，鼓聲震盪，海波騰躍，敵眾大驚。連忙掣碇舉帆，怎奈風浪捲聚，帆不得駛，反害得心慌意亂，無復行列。寶用火箭注射，火隨風熾，延燒敵舟數百艘；尚有未曾被火的敵舟，還思向前迎敵，寶叱壯士跳躍而過，各用短刀斫斫，金兵手足無措，但見得頭顱亂滾，血肉橫飛。完顏鄭家奴無處奔避，也做了刀頭面。餘將倪詢等情願乞降。寶將降將繫獻，降兵收留，奪得統軍符印，及文書器甲糧斛，數以萬計，餘物不便載還，盡行焚毀。火光熊熊，歷四晝夜才熄。海上亦報肅清。航海金兵又盡覆歿。

金主亮連得警報，憂怒交併，擬即向清河口濟師。偏有宋老將劉錡用兵扼住，水中暗伏水手，遇有敵舟，用釘鑿沉。亮又不敢徑渡，沒奈何改趨淮西。淮西守將王權，由錡所遣，獨不從錡命，聞得金兵大至，即棄了廬州，退屯昭關。金主亮渡淮入廬州，權又自昭關退保和州。未幾，又退屯採石。錡聞亮已渡淮，也只得引還揚州。亮進陷和州，又遣高景山率兵攻揚州，錡適患病，自揚州退駐瓜州，揚州被陷，沿江上下，難民塞途。錡力疾趨皂角林，收撫流民，並命步將吳超、員琦、王佐等，整軍禦敵。金將高景山領兵前來，氣勢銳甚，錡躍馬徑出，麾軍突陣。金兵分作兩翼，來圍錡軍。錡左馳右驟，督眾死鬥，約有兩個時辰，馬受傷致蹶，錡遂下馬步戰，殺開一條血路，回趨本營。高景山從後追躡，約半里許，道旁列有叢林，一聲號炮，林中突出許多弓箭手，攢射金兵，金兵多半中箭，只好退去。這弓弩手係王佐步卒，佐見主帥被圍，一面設伏，一面往

援，可巧錡退敵進，遂督弓弩手，射退敵兵。錡回營易馬，復招集各將，追擊高景山。景山不及預防，被錡一馬衝入，手起刀落，砍落馬下，餘眾大潰，錡乃收兵回營。為此一戰，錡病益劇，乃上疏求代。

時兩淮警耗，迭至臨安，高宗召楊存中至內殿，商議避敵，且命轉詢陳康伯。康伯聞存中到來，從容延入，解衣置酒，與商大計。存中道：「主上又思航海去了。」想是還有餘味。康伯道：「我已聞有這般消息，明晨入朝，當極力諫阻。」存中意亦相同，盡歡而散。康伯於次日入奏，極陳航海非計，高宗亦頗感悟，康伯乃退。不意隔了一夕，忽接到高宗手詔，內有「敵若未退，當散百官」等語。專想逃走。康伯憤甚，竟取了一火，將手詔焚去，且馳奏高宗道：「百官豈可散得？百官一散，主勢益孤，臣請陛下發憤親征，前時平江一役，陛下曾記憶否？」（應七十回）。高宗被康伯一激，方有些振作起來。仍是一種僥倖思想。乃命知樞密院事葉義問，督師江、淮，往視錡疾。中書舍人虞允文，參贊軍事，楊存中為御營宿衛使，擇日親征。殿中侍御史陳俊卿上言：「張浚忠藎，決可起用。」高宗因復浚原官，召判建康，並褫王權職，編管瓊州，命都統制李顯忠往統權軍。召劉錡還鎮江養痾，兼顧江防。

錡留姪汜，率千五百人扼瓜州。都統制李橫，率八千人為援應。金主亮陷沒兩淮，分兵犯瓜州。汜用克敵弓，接連發矢，金兵卻退。葉義問到了鎮江，見錡正病劇，未便與論戰事，但令李橫暫統錡軍，督兵渡江，且飭劉汜繼進。橫以為未可，獨汜頗欲出戰，入問諸錡。錡意亦與汜相反，但搖手示意。汜尚未信，拜家廟而行。義問復促橫並進，橫不得已，與汜同時渡江。甫登對岸，驚見敵騎奄至，似狂風驟雨，迎頭衝來。汜不禁膽怯，下舟返奔。少年使氣，往往如是。橫孤軍當敵，眼見得不能支持，左軍統制魏俊，右軍統制王方，陸續戰死。橫慌忙卻走，連所佩都統制印，

第七十八回　金主亮分道入寇　虞允文大破敵軍

俱致失去，部軍十死七八，徒落得血滿長江罷了。

　　義問自得敗耗，亟走建康。遣虞允文馳往蕪湖迎李顯忠，交代王權軍，乘便犒師。允文到了採石，王權已去，顯忠未來，軍士三五星散，均解鞍束甲，坐列道旁。及見了允文，方起立行禮，通報各隊將弁。統制時俊等出迓允文，允文才入帳中，忽有偵卒來報，金主亮已渡江前來了。令人愕然。原來亮聞瓜州大捷，即築臺江上，自披金甲登臺，殺馬祭天，並用一羊一豕，投入江中。下令全軍渡江，先濟有賞。蒲盧渾進諫道：「臣觀宋舟甚大，行駛如飛，我舟既小，行駛反緩，水戰非我所長，恐不可速濟。」亮怒道：「汝昔從梁王（疑指兀朮）追趙構至海島，曾有大舟麼？」侍衛梁漢臣道：「誠如陛下所言，此時若不渡江，尚待何時？」亮轉怒為喜，即在岸上，懸設紅旗黃旗，號令進止。長江上下，舳艫如織，亮獨乘龍鳳大船，絕流而渡，採石磯頭，鉦鼓相聞。各將都面面相覷，不發一言。獨虞允文慨然起座，語諸將道：「大敵當前，全仗諸公協力同心，為國殺敵。現在金帛誥命，均由允文攜帶至此，以待有功。允文一介書生，未嫻戎事，亦當執鞭隨後，看諸公殺賊建功哩。」諸將經此數語，也一齊起立道：「參軍且如此忠勇，某等久效戎行，且有參軍作主，敢不誓死一戰。」正要汝等出此一語。允文大喜，唯隨從允文的幕僚，掣允文衣，密語道：「公受命犒師，不受命督戰，若他人敗事，公忍受此咎麼？」允文怒叱道：「危及社稷，我將奚避？」乃命諸將嚴陣以待，分戈船為五隊，兩隊分列東西兩岸，作為左右軍，一隊駐中流，作為中軍，還有兩隊，潛伏小港，作為遊兵，防備不測。部署甫畢，敵已大呼而至，亮在後面，自執紅旗，麾舟數百艘，魚貫前來。霎時間，已有七十艘渡至南岸，猛薄宋師。宋師見來勢甚猛，稍稍退卻。允文督戰中流，拊統制時俊背上，婉顏與語道：「將軍膽略，素傳遠邇，今退立陣後，反似兒女子一般，威名寧不掃

地麼？」遣將不如激將。時俊聞言，即躍登船頭，手揮雙刀，拚命相搏。軍士亦努力死戰，兩下裡相持不捨。允文復召集海鰍船猛衝敵舟，敵舟不甚堅固，被海鰍船銳角相撞，沉沒了好幾艘。他尚仗著多舟，半死半戰，直至日暮，尚不肯退。允文也覺焦灼，遙見西岸有許多官兵，陸續到來，便即駛舟攏岸，登陸招呼，約略詢問，方知是光州潰卒。眉頭一皺，計上心來，遂與語道：「你等到此，正好立功，我今授你旗鼓，繞道從山後轉出，敵必疑為援兵，定當駭走了。」大家依計，受了旗鼓，歡躍而去。允文復下舟督戰，不到片刻，那受計的軍士，已繞出山後，攜著大宋旗號，踴躍前進。金主亮果疑是援軍，拋去紅旗，改用黃旗，麾兵退去。允文又命強弓勁矢，尾擊追射，把金兵射斃無算。直至金兵均退至北岸，方才收兵。亮還至和州，檢點兵士，喪失甚多，遂遷怒各將，捶殺了好幾人。

驀有警信傳至，曹國公烏祿，已即位東京，改元大定。亮不禁拊髀長嘆道：「朕本欲平江南，改元大定，不料烏祿先已如此，這難道是天意不成？」因從文牘篋中，取出改元擬詔，有「一戎衣天下大定」等語，指示群臣，並與語道：「烏祿既叛，朕只好北歸，平定內亂，再來伐宋了。」李通接著道：「陛下親入宋境，無功即歸，若眾潰在前，敵乘諸後，大事去了。」亮又道：「既如此，且分兵渡江，朕當北返。」李通復道：「陛下北去，就使留兵渡江，恐將士亦皆懈體。為陛下計，不若令燕北諸軍，先行渡江，免得他有異志，且斂舟自毀，絕他歸望，那時眾知必死，銳意南進，不怕宋室不滅。滅宋以後，陛下威靈大振，回旗北指，平亂如反掌了。」不如是，何由致斃？亮大喜道：「事貴神速，明日再行進兵。」乃傳諭諸將，越宿出發。到了次日，亮督軍再進，甫至楊林河口，見已有海舟，排列非常嚴肅，不由的驚詫起來。看官道海舟裡面，係是何人？原來是宋將盛新。他受虞允文命令，料知亮必復來，已於夜半駛舟直上，整備著許多

第七十八回　金主亮分道入寇　虞允文大破敵軍

火箭，來燒金船。亮還道宋軍無備，因此詫異，正擬上前突陣，忽聞鼓聲一響，宋船中的火箭，好似萬道金光，一齊射至。天空中的風伯，也助宋逞威，把金舟盡行延燒。亮亟督兵撲救，偏宋師四面駛集，都來縱火，連亮自坐的龍鳳舟，也被燃著。亮且撲且遁，好容易奔回北岸，龍頭也焦了，鳳尾也黑了，其餘三百號戰船，只剩了一半，還都是殘缺不全，不能再駛。亮遭此大敗，急得暴躁不堪，便欲將各舟盡行毀去。還是蒲盧渾獻上一策，請招降宋將王權，為疑間計。仍似做夢。亮依計而行，遣使持詔至宋營。允文得書，微笑道：「這明明是反間計，敢來欺我嗎？」遂親作覆書，交來使去訖。金使持書回報，亮拆書閱讀道：「權因退師，已置憲典，新將李顯忠也願再戰，以決雌雄。」亮讀畢，旁顧諸將道：「我只知南宋老將，有一劉錡，怎麼又有一個李顯忠，也這般厲害？」諸將多不知顯忠履歷，無詞可對，唯有一偏校道：「莫非就是李世輔？」亮聞言益怒，遂召入梁漢臣，厲聲叱道：「你首先勸朕渡江，難道不知有李世輔麼？」言未已，拔劍一揮，把漢臣斬作兩段。並命將龍鳳舟毀去。連造舟工役，亦殺死兩人，自率兵趨向揚州去了。正是：

一鼓竟能褫逆魄，六軍從此服儒生。

看官欲問李顯忠履歷，待小子下回表明。

歷代無道之主，莫如金亮，亮之罪上通於天，大舉伐宋，正天益之疾而奪其魄耳。假使高宗構有恢復之志，聲其罪而加之討，則南北義士，奮起討逆，大憨授首，炎宋中興，寧非快事？乃聞寇南來，即思退避，愚弱不振，一至於此。幸陳康伯勸阻於內，虞允文達權於外，始得僥倖一勝，保全東南。論者謂以弱制強，以寡敗眾，允文之功居多。夫允文誠有功，然安知非天之嫉亮已甚，特借義士忠臣以誅逐之耶？故予謂採石一役，蓋猶有天幸云。

第七十九回

誅暴主遼陽立新君　隳前功符離驚潰變

第七十九回　誅暴主遼陽立新君　隳前功符離驚潰變

卻說李顯忠原名世輔，係綏德軍青澗人，父名永奇，為本軍巡檢使。顯忠年十七，即隨父出入行陣，頗有膽略，積功至武翼郎，充副將。至金人陷延安，授顯忠父子官，永奇私語顯忠道：「我為宋臣，乃可為金人用麼？」顯忠嘗念父言，每欲乘間歸宋，嗣兀朮令顯忠知同州，適金將撒離喝到來，顯忠用計擒住撒離喝，急馳出城，擬赴宋獻功。偏為金人所追，至沿河，又無舟可渡，乃與撒離喝折箭為誓，一不准殺同州人，二不准害永奇等，方准釋還。撒離喝情願如約，因放他北還，一面急遣人告知永奇。永奇挈眷南行，途次被金人追及，家屬三百口皆遇害。顯忠西奔至夏，乞師復仇，願取陝西五路。夏主令為延安經略使。顯忠至延安，適延安復為宋有，遂有意歸宋，執住夏將王樞，夏人用鐵鷂子軍來取顯忠，被顯忠一陣擊退，獲馬四萬匹，因用紹興年號，揭榜招兵，匝旬得萬餘名，緝得殺父仇人，碎屍洩憤。四川宣撫使吳璘，遣使宣撫，諭以南北議和，毋多生事。顯忠乃往見吳璘，璘送顯忠至行在，高宗撫勞再三，賜名顯忠，尋授為都統制。顯忠上恢復策，為秦檜所忌，復至落職。檜死，顯忠得復原官。（敘入顯忠履歷，亦善善從長之意）。

金主亮南侵，王權敗退，因命顯忠代將。顯忠頗為金人所憚，所以虞允文虛聲揚威，金主亮亦有戒心。已而顯忠果至，允文接見甚歡，且與語道：「敵入揚州，必與瓜州舟兵合，京口無備，我當往守，公能分兵相助麼？」顯忠道：「同是朝廷軍吏，有何不可？」遂分兵萬六千人與允文。允文即日至京口，且謁劉錡問疾。錡執允文手道：「疾何必問。朝廷養兵三十年，一技不施，大功反出一儒生，真令我輩愧死了。」言甫畢，有詔傳入，召錡還朝，提舉萬壽觀，別命成閔為淮東招討使，李顯忠為淮西招討使，吳拱為湖北、京西招討使。錡既接詔，遂與允文告別而去。未幾楊存中奉詔，來守京口，與允文臨江閱兵，命戰士試船中流。三週金山，往

來如飛。適金主亮至瓜州,命部眾持矢射船,船疾矢遲,俱不能中,眾皆駭愕。亮獰笑道:「恐怕是紙船哩。」恐是你死在目前,眼先昏花了。言未已,有一將跪白道:「南軍有備,不可輕敵,陛下不如回駐揚州,徐圖進取。」亮怒叱道:「汝敢慢我軍心麼?」喝令左右,把該將杖責五十,隨即召集諸將,限令三日渡江,否則盡殺不貸。自此令一下,軍士都有變志,驍騎高僧(一譯作喝山)欲誘私黨亡去,為亮所覺,命將高僧亂刀分屍。且下令軍士逃走,應殺弁目,弁目逃走,應殺總管。眾聞令,益加危懼。嗣又運鴉鶻船至瓜州,約期次日渡江,敢後者斬。自期速死,所以申令激變。軍中遂私自會議,想出一條最後的計策,商諸浙西都統制耶律元宜等。元宜問明計議,大眾齊聲道:「宋軍盡扼淮渡,若我等渡江,個個成擒了。近聞遼陽新天子即位,不若共行大事,然後舉軍北還,免得同死江南。」元宜遲疑半晌,方道:「諸位果齊心否?」眾復應聲道:「大眾同心。」元宜道:「既已齊心,事不宜遲,明晨衛軍番代,即當行事。」眾復允諾。

到了翌晨,元宜即會同各將,齊薄亮營。亮正駐龜山寺,聞變遽起,還疑是宋兵猝至,即令近侍大慶山出召軍士迎敵。慶山將行,忽有一箭射入,被亮接住。顧視箭枝,不禁大駭道:「這箭是我軍所射,並不是宋軍。」道言未絕,聞外面喧噪道:「速誅無道昏君!」大慶山忙語亮道:「事已急了,請陛下急走!」亮接口道:「走將何往?」遂轉身取弓,哪知背後有叢矢攢射,貫入項頸,禁不住一聲叫痛,暈倒地上。延安少尹納合斡魯補(一作納哈培斡喇布)首先搶入,持刀徑下,砍了數刀,但見他手足尚動,遂取帶將他勒死。弒君弒母,還令自受。眾將士陸續趨進,先將李通、郭安國、徒單永年、梁玒、大慶山等次第拿下,然後再把所有妃嬪,一古腦兒牽將出來,捆在一處。大眾各呼道:「速殺速殺!」霎時亂刀齊下,凡助亮為虐的從臣,及供亮宣淫的妖嬈,統變作血肉模糊,幾成

第七十九回　誅暴主遼陽立新君　墮前功符離驚潰變

葅醬。為妃嬪計，若知有這般結果，不若從前死節。再取驍騎指揮使大磐衣巾裹了亮屍，厝薪縱火，焚骨揚灰。應該如此。元宜自為左領軍副大都督，派兵至汴，殺斃亮後徒單氏，及亮子光英，一面退軍三十里，遣使持檄詣鎮江軍議和。楊存中拒絕來使，金使馳去。嗣聞荊、襄、江、淮一帶所有金兵，盡行北去。

先是亮發汴京，將士已有貳心，易蘇（一譯作和碩）館猛安福壽（一作明安完顏福壽）、高忠建、盧萬家，婆娑（一作博索）路總管謀衍（一作默音即妻室子）、東京穆昆金住等皆舉部亡歸，且在路中揚言道：「我輩今往東京去立新天子了。」原來東京留守曹國公烏祿，素性仁孝，向得士心，自妻烏林苔氏被召殉節，未免怨亮，且聞亮有弒母屠族等情，恐禍及己身，更懷憂慮。興元少尹李石，本烏祿舅，勸烏祿先發制人，烏祿因將副留守高存福擒住，適值福壽等擁入東京，願戴烏祿為主，烏祿遂殺高存福，御宣政殿，即位大赦，易名為雍，改元大定，下詔數亮罪惡數十事，飭部眾截亮歸路，追尊父訛里朵為帝，訛里朵係太祖子。號為睿宗。至亮已被殺，遂自遼陽入燕京，召歸南征諸將士，追廢亮為海陵煬王，斥退蕭玉、敬嗣暉等，誅特末哥及高福娘，以張浩有賢名，仍任為尚書令。尋又復故主亶帝號，尊為熙宗，且討弒熙宗罪，再廢亮為庶人，一面令高忠建為招諭宋國使，並告即位。

時高宗已啟蹕至建康，由張浚迎拜道左，衛士見浚，俱以手加額，歡躍異常，高宗亦溫言撫慰。入城後過了殘年，即紹興三十一年之末。虞允文自京口來朝，高宗語陳俊卿道：「允文文武兼全，差不多是朕的裴度呢。」遂命他為川陝宣諭使。允文陛辭，面奏道：「金亮既誅，新主初立，正天示我恢復的機會，若再主和，海內氣沮，不如主戰，海內氣伸。」高宗道：「朕知道了，卿且去，與吳璘經略西陲！」允文乃行。高宗仍欲還臨

安，御史吳芾，請駕留建康，北圖恢復，高宗不從，只託言欽宗神主應祔太廟，隨即啟行，返至臨安。適劉錡嘔血而亡，因詔贈開府儀同三司，賜錡家銀三百兩，帛三百匹，尋諡武穆。錡係德順軍人，慷慨沉毅，有儒將風，為金人所敬畏。至是以劉錡敗績，病不能報，錡恨以終，遠近嘆息。

唯金使高忠建，已到臨安，廷議當遣使報聘，且賀即位。工部侍郎張闡，請慎擇使臣，正敵國禮，庶可復我聲威，高宗也以為然，乃諭諸執政道：「向日主和，本為梓宮太后，雖屈己卑詞，亦所不顧，今兩國已經絕好，宜正名分，畫境界，改定歲幣朝儀。」陳康伯奉命轉告金使，高忠建不肯如約，且聞兩淮州郡，由成閔、李顯忠等依次收復，便因是抗言相責。康伯謂棄好背盟，咎在金，不在宋，說得忠建無詞可答，只好默然。高宗乃遣洪邁為賀登極使，並用手札賜邁道：「祖宗陵寢，睽隔三十年，不得按時祭掃，朕心甚痛。若金人能以河南見歸，或可仍遵前約，否則非改議不可。」語意仍不免畏葸。當下給交國書，改去臣構字樣，直稱宋帝。邁齎書至燕，金閣門見國書不依前式，令邁改草，且令自稱陪臣。朝見禮節，概用舊儀。邁堅執不允，被金人錮使館中，三日水漿不通，邁不屈如故。金廷欲將邁拘住，獨張浩謂使臣無罪，不如遣還。邁才得南歸，唯和議仍無頭緒，南北尚不能無爭。

四川宣撫使吳璘，出屯漢中，復商、虢諸州，分兵收大散關，又遣姚仲攻德順軍，四旬不克。錡用李師顏代將，師顏子班出戰百亭，大敗金兵，擒金將耶律九斤等百三十七人。金兵悉銳趨德順，璘親往督師，又與金人大戰，仍得勝仗。金兵入營固守，會天大風雪，乃拔營遁去。璘遂整軍入城，再派嚴忠取環州，姚仲、耿輦、王彥等，復蘭、會、熙、鞏等州及永興軍。虞允文至陝，與吳璘會同規劃，次第進行，西陲好算順手，東土亦得捷音。金遣豆斤太師（一作烏珍太師）發諸路兵二十路，進攻海

第七十九回　誅暴主遼陽立新君　隳前功符離驚潰變

　　州，先派騎兵繞出州城西南，阻截餉道。知州魏勝，擇勁悍三千餘騎，往拒石閘堰，金軍不能進，只得退還。勝留千騎扼守險要，金兵十餘萬來爭，勝率眾往援，殺死金兵數千人，餘眾遁去。及勝還城中，金兵復乘夜薄城，圍至數匝，勝竭力守禦，且縋兵向李寶告急。寶飛章奏聞，高宗命鎮江都統張子蓋馳援。子蓋發兵至石湫堰，見河東列著敵陣，即率精騎衝擊。統制張汜，奮勇先驅，甫入敵陣，被流矢射中要害，倒斃馬下。子蓋大呼道：「張統制殉難了，此仇豈可不報？」道言未絕，已躍馬直前。部兵一併隨上，縱橫馳驟，銳不可當。金兵正苦難支，又見魏勝統軍殺來，也似生龍活虎一般，那時如何招架，便相率奔潰。後面阻著石湫河，急切無從逃避，多半擁入河中。能泅水的，還僥倖逃生，不能泅水的，當然斃命。海州自是解圍，魏勝收軍還城，子蓋亦帶兵回鎮。李顯忠聞海州圍解，金兵又敗，擬乘勢規復中原，奏請出師西向，自宿、亳趨汴京，直通關、陝。關、陝既通，鄜延一路，素知臣名，必皆響應，然後招集部曲，轉取河東云云。哪知高宗非但不從，反下詔撤銷三招討使，召顯忠主管侍衛軍馬司，成閔主管殿前衙司，吳拱主管侍衛步軍司。顯忠不得已，奉命還朝，又是枉費心機。途次接得內禪詔旨，亟馳賀新主去了。

　　當金亮入寇時，群臣多勸高宗避敵，皇子瑋不勝忿懣，入白高宗，願率師禦寇。高宗亦頗感動，乃下詔親征。瑋扈蹕同行，及還臨安，高宗以年老倦勤，意欲禪位。仍然不脫主和故智，因此得休便休。陳康伯密贊大計，乞先正名，因立瑋為太子，更名為昚（音慎）。且追封太子父子俑為秀王。未幾，由高宗降詔，令太子即皇帝位，自稱太上皇帝，后稱太上皇后，退居德壽宮。太子固辭不受，高宗勉諭再三，又出御紫宸殿，面諭群臣，嗣即入內，由侍臣擁太子出殿，至御座旁，側立不坐。侍臣扶掖至七八次，乃略就座。宰相率百僚拜賀，太子又遽起立。輔臣升殿固請，太

子愀然道：「君父有命，本諸獨斷，自恐無德，未克當此大位。」輔臣免不得恭維數語。於是草草成禮，片刻退班。高宗移駐德壽宮，太子自整袍履，步出祥曦門，冒雨扶輦隨行。及宮門尚未止步，高宗一再麾退，並令左右扶掖以進，因顧群臣道：「付託得人，我無憂了。」越日，頒詔大赦。又越日，以即位禮成，告天地宗廟社稷，是為孝宗皇帝。定五日一朝德壽宮，旋因上皇未允，改為每月四朝。

　　孝宗聞張浚重名，既即位，即召浚入朝。浚至拜謁已畢，孝宗賜他旁坐，且改容與語道：「久聞公忠勇過人，今朝廷所恃唯公，幸有以教朕！」浚從容對道：「人主所恃，以心為本，一心合天，何事不濟？古人所謂天即是理，秉理處事，使清明在躬，自然賞罰舉錯，毋有不當，人心皆歸，敵仇亦服。」孝宗悚然道：「當不忘公言！」遂加浚少傅，封魏國公，宣撫江淮。浚一再進謁，極陳：「和議非計，請遣舟師，自海道搗山東。命諸將出師掎角，進取中原。」孝宗頗也稱善。無如當時，有個潛邸舊臣，姓史名浩，曾任翰林學士，時預樞密。他是秦繆丑的流亞，專講和議，從中掣肘，這也是天意已定，無可挽回，因此出了一位孝宗，復出一個史浩，實仍由孝宗用人不明。浩上言：「官軍西討，東不可過寶雞，北不可過德順，若離蜀太遠，恐致敵人潛襲，保蜀反以亡蜀。」孝宗竟為所惑，遂擬棄秦隴三路。虞允文遙諫不從，反將他罷知夔州，並詔吳璘班師。璘此時已收復十三州三軍，正與金將阿撒相持，既接詔命，乃下令退兵。僚屬交諫道：「將在外，君令有所不受，此舉所關甚重，奈何退師？」璘慨然道：「璘豈不知此！但主上新政，璘遠握重兵，若不遵詔，豈非目無君上麼？」遂退師還河池。自是秦鳳、熙河、永興三路，新復十三州三軍，又皆為金人奪去。及虞允文自川、陝還朝，入對時，以笏畫地，極言棄地利害，且云今日有八可戰，孝宗始嘆謂史浩誤朕，這是後話慢表。

第七十九回　誅暴主遼陽立新君　墮前功符離驚潰變

且說孝宗於紹興三十二年六月即位，越年改元隆興，進史浩為尚書右僕射，同平章事，兼樞密使（備敘官銜，見孝宗之倚畀非人）。且詔宰執以下，各陳應敵定論以聞。廷臣多半主戰，獨史浩主守。守字即和字之變相。正爭議間，忽由張浚呈入金將來書，係索海、泗、唐、鄧、商各州地，所有往來通問，悉如金熙宗時舊約，否則請會兵相見云云。原來金主雍稱帝以後，本已詔罷南征，唯遣右副元帥謀衍等，往討西北亂黨（應前回薩巴之亂）。時薩巴已為黨羽移剌窩斡所殺，老和尚亦就縛，移剌窩斡自稱都元帥，尋且僭號皇帝，改元天正，兵勢頗強。謀衍等師久無功，因遣他將僕散忠義（一作布薩忠義）及紇石烈志寧（一作赫舍哩志寧），往代謀衍。兩將驅兵深入，連敗移剌窩斡。移剌窩斡北走沙陀被黨徒執獻金軍，梟首以殉，餘黨悉平。金主遂進僕散忠義為都元帥，赴汴京節制諸軍。紇石烈志寧為副元帥，駐軍淮陽，為南攻計。紇石烈志寧貽書張浚，求如故約，且遣蒲察徒穆（一作富察圖們）大周仁屯虹縣，蕭琦屯靈壁，積糧修城，準備出發。浚既將來書呈入，又極力主戰，勸孝宗臨幸建康，鼓動士氣，勿墮敵詐謀。孝宗覽後，手詔召浚入議。浚仍執前說，且請乘敵未發，先搗虹縣及靈壁。孝宗點頭會意，獨史浩進奏道：「帝王出師，當策萬全，豈可冒昧嘗試，僥倖圖逞？」浚與他力辯，並奏言：「浩意主和，恐失機會。」孝宗道：「魏公既銳意恢復，朕難道獨甘偷安麼？」浚拜謝而退。李顯忠時已在朝，兼任淮西招撫使，亦請出師，願為前驅。建康都統邵宏淵，復獻搗虹縣、靈壁的計策。孝宗遂決意興師，且語陳俊卿道：「朕倚魏公如長城，不容浮言搖奪。」當下將兵馬大權，付與張浚。

浚至建康，開府江淮，遣李顯忠出濠州，趨靈壁。邵宏淵出泗州，趨虹縣。這次出師的旨意，並不由三省樞密院決議。及兵已調發，浩始得聞，心中很是不平，面請辭職。侍御史王十朋劾浩懷奸誤國等八罪，浩遂

罷知紹興府。十朋再疏劾浩，復斥令奉祠。李顯忠自濠梁渡淮，直抵陡溝，金右翼都統蕭琦，用枴子馬來拒，金人只有此技。顯忠麾眾猛擊，蕭琦敗走，遂克靈壁。唯宏淵圍攻虹縣，曠日不下，顯忠遣靈壁降卒，至虹縣開諭禍福。金守將蒲察徒穆、大周仁俱出降，連蕭琦亦情願投誠。偏宏淵自恥無功，陰懷妒忌，這種人最屬可恨。會值顯忠降將，入訴顯忠，謂被宏淵部卒，奪去佩刀，顯忠即向宏淵索得罪人，訊明屬實，竟喝令斬首。宏淵愈加啣恨。顯忠乘勝至宿州，大敗金兵，追奔二十餘里，至收軍回營，方見宏淵到來。兩下相見，宏淵微笑道：「招撫真關西將軍呢。」言下有不滿意。顯忠道：「公既遠來，請閉營休士，明日併力攻城。」宏淵默然。顯忠知宏淵不可恃，獨於次日誓眾登城。軍士血薄上登，城已垂破，見宏淵軍尚閒立濠外，大呼促進，方渡濠過來。及顯忠已入城，宏淵才到，巷戰逾時，尋斬數千人，宿州遂復。捷報到了臨安，孝宗大喜，授顯忠為淮南、京東、河北招討使，宏淵為副。宏淵欲發倉庫犒士，顯忠不可，止以現錢為賞，士卒始有怨詞。顯忠此舉，未免失策。

　　會聞金副元帥紇石烈志寧自睢陽引兵來攻，部眾約萬餘人，顯忠道：「區區萬人，怕他什麼？當令十人執一人。」日與降人置酒高會。亦漸驕了。到了翌晨，金兵蟻附而至，顯忠登城遠視，差不多有十萬。便道：「這何止萬人呢？」嗣得偵卒入報，來將係金帥索撒（一作博索）自汴京率步騎十萬，前來攻城。顯忠乃往語宏淵，合力出擊，宏淵道：「敵勢甚銳，不如退守。」顯忠勃然道：「我只知有進，不知有退。」遂親督部眾，開南門出戰。戰未數合，統制李福，統領李保，忽然倒退。顯忠大怒，馳到二李面前，拔刀揮去，左斬右劈，二李頭顱依次落地。顯忠宣示道：「將士們瞧著！如不前進，請視此二人。」諸將不覺股慄，遂拚死向前，擊退孛撒。翌日，孛撒復益兵進攻，顯忠駐軍城外，用克敵弓注射，一鼓退敵。

第七十九回　誅暴主遼陽立新君　隳前功符離驚潰變

時方盛夏，炎日當空，軍士多解甲喘息，汗出不休。宏淵從容巡視，顧語大眾道：「天氣酷暑，尋一清涼處，搖扇納涼，尚且不堪，況蒸炙烈日中，被甲苦戰呢。」可殺。看官你想！行軍全靠著鼓氣，怎可作此等語，令人懈體？於是人心遂搖，無復鬥志。到了夜間，中軍統制周宏，鳴鼓大噪，陽言敵至，自與邵世雍、劉侁等，率部下遁去。繼而統制左士淵，統領李彥孚又遁。顯忠急移軍入城，統制張訓通、張師顏、荔澤、張淵又一併遁去。金人乘虛薄城，顯忠尚竭力抵禦，斬首虜二千餘人。忽見東北角上，有敵人架梯登城，急忙自執長斧，砍斷雲梯。梯間數十人墜下，盡行斃命，敵始退卻。顯忠太息道：「若使諸軍相與犄角，自城外掩擊，敵兵可盡，敵帥可擒，奈何離心離德，自失機會呢？」宏淵聞言，竟收軍自去。臨行時，入語顯忠道：「聞敵人又添生力軍二十萬，來此攻城了。若再不退兵，恐變生不測。」顯忠正欲答言，那宏淵已轉身去了。顯忠仰天長嘆道：「蒼天蒼天，尚未欲平中原麼？為何阻撓至此？」乃待夜引還，退至符離，全軍大潰。小子有詩嘆道：

兩將離心至覆兵，大功竟爾敗垂成。
　阜陵（孝宗崩，葬永阜陵）空作長城倚，德遠（即張浚，注見前文）原無擇將明。

顯忠馳至盱眙，見了張浚，納印待罪。欲知張浚如何處置，待至下回表明。

逆亮誅，烏祿立，國勢未定，正天予宋以恢復之機會，虞允文之言當矣。高宗內禪，孝宗嗣位，當時以英明稱之，有相如陳康伯，有帥如張浚，宜若可銳圖恢復矣。顯忠勇號無敵，尤一時干城選，而西北且有吳璘、王剛中等人，濟以虞允文智勇兼優，俱足深恃，奈何內廁一史浩，外

廁一邵宏淵,西北十三州三軍,既得而復棄之,靈壁、虹縣及宿州相繼收復,淮西一帶,將成而又隳之。蓋忠奸不併容,邪正不兩立,未有奸邪在側,而忠正之士能竟大功者也。唯西北事誤於史浩,而邵宏淵之忌李顯忠,則張浚不能無咎。孝宗既以全權付浚矣,彼邵、李二人之齟齬,寧不聞之?不預察於幾先,致隳功於事後,自是恢復之機遂絕,讀宋史者蓋不能無惜焉。

第七十九回　誅暴主遼陽立新君　墮前功符離驚潰變

第八十回
廢守備奸臣通敵　申和約使節還朝

第八十回　廢守備奸臣通敵　申和約使節還朝

卻說張浚見了李顯忠，聞知符離兵潰，所有軍資器械，拋棄殆盡，免不得撫膺太息，乃改命劉寶為鎮江軍都統制，自渡淮入泗州，招撫將士，復退還揚州，上疏自劾。朝右一班主和黨，紛紛論浚，孝宗尚不為所動，且賜浚手書道：「今日邊事，倚卿為重，卿不可遂畏人言，朕當與卿全始全終。」浚得此書，乃令魏勝守海州，陳敬守泗州，戚方守濠州，郭振守六合，在淮陰聚水軍，在壽春屯馬軍，大修兩淮戰備。孝宗復召浚子栻，入問守禦情形。浚附呈奏摺，略言：「自古明良交會，必協謀同志，借成治功。今臣孤蹤外寄，動輒掣肘，陛下亦無所用臣，臣願乞骸骨歸里」等語。孝宗覽奏，顧語栻道：「朕信任魏公，不當令退。」既而和議復興，湯思退復入為醴泉觀使，右正言尹穡，遂附思退劾浚。孝宗亦未免動疑，竟降授浚為特進樞密使，宣撫江、淮東西路，貶顯忠為果州團練副使，安置潭州。邵宏淵雖降官階，仍任建康都統制。貶李顯忠，仍任邵宏淵，以此為明，誰其信之？參知政事辛次膺，前因力阻和議，觸忤秦檜，落職至二十年，自孝宗召入樞密，尋擢參政，至是劾論湯思退，情願免官，遂罷為奉祠。

思退竟進任尚書右僕射，兼樞密使。

思退當然主和，去一史浩，復來一湯思退，如何恢復中原？獨陳俊卿上疏抗章，謂和議必不可成，張浚仍當復用。孝宗乃仍令浚都督江、淮軍馬。未幾，復得金帥紇石烈志寧來書，大旨仍如前言。思退勸孝宗和金，參政趙葵亦附思退議。工部侍郎張闡奮進道：「敵來議和，畏我呢，愛我呢？恐怕是款我呢？臣意謂決不當和。」恰是個硬頭子。孝宗道：「朕意也是如此。且隨宜應付，再作計較。」乃遣盧仲賢如金師，齎交覆書。仲賢陛辭，孝宗諭以海、泗、唐、鄧諸州，不宜輕許。仲賢應命而出。偏湯思退佇待朝堂，私語仲賢道：「如果可和，四州亦不妨許金。」必欲割地，是何用意？

是時金都元帥僕散忠義已進據宿州，仲賢至宿州，進見僕散忠義，呵喝多端，嚇得仲賢不敢措詞，但答言歸當稟命。忠義乃再給文書，要索四事：一、南北通書，改稱叔姪；二、割讓海、泗、唐、鄧四州；三、歲納銀幣如舊額；四、須送交叛臣，及還中原歸附人民。仲賢匆匆還朝，把來書獻入。孝宗頗悔遣仲賢，張浚也遣子栻入奏，謂仲賢辱國無狀。孝宗遂下仲賢獄，責他擅許四州罪狀。鐫奪三階，尋復除名，竄往郴州。偏湯思退急欲求和，又奏遣王之望充金國通問使，龍大淵為副，暗中囑之望許割四州，唯求減歲幣之半數。之望等去後，右正言陳良翰始得聞知，亟奏言：「朝議未決，之望遽行，恐辱國不止仲賢，應追還之望，先遣一使往議，改定原約，然後通問未遲。」張浚亦上言：「金未可和，請車駕亟幸建康，銳圖進兵。」孝宗乃詔飭之望等待命境上，毋得亟往，改命胡昉為金國通問所審議官，一面命廷臣會議和金得失。陳康伯謂：「金人要索四事，最關重大的條目，便是欲得四州。我朝以祖宗陵寢，及欽宗梓宮為言，因此未決，乞召張浚還朝，悉心諮議。」湯思退等俱言和為上計。時虞允文已調任湖北京西宣諭使，胡銓已召為起居郎，還有監察御史閻安中，皆力阻和議。又有監南嶽廟朱熹應召入對，謂非戰無以復仇，非守無以致勝。孝宗默然不答。其意可知。湯思退又從中讒間，止除熹為武學博士，熹辭職告歸。康伯與思退不合，亦上章求去，孝宗准奏，竟調思退為左僕射，另授張浚右僕射，仍都督江、淮軍馬。

越年，接得邊報，使臣胡昉被金人執去，孝宗不禁嘆息道：「和議不成，大約是有天意呢。」遂召王之望等回朝，且命張浚巡視江、淮，整繕兵備。湯思退暗地焦灼，奏請孝宗稟達上皇，再定大計。孝宗親自批答道：「金人無禮如此，卿尚欲議和麼？況今日敵勢，非秦檜時比，卿乃日夕言和，比秦檜尚且不如。」思退得批大駭，可巧胡昉自金遣還，於是思退又得藉

第八十回　廢守備奸臣通敵　申和約使節還朝

口，振振有詞了。原來胡昉至金，金人責宋失信，把他拘留。嗣由金主雍釋歸，令昉傳報宋廷，妥商和議。思退遂暗唆王之望及戶部侍郎錢端禮等，奏稱守備未固，國帑已虛，願以符離為鑑，易戰言和。孝宗乃令之望、端禮兩人，宣諭兩淮，且召張浚入供相職。浚此時正大治戰艦，號令兩河豪傑，銳意興師，並令降將蕭琦，統領降眾，檄諭遼人，約為聲援。偏錢端禮到了淮上，竟遣人入奏，有「名曰守備，守未必備，名曰治兵，兵未必治」等語。看官！你想張浚如何不憤？如何不惱？還至平江，上表乞休，共至八次。孝宗乃授浚少師，兼保信軍節度使，南判福州。侍御史周操，乞請留浚，反遭罷斥。且撤退兩淮邊備。浚行次餘干，積鬱成疾，浚至彌留，遺書囑二子栻、枃道：「我嘗相國，不能恢復中原，湔滌國恥，死後不當葬我先人墓側，但葬我衡山下便了。」既而訃聞於朝，孝宗頗思浚忠，初贈太保，進贈太師，予諡忠獻。浚，綿竹人，夙具大志，終身不主和議。孝宗即位，頗加倚畀，稱魏公不稱名。所惜忠勇有餘，才智不足，符離師潰，幾令孝宗絕望，所以忽戰忽和，終無定見。論斷精當。

自浚歿後，又少了一個反對和議的健將，當由思退奏請，派遣宗正少卿魏杞使金，擬定國書稱，姪大宋皇帝昚再拜奉書於叔大金皇帝，歲幣二十萬。孝宗又面諭杞道：「今遣卿赴金議和，一正名，二退師，三減歲幣，四不發還歸附人。」杞又條陳十七事，由孝宗隨事許可，乃叩首辭別道：「臣奉旨出疆，怎敢不勉？萬一敵人無厭，願速加兵。」孝宗稱善。杞乃退朝，整裝北去。

胡銓又上疏極陳，謂：「和議成，有十可吊，不成有十可賀。」且有「再拜不已，必至稱臣，稱臣不已，必至請降，請降不已，必至納土，納土不已，必至輿櫬，輿櫬不已，必至如晉懷帝青衣行酒，然後為快。今日舉朝大臣，類似婦人，臣情願放流竄殛，不願朝廷再辱」云云。孝宗見

疏，並不批答，也不加罪。最可恨的是湯思退，恐和議不成，竟遣私黨孫造，潛往金軍，勸他用重兵脅和。真是秦檜不若。於是金元帥僕散忠義等，復議渡淮南侵。宋廷聞警，又不覺惶急起來。湯思退尚嗾令御史尹穡，劾罷反對和議的官吏，多至二十餘人。忽有詔旨發下，命他都督江、淮軍馬。他是個和事老，若叫他賣國求榮，倒是好手，怎麼要他去做元帥呢？孝宗亦覺昏憒。當下入朝固辭，乃改命楊存中代任。存中甫受職，忽聞金兵已攻陷楚州，魏勝戰死。那時存中亟馳至淮，連防守幾來不及了。

　　看官道魏勝如何戰死？原來魏杞奉使如金，由金帥僕散忠義求觀國書。杞答言書經御封，須見過金主，方可廷授。忠義料不如式，又求割商秦各州，及歲幣二十萬。杞遣人奏聞孝宗，從思退議，許割四州，歲幣如二十萬數目，再易國書，交杞齎去。哪知僕散忠義已與紇石烈志寧自清河口攻楚州，都統制劉寶，聞風出走，獨魏勝領忠義軍往拒河口，擬截擊金兵餉道。偏劉寶檄止勝軍，謂不應自撓和議。金既入侵，尚欲顧全和議，非痴即駿。勝只好按兵不動。及金兵渡淮而南，已入宋境，勝急往抵禦，彼此交鋒，自卯至申，未決勝負。不意金將徒單克寧帶了數萬生力軍，自斜刺裡殺到，眼見得眾寡不敵，主客懸殊，勝尚率眾死戰，至矢盡力疲，自知必死，乃顧親卒道：「我當死此，爾等如得脫歸，可上報天子。」言已，令步卒居前，騎兵殿後，且戰且走。至淮陰東十八里，中箭身亡，楚州遂破。江、淮又震，幸楊存中星夜馳到，檄調諸將，令互相援應，稍固邊防。怎奈金兵得步進步，入濠州，拔滁州。都統制王彥又復南遁，朝議至欲捨淮渡江。想又是思退主張。獨楊存中堅持不可。且追咎兩淮守備，無端撤去，致有此變。孝宗始悔用思退言，臺官仰窺上意，交劾思退。思退因得罪落職，謫居永州。太學生張觀等七十二人，復伏闕上書，極言：「思退及王之望、尹穡二人，奸邪誤國，招致敵人，乞速誅以謝天下！」

第八十回　廢守備奸臣通敵　申和約使節還朝

　　孝宗雖不見從，這消息已傳達遠方，思退行至信州，聞信變色，發顫了好幾日，當即死了。還是僥倖。孝宗復召陳康伯為尚書左僕射，進錢端禮簽書樞密院事，虞允文同簽書樞密院事，三人中又夾一奸黨。並命王之望勞師江上。之望係思退爪牙，當然奉著衣缽，專以割地啗金為得計。錢端禮與之望同謀，仍奏遣國信所大通事王抃，至金軍議和。之望益檄令諸將，不得妄進。至言官劾罷之望，王抃已得金帥覆書，核准和議了。這次和議的大綱，共計三條：

一　兩國境界如前約。
二　宋以叔父禮事金。宋主得自稱皇帝。
三　歲納銀幣，照原約各減五萬，計銀二十萬兩，絹二十萬匹。

　　和議既成，進錢端禮參知政事，兼知樞密院事，虞允文同知樞密院事，王剛中簽書院事，且下詔肆赦道：

　　比遣王抃遠抵潁濱，得其要約，尋澶淵之信，仿大遼書題之儀，正皇帝之稱，為叔姪之國，歲幣減十萬之數，地界如紹興之時，憐彼此之無辜，約叛亡之不遣，可使歸正之士，咸起寧居之心，重念數州之民，罹此一時之難，老稚有蕩析之災，丁壯有係累之苦，宜推盪滌之宥，少慰凋殘之情。所有沿邊被兵州軍，除逃遁官吏不赦外，雜犯死罪情輕者減一等，餘並放遣。此詔。

　　這篇詔命，相傳係洪适所草，适亦主和黨人，從前宋廷貶節求和，四方尚未盡聞知，自有此詔，才知朝廷近事。時論統咎洪适失詞。其實南北兩宋，均為和字所誤，既已言和，還有什麼掩耳盜鈴呢？評論亦是。且說孝宗嗣位之年，因南北修和，改元乾道，罷江、淮都督府，授楊存中為寧遠、昭慶節度使，又撤銷兩淮及陝西、河東宣撫招討使。未幾，陳康伯病

歿，賜諡文恭。康伯，弋陽人，器識恢宏，臨事明斷，孝宗嘗稱他可比謝安。至陳康伯既歿，一時繼相乏人，只命虞允文參知政事，王剛中同知樞密院事。既而剛中又歿，擢洪適為簽書樞密院事。

到了暮春，魏杞自金歸來，入謁孝宗，謂已與金正敵國禮了。先是杞至燕山，金館伴張恭愈，見國書上列著大宋字樣，便脅杞除去大字。杞毅然道：「南朝天子，不愧聖神，現今豪傑並起，共思敵愾，北朝用兵，能保必勝麼？不過為生靈計，能彼此息兵安民，方免塗炭，所以命杞前來修好，若北朝果允踐盟，幸勿再加指摘，迫人所難。」張恭愈入白金主，金主御殿見杞，杞仍如前言。金主雍方道：「朕亦志在安民，所以諭令息兵，此後當各照新約，固守勿替，朕不再苛求了。」杞才稱謝，乃彼此簽定和約，既不發還叛人，也沒有再受冊封，再上誓表。唯海、泗、唐、鄧四州，及大散關外新得地，一律歸金。杞告別南還，孝宗聞他詳報，自然心喜，慰藉甚厚。金主雍召還僕散忠義等，只留六萬人戍邊，且將宋國歲幣，分賞諸軍。僕散忠義先還，拜為左丞相，尋召左副元帥紇石烈志寧入見，授平章政事，仍令他還鎮南京。僕散忠義越年病逝，紇石烈志寧又越十年乃歿，《金史》上稱為賢將相，這也毋庸細表。

單說宋廷自議和後，國家無事，孝宗乃立鄧王（愭）為皇太子。（愭）係故妃郭氏所出，郭氏生四子，長即（愭），次名愷，又次名惇，又次名恪，既而薨逝。及孝宗即位，追冊郭氏為皇后，封（愭）為鄧王，愷為慶王，惇為恭王，恪為邵王，一面續立賢妃夏氏為皇后。夏氏為袁州宜春人，生時有異光穿室，及長，姿貌秀麗，父協因將女納宮中，得為吳太后（愭）中侍御。太后因郭妃去世，特以夏氏賜孝宗，尋受冊為正宮（敘兩后事，乃是插筆）。及（愭）為皇儲，（愭）妻錢氏，當然為太子妃。看官道錢氏為誰？乃是參政錢端禮的女兒。正意在此。端禮倚著貴戚，早已覬覦

第八十回　廢守備奸臣通敵　申和約使節還朝

相位，至是因宰執久虛，女且益貴，滿擬宰輔一席，在掌握中。偏侍御史唐堯封上言，端禮帝姻，不應執政，有詔遷堯封為太常少卿，朝右大譁。吏部侍郎陳俊卿，又面陳：「本朝故事，從未聞帝戚為相，願陛下謹守家法！」孝宗頗以為然。端禮陰懷私怨，出俊卿知建寧府，自己亦奏請避嫌，不意孝宗已批答出來，罷端禮為資政殿大學士，兼提舉萬壽觀使。端禮沒法，只好怏怏受命。又越數月，竟令洪適為右僕射，兼樞密使，適自中書舍人，半歲四遷，驟登右相，廷臣又不免生議。適亦無所建白，不安於位，至乾道二年春季，以霪雨引咎乞休，乃命參政葉顒為左僕射，魏杞為右僕射，蔣芾參知政事，陳俊卿同知樞密院事，當時號為得人。

不幸宮廷內外，迭遭大喪，幾乎老成凋謝，懿戚淪亡的痛苦，接踵而來。乾道二年十一月，寧遠節度使楊存中卒，存中出入宿衛四十年，大小二百餘戰，未嘗大衄，人共稱為忠義。歿時，舉朝震悼，予諡武恭。越年三月，秀王夫人張氏卒。秀王早薨，至是夫人張氏又歿，孝宗篤念本生，成衣後苑，又不免一番哀戚。越兩月，太傅四川宣撫使新安王吳璘又卒，遺疏請：「毋棄四川，毋輕出兵。」孝宗覽疏，也不禁淚下，追贈太師，加封信王。又越月，皇后夏氏崩，又越月，皇太子（愭）亦逝世，後諡安恭，太子諡莊文。孝宗哀上加哀，痛中增痛，還賴內外臣工，多方勸慰，才覺少解悲懷。不如意事，雜沓而來，卻是難為孝宗。唯左右兩相，隨時變更，葉顒、魏杞罷相後，專任蔣芾。芾以母喪去位，改任陳俊卿、虞允文。允文擬遣使如金，以陵寢為請，俊卿以為未可，謂使節不應輕遣。孝宗方向用允文，罷俊卿，判福州。遣起居郎范成大為金國祈請使，求陵寢地，及更定受書禮。先是紹興年間，金使至宋，捧書升殿，宋帝必降榻受書，轉授內侍。至孝宗初年，陳康伯執政，每值金使到來，但令伴使取書以進。及湯思退為相，復尋紹興故事，孝宗漸有悔心，乃令成大口請。成

大密草章牘,懷諸袖中,當入謁金主時,先進國書,辭意慷慨。金君臣方傾聽間,成大忽奏道:「兩國既為叔姪,受書禮尚未合式,外臣有章疏具陳。」言至此,即從袖中出疏,笏以進。金主雍愕然道:「這豈是獻書處麼?」擲疏不受。成大拾疏再進,毫不動容。金太子允恭侍金主側,稟金主道:「宋使無禮,應加死罪。」金主雍不從,令退居館所。越宿,發交覆書,遣令南歸。覆書有云:

和好再成,界河山而如舊。緘音遽至,指鞏、洛以為言。既云廢祀,欲申追遠之懷,正可奉還,即俟刻期之報。至若未歸之旅櫬,亦當併發於行塗,抑聞附請之辭,欲變受書之禮,於尊卑之分何如?顧信誓之誠安在?此復。

孝宗得書,心尚未死,復遣中書舍人趙雄往賀金主生辰,別函仍申前請。金主不許,至雄辭歸,因語雄道:「汝國為何捨去欽宗,專請鞏、洛山陵呢?如不欲欽宗歸櫬,我當為汝國代葬。」詰得有理。雄不便答詞,但說當稟命再達。金主待了一年,杳無音信,遂用一品禮,葬欽宗於鞏、洛之原。小子有詩嘆道:

五國城中怨別離,生還無望死猶羈。
祖宗可念兄甘拒,莫怪南朝動虜疑。

嗣是允文所建兩議,迄無成功,孝宗因建儲立后,未遑顧及此事,暫從擱置。欲知建儲立后等情,容待下回說明。

議戰議和,迄無定見,蓋猶是高宗朝之故態耳。史浩去,湯思退來,一意主和,無異史浩,甚且陰遣心腹,令敵以重兵脅宋,是賊檜之所不敢為者,而思退竟為之。孝宗既明知思退之奸,為賊檜所不若,何以胡昉一還,復依思退原議,拱手稱姪,甘與敵和耶?人謂孝宗英明,遠過高宗,

第八十回　廢守備奸臣通敵　申和約使節還朝

誰其信之？魏杞第爭一大字，有名無實，與宋何裨？范成大、趙雄一再至金，祈請陵寢，及改受書禮，終無成效，反滋敵笑。當日者，幸金主雍之亦欲罷兵耳。假使乘宋無備，席捲長驅，幾何而不踵靖康之禍也。然則為國家者，其顧可臨事寡斷，任人不明乎哉？

第八十一回
朱晦翁創立社倉法　宋孝宗重定內禪儀

第八十一回　朱晦翁創立社倉法　宋孝宗重定內禪儀

卻說太子（愭）歿後，慶王愷依次當立，孝宗因第三子惇，英武類己，竟越次立為太子。孝宗自己亦未見若何英武，所以子更不逮，後且為悍妻所制。唯進封愷為魏王，判寧國府，命宰執設餞玉津園。宴畢，送愷登車。愷顧語虞允文道：「還望相公保全！」允文當然勸慰。愷乃挈眷而去。既而吳太后妹夫張說，攀援親屬，竟擢為簽書樞密院事。詔命下後，朝議大譁。左司員外郎兼侍講張林。遂上疏切諫，且詣朝堂責虞允文道：「宦官執政，自京、黼始。近習執政，自相公始。」允文不禁慚憤，入白孝宗，孝宗乃收回成命。至乾道八年，改左右僕射為左右丞相，左相仍屬虞允文，右相任用梁克家，嗣復出張栻知袁州，仍命張說入樞密院。侍御史李衡，右正言王希呂，又上書諫阻，直學士院周必大，不肯擬詔，給事中莫濟，封還錄黃，孝宗將他四人一齊罷免，都人士稱為四賢。虞允文因諫院乏人，特薦用李彥穎、林光朝、王質三人，孝宗不報，獨用倖臣曾覿所薦的人員，於是允文力求去位，孝宗竟調他宣撫四川，但進封雍國公。允文蒞任踰年，即疾終任所，詔贈太傅，賜諡忠肅。他本隆州仁壽縣人，夙具智略，採石一戰，遂得成名。入相後，遇事納忠，知無不言，也是一位救時良相。梁克家外和內剛，自允文去後，獨相數月，旋與張說論及外交，語多未合，亦乞外調，遂出知建寧府。說好為欺罔，漸被孝宗察覺，才加罷斥。

乾道八年殘臘，又擬改元，越日元旦，改為淳熙元年，左相虛位不設，右相亦屢有變更。曾懷、葉衡等，忽進忽退，多半是庸庸碌碌，沒甚建樹。葉衡且薦舉左司諫湯邦彥，為金國申議使。邦彥至金，為金所拒，旬餘乃得引見，兩旁列著衛士，統是控弦露刃，耀武揚威，嚇得邦彥心驚膽顫，一語都不能發，竟匆匆辭歸。孝宗恨他辱命，流戍新州。自是申請陵寢的朝議，乃不再提及了。徒向他人乞憐，究竟無益。是年冬季，立貴妃

謝氏為后，后本丹陽人氏，幼年喪父，寄養翟氏，因冒姓為翟。及長，頗有容色。入宮侍吳太后，太后轉賜孝宗，封為婉容，越年晉封貴妃。淳熙三年，孝宗挈妃至德壽宮，謁見上皇，上皇見她端肅恭謹，因謂可繼位中宮。孝宗仰承親命，乃立貴妃為后，復姓謝氏。孝宗不喜漁色，宮闈裡面，除謝后外，只有蔡、李兩妃，此外不載史乘，小子據實敘明，不必多表。

　　唯當時有一位道學先生，遠師孔、孟，近法周、程，專講正心誠意的功夫，稱為南宋大儒，看官欲知此人姓名，就是上次敘及的朱熹。鄭重出之。從前北宋年間，有周敦頤、張載、邵雍及程顥、程頤等人，均以道學著名。程門中有謝良佐、遊酢、呂大臨、楊時四子，俱宗師說，稱為河南程氏學。楊時授學羅從彥，從彥授學李侗。婺源人朱松，曾為吏部員外郎，生子名熹，字元晦，幼即穎悟，甫能言時，松指天示熹道：「這就是天呢。」熹問道：「天上尚有何物？」松不覺驚異。及就傅，授以《孝經》，熹題注書上，有「不若是非人也」六字。暇時與群兒出遊，諸兒在沙上嬉戲，獨熹擇僻處端坐，用手畫沙。至群兒過視，乃畫的先天八卦圖，及後天八卦圖，大家有笑他的，有敬他的，他毫不動容。敘熹幼時所為，可作兒童教育一則。松與李侗本同學友，因遣熹從學，熹盡得師傳。紹興十八年登進士第，任泉州同安縣主簿，日與秀民講論聖道，未幾卸職，改監潭州南嶽廟。孝宗踐阼，詔求直言，熹上陳聖學，且力排和議。孝宗頗為嘉納，擬加擢用。湯思退等暗地阻撓，止授武學博士，熹即辭歸（見前回）。後來陳俊卿、胡銓、梁克家等，相繼薦引，屢徵不至。會孝宗復懷念史浩，召為醴泉觀使，兼侍講，孝宗復召史浩，彷彿高宗再用秦檜。浩欲延攬名人，借塞眾口，遂薦熹知南康軍。熹再辭不許，沒奈何受命赴任。適值南康大旱，乃力行荒政，民賴以生。暇輒與士子講學，且訪唐李

第八十一回　朱晦翁創立社倉法　宋孝宗重定內禪儀

渤白鹿洞書院，奏復舊規。儒學大興，一時稱最。及史浩復入為相，曾覿、王抃、甘昇等，聯作黨援，招權納賄，任意黜陟。繼而浩亦與抃有嫌，竟至罷相。淳熙六年，夏日亢旱，又有詔訪求直言，朱熹自南康上疏道：

臣聞天下之務，莫大於恤民，而恤民之本，在人君正心術以立紀綱，蓋紀綱不能以自立，必人主之心術，公平正大，無偏黨反側之私，然後有所繫而立。君心不能以自立，必親賢臣，遠小人，講明義理，閉塞私邪，然後可得而正。今宰相臺省師傅賓友諫諍之臣，皆失其職，而陛下所與親密謀議者，不過二三近習之臣，上以蠱惑陛下之心志，使陛下不信先王之大道，而悅於功利之卑說，不樂莊士之讜言，而安於私褻之鄙態，下則招集士大夫之嗜利無恥者，文武匯分，各入其門，所喜則陰為引援，擢置清顯，所惡則密行訾毀，公肆擠排。交通貨賂，所盜者皆陛下之財，命卿置將，所竊者皆陛下之柄。陛下所謂宰相師傅賓友諫諍之臣，或反出其門牆，承望其風旨，其幸能自立者，亦不過齗齗自守，而未嘗敢一言以斥之。其甚畏公論者，乃能略警逐其徒黨之一二，既不能深有所傷，而終亦不敢正言，以搗其囊橐窟穴之所在。勢成威立，中外靡然。向之使陛下之號令黜陟，不復出於朝廷，而出於一二人之門，名為陛下獨斷，而實此一二人者，陰執其柄，蓋其所懷，非獨壞陛下之紀綱而已，並與陛下所以立紀綱者而壞之，使天下之忠臣義士，深憂永嘆，不樂其生，而貪利無恥，勇於為惡之人，四面紛然，擾袂而起，以求逞其所欲，然則民安得而恤？財安得而理？軍政何自而修？土宇何自而復？宗社之仇恥，又何自而雪耶？臣且恐莫大之禍，必至之憂，近在朝夕，而陛下尚可不悟乎？臣應詔直陳，不知忌諱，幸乞睿鑑。

孝宗覽到此疏，不禁大怒道：「這是譏我為亡國主呢。」幸樞密使趙

雄在側，上前奏解道：「士人多半好名，若直諫被斥，反增其譽，不若格外包容，因長錄用，看他措置，是否合宜，那時優劣自見了。」孝宗才覺霽顏，乃詔令熹提舉常平茶鹽。未幾，即調任浙東。浙右大饑，熹單車入關，復面奏災異由來，請孝宗修德任人，且指陳時弊凡七事。孝宗改容靜聽，並褒他切直。熹乃陛辭至浙，甫下車，即移書他郡，募集米商，蠲免賦稅，米商大集，浙民始無憂乏食。熹遂鉤訪民隱，按行境內，輕車簡從，所經各處，往往為屬吏所不及知。郡縣有司，多憚他豐采，不敢為非。才閱半年，政績大著。乃進熹入直微猷閣。時各地尚旱蝗相仍，民多艱食，熹尚在浙，上言：「乾道四年間，曾在鄉請諸官府，得常平米六百石，賑貸鄉民，夏受粟，冬加息，計米以償，逐年斂散，歲歉蠲半息，大饑將歲息盡蠲，先後歷十四年，除原數六百石還官外，積得三千一百石，立為社倉，不復收息，每石止收耗米三升，所以一鄉四十五里間，雖值荒年，民不歉食，此法可以推行」云云。孝宗聞言稱善，因命熹草定規則，頒詔各路，一律仿行，當時號為社倉法，大略如下：

　　法以十家為甲，每甲推一人為首，五十家則推一人通曉者為社首。其逃軍及無行之士，與有稅糧暨衣食者，並不得入甲。其應入甲者，又問其願與不願，願者開其一家大小口若干，大口一石，小口五斗，五歲以下者不預，置籍以貸之。其以湮惡不實還者有罰。

　　越年，熹按行至臺州，適知州唐仲友為民所訟，熹察得實情，確係仲友貪妄，進上章彈劾，接連三疏，並不見答。原來金華人王淮，累擢至左丞相，仲友與王淮同里，且有戚誼，因此暗中庇護，所有朱熹奏本，概行藏匿，但調仲友為江西提刑。熹不肯徇情，索性貽書王淮，但說是要入朝面陳，淮知不可匿，乃將熹疏進呈，仲友亦上疏自辯。恐亦由王淮指導。偏淮想了一法，竟將江西提刑一職，轉授朱熹，不令仲友蒞任，一面擢大

第八十一回　朱晦翁創立社倉法　宋孝宗重定內禪儀

　　府寺丞陳賈為監察御史，令他與熹反對。陽示德，暗報怨，卻是個好法兒。賈受職入朝，即奏言：「道學二字，無非假名售奸，願陛下悉心考察，摒棄勿用，免為所欺。」這數語雖不指名斥熹，其實是為熹而發。還有吏部尚書鄭丙，亦迎合淮意，力詆二程學說。借程傾熹，也是良策。看官！你想朱晦翁並非笨伯，聞得這種蜚語，怎肯貿然拜受新命？遂累乞奉祠，詔令他主管臺州崇道觀。右文殿修撰張栻，幸與熹學說相合，甚為投契。淳熙七年病歿，世稱為南軒先生。熹與友書，謂為吾道益孤。著作郎呂祖謙，為呂夷簡五世孫，與張栻、朱熹為友，熹嘗謂學如伯恭，方是能變化氣質。伯恭即祖謙別字，淳熙八年去世，世稱為東萊先生。尚有婺州人陳亮，字同父，才氣豪邁，議論風生。隆興初，曾上中興五論，未蒙見答。淳熙中又詣闕上書，極言時事，孝宗擬加擢用，亮慨然辭歸。嘗自言涵養功夫，應讓道學諸儒，唯推倒一世智勇，開拓萬古心胸，頗有所長。後來策試進士，御筆擢為第一，授簽書建康判官，尋即病歿，也可謂一位志士了。

　　且說高宗自退居德壽宮後，自安頤養，不聞朝政。經孝宗始終侍奉，未嘗失禮，頗也優遊自適，樂享天年。至淳熙十四年間，已享壽八十一歲了。秋季遇疾，孝宗輟朝入侍。越月，高宗駕崩，孝宗號痛擗踴，二日不進膳，並諭宰相王淮道：「從前晉孝武、魏孝文二主，均實行三年喪服，素衣聽政。司馬光通鑑中，紀載甚詳，朕亦欲遵行此制呢。」淮答道：「晉孝武雖有此意，嗣在宮中，也止用深衣練冠。」孝宗道：「當時群臣不能順上美意，所以見譏後世。」淮不便再言，孝宗乃下詔道：

　　大行太上皇帝，奄奄至養，朕當衰服三年，群臣自遵易月之令。特載此詔，以明孝宗之孝。

總計高宗在位，兩次改元，凡三十六年。內禪後，安居德壽宮，又歷二十五年。翰林學士洪邁，請廟號世祖。直學士院尤袤，謂漢光武為長沙王後，布衣崛起，不與哀平相繼，所以稱祖無嫌。上皇中興，雖同光武，實繼徽宗正號，以子繼父，非光武比，乃定號高宗。高宗素性恭儉，器具服飾，概從簡省。就是晚年愛寵的劉貴妃，恃色好奢，亦嘗陰加抑制。劉貴妃係臨安人，初入宮為紅霞帔（係宋宮女使之稱），豔麗軼群，大得寵幸，累遷婕妤婉容。紹興二十四年，進為賢妃，嗣封貴妃。從前金亮入寇，意圖掠取，便是這位劉麗妃（補前文所未詳）。妃嘗因盛夏天暑，用水晶作為腳踏，高宗取以作枕，妃乃稍加儆惕，不敢再蹈舊飾。但高宗寵眷，至老未衰。貴妃去世，就在淳熙十四年間，高宗悲泣逾恆，因此得病，旋亦崩逝。也算一對比翼鳥。後人謂高宗偷安忍恥，懟怨忘親，初為汪、黃所惑，終為秦檜所制，李綱、趙鼎、張浚相繼被斥，岳飛父子冤死獄中，有可用的將相，有可乘的機會，終至臣事仇虜，殘喘苟延，這也所謂愚不可及哩。總結高宗一朝行事。

孝宗次子魏王愷，先高宗數年病歿，孝宗嘗泫然道：「前時越次立儲，正為此兒福薄，不料他果然蚤世了。」究竟不足為訓。因追贈徐、揚二州牧，諡惠寧。恩平王璩，後高宗一年病歿，孝宗本待他甚厚，每召入內宴，呼官不呼名。歿後追封信王，累贈太保太師。這俱是銷納文字。孝宗居高宗喪，白衣布袍，視事內殿，朔望詣德壽宮，仍然衰絰持杖，且詔皇太子參決庶務。既而王淮罷相，右相周必大，仍薦朱熹為江西提刑，熹奉詔入朝，有熹友在途中相遇，語熹道：「正心誠意，上所厭聞，君此去幸勿再言！」熹慨然道：「我生平所學，只此四字，奈何入白大廷，反好隱默呢？」及入對，即極言天理人慾，不能並容，孝宗也不加可否，徐語道：「久不見卿，浙東事朕早聞知，今當處卿清要，不再以州縣相煩了。」時曾

第八十一回　朱晦翁創立社倉法　宋孝宗重定內禪儀

覿已死，王抃亦逐，獨內侍甘昇尚在，熹謂昇不應任用。孝宗謂昇曾侍奉上皇，頗有才識，熹對道：「小人無才，怎能動人主歡心？」孝宗默然。越日，改授熹為兵部郎官，熹以足疾乞祠。兵部侍郎林慄，劾熹託名道學，自高聲價，應亟予罷斥。孝宗得慄言，顧語周必大道：「林慄所言，亦未免太甚了。」必大道：「熹上殿時，足疾未瘳，勉強登對，並非敢託詞欺上呢。」孝宗道：「朕亦見他跛曳，所以謂慄言過甚。」左補闕薛叔似，太常博士葉適，均譽熹毀慄，陸續上奏。侍御史胡晉臣，復劾慄喜同惡異，妄毀正士，乃出慄知泉州，改命熹主管西京嵩山崇福宮。越月，復召熹為崇政殿說書。熹仍固辭不受，孝宗也不復勉強，只命他奉祠罷了。

　　淳熙十六年，孝宗調周必大為左丞相，擢留正為右丞相。必大入見，孝宗密給一紹興傳位親札。留正愕然，孝宗道：「禮莫如重宗廟，朕當孟享，嘗因病分詣，孝莫若執喪，朕不得日至德壽宮，欲不退休，尚可得麼？卿可預擬草詔，擇日傳位。」必大見上意已決，不再勸阻，遂退擬詔命。過了數日，改德壽宮為重華宮，移吳太后居慈福宮。必大進呈詔草，孝宗即命頒詔，傳位太子。屆期由孝宗吉服御紫宸殿，行內禪禮。太子惇出殿受禪，大致與孝宗受禪時，約略相同。禮畢，孝宗入內，仍易喪服，退居重華宮。太子惇即位，是為光宗皇帝，尊孝宗為壽皇聖帝，皇后謝氏為壽成皇后，皇太后吳氏為壽聖皇太后，大赦天下。立元妃李氏為皇后，后係安陽人，慶遠軍節度使李道中女，生時有黑鳳集道營前，因名鳳娘。道嘗以為異，聞道士皇甫坦善相術，特邀令入相諸人。及鳳娘出見，坦驚起道：「此女當母天下，非善為撫視不可。」後來坦入白高宗，高宗遂聘鳳娘為恭王妃，生嘉王擴，旋立為皇太子妃。哪知這位鳳娘，貌雖軼群，性卻妒悍，嘗在高、孝二宮前，挑是翻非，屢言太子左右過失。高宗不懌，私語吳後道：「是婦將種，不識柔道，我為皇甫坦所誤，悔無及了。」誰叫

你信方士。孝宗亦屢加訓敕，令以皇太后為法，否則將要廢汝。鳳娘不但不戒，反引為深恨。及立為皇后，她遂一飛沖天，放出一番手段來了。小子有詩詠道：

閫範無如宋六宮，刑於猶有聖王風。
何來黑鳳嬌痴甚，方士虛言誤阿蒙。

看官不必過急，還有金邦一段遺聞，須要先敘明白，然後述及李后鳳娘事，一切情跡，均至下回表明。

孝宗稱南宋賢闢，而求治不力，任人不專，較之高宗，不過五十里與百里之比，相去蓋有限耳。觀其踐阼以後，所用諸相，賢否不一，且無數年不易之宰輔，其猜疑之私，已可見矣。朱熹為一代名儒，既知其賢，何不留侍經筵，常使啟沃？乃第用一社倉法，而此外所言，未聞採納，且迭置之於奉祠之列，一官冷落，雖有若無，於朝廷何裨乎？高宗因畏事而內禪，孝宗因居喪而內禪，情跡若異，而究其退避之心，實同一轍。人臣或以恬退為知幾，人君繫國家之大，寧亦可以恬退為智耶？故觀於此回，而孝宗之為國，亦可得而論定矣。

第八十一回　朱晦翁創立社倉法　宋孝宗重定內禪儀

第八十二回

攬內權辣手逞凶　勸過宮引裾極諫

第八十二回　攬內權辣手逞凶　勸過宮引裾極諫

卻說孝宗末年，金主雍亦病殂，號為世宗。這金世宗卻是一個賢主，即位後，以故妃烏林荅氏死節，終身不立后，已好算作世界上的義夫。至南宋講和，偃武修文，與民休息，所用人士，多半賢良；性尤儉約，命宮中飾品，毋得用黃金；稍有修築，即以宮人所省的歲費，移作薪資，因此薄賦寬徵，家給人足。刑部每歲錄囚，死罪不過十餘人，國人稱為小堯、舜。夏相任得敬，脅迫夏主，割界土地，且為己向金請封。金世宗料事獨明，謂必由權奸所逼，定非夏主本意，遂卻還來使，並賜諭夏主道：「祖宗世業，汝當固守，今來請命，事出非常，如係由奸人播弄，不妨直陳，朕當為爾興師問罪。」得敬接到此諭，始有戒心。嗣夏主誅死得敬，因遣使申謝。未幾高麗國王晛，為弟皓所廢，皓上表乞請冊封，但說是由兄所讓。世宗疑皓篡國，更令有司詳問。至得晛表文，謂遵父遺訓，傳與弟皓，乃不得已遣使冊封。既而高麗西京留守趙位寵，占據四十餘城，奉表降金，世宗又言：「朕為共主，豈助叛臣為虐？」執位寵使付高麗，高麗王遂討平位寵。世宗又興太學，求直言，所有宋、遼宗室，寓死金邦，悉移葬河南廣寧舊陵旁。在位二十九年，遠近謳歌，逝世時悲聲徹野。太子允恭早卒，孫璟嗣立，不逮乃祖，金邦自是經衰了。插入此段，隱仿孔子夷狄有君之義，且以見金主賢明，尚非孝宗所可及。唯南北兩朝，吊死問生，已成常例，不必細敘。

且說光宗受禪後，改元紹熙，廢補闕拾遺官，罷周必大，用留正為左丞相，王藺為樞密使，葛邲參知政事，胡晉臣簽書樞密院事。四大臣同心輔政，還算是黼黻承平，沒甚弊政。無如宮中有個妒后李鳳娘，不肯安分，日思離間三宮，乘間竊柄，偏光宗又懦弱不振，對了這位女娘娘，好似晉惠帝碰著賈南風，唐高宗碰著武則天，唯唯承命，不敢忤旨；但心中頗有一些瀏亮，明知李后所恃，全仗宦官，欲要釜底抽薪，須將宦官一律

誅逐，免得老虎添翼。只是計畫雖良，一時又未敢實行，偏宦官已窺知上意，按日裡諛媚李后，求她庇護。李后一力擔承，每遇光宗憎嫌宦官，她即極口包庇，害得光宗有口難言，漸漸的釀成一種怔忡病。英武何在？壽皇聞光宗得著心疾，當然懷憂，隨時召御醫入問，擬得一個良方，好容易合藥成丸，欲俟光宗問安時，教他試服。何不叫御醫往診，偏要這般鬼祟？不料光宗並不來朝，這合藥的消息，卻已傳遍宮中。宦官乘此生風，便入訴李后道：「太上皇合藥一大丸，擬俟宮車往省，即當授藥，萬一不測，豈非貽宗社憂？」李后聞言，便深信不疑。非唯不疑，且將深幸。等到光宗稍稍痊可，即用出一番狐媚手段，暗囑宦官備了可口的膳饈，搬入宮中，請光宗上面坐著，自己旁坐相陪，與光宗淺斟低酌，小飲談心，席間語光宗道：「擴兒年已長成了，陛下已封他為嘉王，何不就立為太子，也好助陛下一臂之力？」隱恨壽皇，偏從此處用計，正是奇想（擴封嘉王，即從李后口中帶過）。光宗欣然道：「朕亦有意，但非稟明壽皇不可。」李后道：「這也須稟明壽皇麼？」光宗道：「父在子不得自專，怎得不先行稟明？」李后默然。

　　可巧過了兩三天，壽皇聞光宗少痊，召他內宴。李后竟不使光宗聞知，乘輦自往重華宮。既至宮門，乃下輦入見壽皇，勉強行過了禮。壽皇問及光宗病狀，李后道：「昨日少愈，今日又不甚適意，特囑臣妾前來侍宴。」壽皇皺眉道：「為之奈何？」你道他英武類己，如何這般模樣？李后即接口道：「皇上多疾，據妾愚見，不如亟立嘉王擴為太子。」壽皇搖首道：「受禪甫及一年，便要冊立太子，豈不是太早麼？且立儲亦須擇賢，再待數年未遲。」李后不禁變色道：「古人有言，立嫡以長，妾係六禮所聘，嘉王擴又是妾親生，年已長了，為何不可立呢？」振振有詞，可謂悍婦。看官！試想這幾句話兒，不但唐突壽皇，並唐突壽成皇后，壽成皇后

第八十二回　攬內權辣手逞凶　勸過宮引裾極諫

　　謝氏，係是第三次的繼后，並且世系寒微，本非名閥，光宗又是郭后所生，並非出自謝后。李鳳娘有意嘲笑，所以特出此言。唯壽皇聽了此語，忍不住怒氣直衝，便叱道：「汝敢來揶揄我麼？真正無禮！」李后竟轉身退出，也不願留侍內宴，即上輦還宮。冤冤相湊，一入寢室，恰不見了光宗，詰問內侍，才知到黃貴妃宮內去了。

　　黃貴妃本在德壽宮，光宗為皇太子時，旁無姬侍，孝宗因內禪在邇，移徙德壽宮，入見黃氏體態端方，特賜給光宗。光宗格外愛寵，即位後便封為貴妃，唯李后妒悍性成，平時見了黃貴妃，好似一個眼中釘，此次往重華宮，正被壽皇斥責，又聞光宗去幸黃貴妃，教她如何不氣？如何不惱？當下轉至黃貴妃處，不待內侍通報，便闖將進去。驚見光宗與黃貴妃，正在促膝密談，愈不禁醋興勃發，就在門首大聲道：「皇上龍體少愈，應節除嗜慾，奈何復在此處調情？」光宗見了，連忙起立。黃貴妃更嚇得魂不附體，不由的屈膝相迎。李后竟不答禮，連眼珠兒都不去瞧她。光宗知已惹禍，不便再留，便握住李后的手，同往中宮，心中還似小鹿兒相撞。待至宮中，但見李后的眼眶內，簌簌的流了許多珠淚。光宗大驚，只好加意溫存。李后道：「妾並不為著黃貴妃，陛下身為天子，止有幾個妃嬪，難道妾不肯相容麼？不過陛下新痊，未便縱慾，妾是以冒昧勸諫。此外還有一種特別事故，要與陛下商議。」黃貴妃是掌中物，不妨暫置，要是立儲要緊。言至此，更嗚嗚咽咽的大哭起來。虧她做作。光宗摸不著頭緒，再三婉問，她方囑內侍召入嘉王擴，令跪伏帝前，自己亦陛的下跪道：「壽皇要想廢立了，妾與擴兒兩人，將來不知如何結局，難道陛下尚不知麼？」光宗聽了，越覺驚得發抖，再加詢問。李后才將壽皇所說，述了一遍，更添了幾句不好聽的話兒。光宗到了此時，自然被她引入迷團，便道：「朕不再往重華宮了。汝等起來，朕自有計較！」李后方挈嘉王擴

起身，彼此密談多時，無非是說抵制壽皇的計策。李后又欲立家廟，光宗也是允從，偏樞密使王藺，以為皇后家廟，不應由公費建築，頓忤了後意，立請光宗將他罷職，進葛邲為樞密使。

一日，光宗在宮中盥洗，由宮人奉巹進呈，光宗見她手如柔荑，禁不住說了一個「好」字。適被李后聽聞，懷恨在心。越日，遣內侍獻一食盒，光宗親自揭啟，總道是果餔等物，哪知盒中是一雙血肉模糊的玉手，令人慘不忍睹，那時又不好發作，只得自怨自悔，飭內侍攜了出去。忍哉李后！懦哉光宗。自是心疾復作，夢寐中嘗哭泣不休。至紹熙二年十一月，應祭天地宗廟。向例由皇帝親祭，光宗無從推諉，沒奈何出宿齋宮。這位心凶手辣的李鳳娘，趁著這個空隙，召入黃貴妃，責她蠱惑病主，不異謀逆，竟令內侍持入大杖，把黃貴妃重笞百下。可憐她玉骨冰姿，哪裡熬受得住？不到數十下，已是魂馳魄散，玉殞香消。李后見她已死，令內侍拖出宮外，草草棺殮，一面報知光宗，詭說她暴病身亡。光宗非常驚駭，明知內有隱情，斷不至無端暴斃，可奈身為后制，不敢詰問，並且留宿齋宮，不能親視遺骸，撫棺一訣，悲從中來，解無可解。是夕，在榻中翻去覆來，許久不曾闔眼，直至四鼓以後，矇矓睡去，突見黃貴妃滿身血汗，淚眼來前，此時也顧不得什麼，正要與她抱頭大哭，忽外面一聲怪響，頓將睡魔兒嚇去，雙眸齊啟，並沒有什麼愛妃，但聽得朔風怒號，簷馬叮噹，窗櫺中已微透曙色了。急忙披衣起床，匆匆盥洗，連食物都無心下嚥。外面早已備齊法駕，由光宗出門登輦，直抵郊外，天色已經大明，只是四面陰霾，好似黃昏景象。下輦後步至天壇，驚覺狂風大作，驟雨傾盆，就使有了麾蓋，也遮不住天空雨點，不但侍臣等滿身淋溼，就是光宗的祭服上面，也幾乎溼透。到了壇前，祭品均已擺齊，只是沒法燃燭，好容易爇著燭光，禁不起封姨作對，隨爇隨滅。天亦發怒。光宗本已頭暈目

第八十二回　攬內權辣手逞凶　勸過宮引裾極諫

眩，又被那罡風暴雨，激射下來，越覺站立不住，勉強拜了幾拜，令祝官速讀祝文。祝官默承意旨，止唸了十數句，便算讀完，即由侍臣掖帝登輦，跟蹌回宮。嗣是終日奄臥，或短嘆，或長吁，飲食逐日減少，漸漸的骨瘦形枯。

李后卻乘此干政，外朝奏事，多由她一人作主，獨斷獨行。事為壽皇所聞，輕車視疾，巧值李后出外，遂令左右不必通報，自己悄悄的徑入殿幄，揭帳啟視，見光宗正在熟寐，不欲驚動，仍斂帳退坐。既而光宗已醒，呼近侍進茗，內侍因報稱壽皇在此，光宗蹙然驚起，下榻再拜。壽皇看他面色甚瘁，倍加憐恤，便令他返寢。一面問他病狀，才講得三兩語，外面即趨入一人，形色甚是倉皇，壽皇瞧將過去，不是別人，正是平日蓄恨的李鳳娘。李后聞壽皇視疾，不覺驚訝，便三腳兩步的趕來，既見壽皇坐著，不得不低頭行禮。壽皇問道：「汝在何處？為什麼不侍上疾？」李后道：「妾因上體未痊，不能躬親政務，所有外廷奏牘，由妾收閱，轉達宸斷。」壽皇不覺哼了一聲，又道：「我朝家法，皇后不得預政，就是慈聖（指曹太后）、宣仁（指高太后）兩朝，母后垂簾，也必與宰臣商議，未嘗專斷，我聞汝自恃才能，一切國事，擅自主張，這是我家法所不許哩。」李后無詞可對，只好強辯道：「妾不敢違背祖制，所有裁決事件，仍由皇上作主。」壽皇正色道：「妳也不必瞞我，妳想上病為何而起？為何而增？」李后便嗚咽道：「天有不測風雲，人有旦夕禍福，奈何推在妾一人身上？」壽皇道：「上天震怒，便是示儆。」說至此，聞光宗在臥榻上，嘆了一聲，觸著心病了。因即止住了口，不復再言。父母愛子之心，無所不至。只勸慰光宗數語，即起身出去。光宗下榻送父，被李后豎起柳眉，瞋目一瞧，頓時縮住了腳。如此怕妻，真是可憐。李后俟壽皇去遠，免不得帶哭帶罵，又擾亂了好多時。光宗只好閉目不語，聽她咒詛罷了。

自光宗增病後，經御醫多方調治，服藥數十百劑，直至三年三月，才得告痊，親御延和殿聽政。群臣請朝重華宮，光宗不從，從前壽皇誕辰，及歲定節序，例應往朝，只因光宗多疾，輒由壽皇降旨罷免。至是群臣因請朝不許，再聯絡宰輔百官，以及韋布人士，伏闕泣諫。光宗始勉強允諾。誰知一過數日，仍然不往。宰執等又復奏請，方於夏四月間，往朝一次，自後並不再往。到了五月，光宗舊病復發，朝政依舊不管，哪裡還顧及重華宮。及長至節相近，病已痊可，逐日視朝。節前一日，丞相留正等，面奏光宗，請次日往朝壽皇，光宗不答。留正只好約同百官，於翌晨齊集重華宮，入謁稱慶，禮畢退歸。兵部尚書羅點，給事中尤袤，中書舍人黃裳，御史黃度，尚書左選郎官葉適等，復上疏請朝重華宮，仍不見報。祕書郎彭龜年，更上書極諫，略云：

壽皇之事高宗，備極子道，此陛下所親睹也。況壽皇今日，止有陛下一人，聖心惓惓，不言可知。特遇過宮日分，陛下或遲其行，則壽皇不容不降免到宮之旨，蓋為陛下辭責於人，使人不得以竊議陛下，其心非不願陛下之來。自古人君處骨肉之間，多不與外臣謀，而與小人謀之，所以交閧日深，疑隙日大，今日兩宮萬萬無此。然臣所憂者，外無韓琦、富弼、呂誨、司馬光之臣，而小人之中，已有任守忠者在焉。宰執侍從，但能推父子之愛，調停重華，臺諫但能仗父子之義，責望人主，至於疑間之根，盤固不去，曾無一語及之。今內侍間諜兩宮者，實不止一人，獨陳源在壽皇朝，得罪至重，近復進用，外人皆謂離間之機，必自源始。宜亟發威斷，首逐陳源，然後肅命鑾輿，負罪引慝，以謝壽皇，使父子歡然，宗社有賴，詎不幸歟！

是時吏部尚書趙汝愚，未曾入奏，龜年責他誼屬宗卿，何故坐視？汝愚被他激動，遂入奏內廷，再三規諫。光宗乃轉告李后，令同往朝重華

第八十二回　攬內權辣手逞凶　勸過宮引裾極諫

宮。李后初欲勸阻，繼思自己家廟，已經築成，不若令光宗朝父，然後自己可歸謁家廟，免致外廷異言，於是滿口應允。長至節後六日，光宗先往重華宮，后亦繼至。此次朝謁，父子間甚是歡洽，連李鳳娘也格外謙和，對著壽皇夫婦，只管自認罪愆。壽皇素來長厚，還道她知改前非，也是另眼相看。又被她瞞過了。因此歡宴竟日，才見帝后出宮。都下人士，欣然大悅。哪知才過兩日，即有皇后歸謁家廟的內旨，斯時無人可阻，禮部以下，只好整備鳳輦，恭候皇后出宮。

　　李鳳娘鳳冠鳳服，珠玉輝煌，裝束與天仙相似，由宮娥內侍等人，簇擁而出，徐徐的登了鳳輿，才經大小衛役，呵道前行。及至家廟門內，鳳娘始從容下輦。四面眺望，覺得祠宇巍峨，規模崇敞，差不多與太廟一般，心下很是喜慰。並因高祖以下，均已封王，殿中供著神主，居然玉質金相，異常華麗。那時喜上加喜，說不盡的快樂，瞻拜已畢，當有李氏親屬，入廟謁後，由鳳娘一一接見，除疏戚外，計得至親二十六人，立即推恩頒賞，各親屬不勝歡謝。無如駒光易過，未便留戀，沒奈何辭廟回宮。是夕，即傳出內旨，授親屬二十六人官階，並侍從一百七十二人，俱各進秩。甚至李氏門客，亦得五人補官，這真是有宋以來特別的曠典。雌鳳兒畢竟不凡。

　　轉眼又是紹熙四年，元旦這一日，光宗總算往朝重華宮，到了暮春，再與李后從壽皇、壽成後，幸玉津園，自是由夏及秋，絕跡不往。至九月重明節，光宗生辰。群臣連章進呈，請光宗朝重華宮，光宗不省，且召內侍陳源為押班。中書舍人陳傅良，不肯草詔，並劾源離間兩宮，罪當竄逐。給事中謝深甫，亦上言：「父子至親，天理昭然，太上皇鍾愛陛下，亦猶陛下鍾愛嘉王。太上皇春秋已高，千秋萬歲後，陛下何以見天下？」光宗聞得此言，始傳旨命駕往朝，百官排班鵠立，待了多時，見光宗已趨

出御屏,大眾上前相迎,不料屏後突出李鳳娘,竟攬住光宗手,且作媚態道:「天氣甚寒,官家且再飲酒!」老臉皮。光宗轉身欲退,陳傅良竟跑上數步,牽光宗背後的衣裾,抗聲道:「陛下幸勿再返!」李后恐光宗再出,復用力一扯,引光宗入屏後。傅良亦大著膽,跟了進去。李后怒叱傅良道:「此處是何地?你秀才們不怕斫頭麼?」傅良只好放手,退哭殿下。李后遣內侍出問道:「無故慟哭,是何道理?」傅良答道:「子諫父不聽,則號泣隨之,此語曾載入禮經。臣猶子,君猶父,力諫不從,怎得不泣?」內侍入報李后,李后愈怒,竟傳旨不復過宮。群臣沒法,只好再行上疏。怎奈奏牘呈入,好似石沉大海,毫無轉音。直待了兩閱月,仍然沒有影響,於是丞相以下,俱上疏自劾,乞即罷黜。嘉王府翊善黃裳,且請誅內侍楊舜卿,祕書郎彭龜年,又請逐陳源,均不見批答。太學生汪安仁等二百十八人,聯名請朝重華宮,亦不見從。至十一月中,工部尚書趙彥逾,復入內力請,才得一回過宮。既而五年元日,也由光宗往朝壽皇,越十二日,壽皇不豫,接連三月,光宗毫不問疾,群臣奏請不報。父疾不視,光宗全無人心了。立夏後,光宗反偕李后遊玉津園,兵部尚書羅點,請先過重華宮,光宗不允,竟與后遊幸終夕,盡興始歸。彭龜年已調任中書舍人,三疏請對,概置不答。會光宗視朝,龜年不離班位,伏地叩額,血流滿地。光宗才問道:「朕素知卿忠直,今欲何言?」龜年奏道:「今日要事,莫如過宮。」同知樞密院事余端禮隨奏道:「叩額龍墀,曲致忠懇,臣子至此,可謂萬不得已了。」光宗道:「朕知道了。」言畢退朝,仍無過宮消息。群臣又接連進奏,方約期過宮問疾。屆期由丞相以下,入宮候駕,待至日昃,才見內侍出報道:「聖躬抱恙,不便外出。」群臣懊悵而返。到了五月,壽皇疾已大漸,竟欲一見光宗,每顧視左右,甚至泣下。這消息傳入大廷,陳傅良再疏不答,竟繳還告敕,出城待罪。丞相留正

第八十二回　攬內權辣手逞凶　勸過宮引裾極諫

等，率輔臣入宮諫諍，光宗竟拂衣入內。正引帝裾極諫，羅點也泣請道：「壽皇病勢已危，若再不往省，後悔無及。」光宗並不答言，儘管轉身進去。留正等隨著後面，至福寧殿，光宗趨入殿中，忙令內侍闔門。正等不能再進，慟哭出宮。越二日，正等又請對。光宗令知閤門事韓侂冑（侂音託）傳旨道：「宰執並出。」正等聞旨，遂相率出都，至錢塘江北岸的浙江亭待罪去了。正是：

人紀無存胡立國？

忠言不用願辭官。

光宗聞正等出都，尚不為意，獨壽皇聞知，憂上加憂，遂召韓侂冑入問。欲知侂冑如何對答，且看下回表明。

孝宗越次立儲，已為非法，顧猶得曰：「光宗即位以前，魏王已歿，福薄之說，信而有徵。」尚得為孝宗解也。至悍后專權，閹人交構，過宮禮闕，定省久疏，悍后不足責，光宗猶有人心，寧至天良泯盡乎？且宮人斷臂，貴妃被殺，光宗應亦憤恨，憤之而不能斥，恨之而不能制，以天子之尊，不能行權於帷帟間，英武果安在乎？且因畏妻而成疾，因疾深而遠父，甚至孝宗大漸，不敢過問，吾不知光宗何心？李后何術？而致演此逆倫之劇也。語有之：「知子莫若父」，其然豈其然乎？

第八十三回
趙汝愚定策立新皇　韓侂冑弄權逐良相

第八十三回　趙汝愚定策立新皇　韓侂胄弄權逐良相

卻說韓侂胄入重華宮，見了壽皇，請過了安，壽皇問及宰臣出都事，侂胄奏對道：「昨日皇上傳旨，命宰執出殿門，並非令他出都，臣不妨奉命傳召，宣押入城。」壽皇稱善。侂胄遂往浙江亭，召回留正等人。次日，光宗召羅點入對，點奏請道：「前日迫切獻忠，舉措失禮，陛下赦而不誅，臣等深感鴻恩；唯引裾也是故事，並非臣等創行。」光宗道：「引裾不妨，但何得屢入宮禁？」點引魏辛毗故事以謝，且言壽皇止有一子，既付神器，寧有不思見之理？光宗為之默然。嗣由彭龜年、黃裳、沈有聞等，奏乞令嘉王詣重華宮問疾，總算得光宗允許。嘉王入省一次，後亦不往。至六月中，壽皇竟崩逝重華宮。宮中內侍，先奔訃宰執私第，除留正外，即至趙汝愚處。汝愚時已知樞密府，得了此訃，恐光宗為后所阻，不出視朝，特持訃不上。翌晨入朝，見光宗御殿，乃將哀訃奏聞，且請速詣重華宮成衣。光宗不能再辭，只好允諾，隨即返身入內。誰知等到日昃，尚未見出來。父死之謂何？乃尚坐視耶？留正、趙汝愚等，只得自往重華宮，整備治喪。唯光宗不到，主喪無人，當由留正、趙汝愚，議請壽聖吳太后，暫主喪事。吳太后不許。正等申奏道：「臣等連日至南內，請對不獲，屢次上疏，又不得報，今當率百官再行恭請，若皇上仍然不出，百官或慟哭宮門，恐人情騷動，為社稷憂，乞太后降旨，以皇帝為有疾，暫就宮中成衣。唯臨喪不可無主，況文稱孝子嗣皇帝，宰臣何敢代行？太后係壽皇母，不妨攝行祭禮。」太后乃勉從所請，有子而令母代，亦曠古所未有。發喪太極殿。計自孝宗受禪，三次改元，共歷二十七年，至光宗五年乃終，享壽六十有八。孝宗為南宋賢主，但也未免優柔寡斷，用舍失宜，不過外藩入繼，奉養壽皇，總算全始全終，毫不少忤。廟號曰「孝」，尚是名實相副呢。

治喪期內，由光宗頒詔，尊壽聖皇太后為太皇太后，壽成皇后為皇太

后，唯車駕仍稱疾不出。郎官葉適，語丞相留正道：「皇上因疾，不執親喪，將來何辭以謝天下？今嘉王年長，若亟正儲位，參決大事，庶可免目前疑謗，相公何不亟圖？」留正道：「我正有此意，當上疏力請。」於是會同輔臣，聯名入奏道：「皇子嘉王仁孝夙成，應早正儲位，借安人心。」疏入不報。越宿復請，方有御批下來，乃是「甚好」二字。又越日，再擬旨進呈，乞加御批，付學士院降詔。是夕，傳出御札，較前批多了數字，乃是「歷事歲久，念欲退閒。」正得此八個大字，不覺驚惶起來，急與趙汝愚密商。汝愚意見，謂不如請命太皇太后，竟令光宗內禪嘉王。正以為未妥，只可請太子監國。兩下各執一詞，正遂想了一法，索性辭去相位，免得身入漩渦。次日入朝，佯為僕地，裝出一般老邁龍鍾的狀態，及衛士扶回私第，他即草草寫了辭表，命衛士帶回呈入。表中除告老乞休外，有「願陛下速回淵鑑，追悟前非，漸收人心，庶保國祚」等語。至光宗下札慰留，他已潛出國門，竟一溜煙似的走了。留正意議，較汝愚為正，但因所見未合，即潛身遁去，毋乃趨避太工。

　　正既出都，人心益震，會光宗臨朝，也暈僕地上，莫非也學留正麼？虧得內侍掖住，才免受傷。趙汝愚情急勢孤，倉皇萬狀。左司郎中徐誼，入諷汝愚道：「古來人臣，不外忠奸兩途，為忠即忠，為奸即奸，從沒有半忠半奸，可以濟事。公內雖惶急，外慾坐觀，這不是半忠半奸嗎？須知國家安危，關係今日，奈何不早定大計？」汝愚道：「首相已去，幹濟乏人，我雖欲定策安國，怎奈孤掌難鳴，無可有為。」徐誼接口道：「知閣門事韓侂胄，係壽聖太后女弟的兒子，何勿託他稟命太后，即行內禪呢？」汝愚道：「我不便徑託。」誼又道：「同裡蔡必勝，與侂胄同在閣門，待誼去告知必勝，要他轉邀侂胄，何如？」汝愚道：「事關機密，請小心為是！」誼應命而別。是夕，侂胄果來訪汝愚，汝愚即與談及內禪事，面

第八十三回　趙汝愚定策立新皇　韓侂胄弄權逐良相

託代達太后。侂胄許諾。太后近侍，有一個張宗尹，素與侂胄友善，侂胄既辭別汝愚，即轉至張宗尹處，囑令代奏。宗尹入奏二次，不獲見允。適侂胄待命宮門，見了內侍關禮，問明原委。關禮道：「宗尹已兩次稟命，尚不得請，公係太后姻戚，何妨入內面陳，待禮為公先容便了。」侂胄大喜。禮即入見太后，面有淚痕。小人慣作此態。太后問他何故？禮對道：「太皇太后讀書萬卷，亦嘗見有時事若此，能保無亂麼？」太后道：「這⋯⋯這非汝等所知。」禮又道：「事已人人知曉，怎可諱言？今丞相已去，只恃趙知院一人，恐他亦要動身了。」言已，聲淚俱下。太后愕然道「知院同姓，與他人不同，乃亦欲他往麼？」禮復道：「知院因誼屬宗親，不敢遽去，特遣知閣門事韓侂胄，輸誠上達。侂胄令宗尹代奏二次，未邀俯允，趙知院亦只好走了。」太后道：「侂胄何在？」禮答道：「小臣已留他待命。」太后道：「事果順理，就命他酌辦。」禮得了此旨，忙趨出門外，往報侂胄，且云：「明晨當請太皇太后在壽皇梓宮前，垂簾引見執政，煩公轉告趙知院，不得有誤。」侂胄聞命，亟轉身出宮，往報汝愚。天色已將晚了，汝愚得侂胄報聞，也即轉告參政事陳騤，及同知院事余端禮，一面命殿帥郭杲等，夤夜調集兵士，保衛南北大內。關禮又遣閣門舍人傅昌朝，密制黃袍。是夕，嘉王遣使謁告，不再入臨。汝愚道：「明日禫祭，王不可不至。」來使應命而去。

　　翌日為甲子日，群臣俱至太極殿，嘉王擴亦素服到來。汝愚率百官至梓宮前，隱隱見太后升坐簾內，便再拜跪奏道：「皇上有疾，未能執喪，臣等曾乞立皇子嘉王為太子，蒙皇上批出『甚好』二字，嗣復有『念欲退閒』的御札，特請太皇太后處分。」太后道：「既有御筆，相公便可奉行。」汝愚道：「這事關係重大，播諸天下，書諸史策，不能無所指揮，還乞太皇太后作主。」太后允諾。汝愚遂袖出所擬太后指揮以進，內云：「皇帝抱

恙，至今未能執喪，曾有御筆，欲自退閒，皇子嘉王擴可即皇帝位，尊皇帝為太上皇帝，皇后為太上皇后。」太后覽畢，便道：「就照此行罷！」汝愚復奏道：「自今以後，臣等奏事，當取嗣皇處分，但恐兩宮父子，或有嫌隙等情，全仗太皇太后主張，從中調停。且上皇聖體未安，驟聞此事，也未免驚疑，乞令都知楊舜卿提舉本宮，擔負責任。」太后乃召楊舜卿至簾前，當面囑詑，然後命汝愚傳旨，令皇子嘉王擴嗣位。嘉王固辭道：「恐負不孝名。」汝愚勸諫道：「天子當以安社稷定國家為孝，今中外人人憂亂，萬一變生，將置太上皇於何地？」遂指揮侍臣，扶嘉王入素幄，被服黃袍，擁令即位。嘉王尚卻立未坐，汝愚已率百官再拜。拜畢，由嗣皇詣幾筵前，哭奠盡哀，百官排班侍立殿中。嗣皇衰服出就東廡，內侍扶掖乃坐。百官謹問起居，一一如儀。嗣皇乃起行禫祭禮，禮畢退班，命以光宗寢殿為泰安宮，奉養上皇。民心悅服，中外安然，這總算是趙知院的功勞了。計下有未足意。

越日，由太皇太后特旨，立崇國夫人韓氏為皇后。后係故忠獻王韓琦六世孫，初與姊俱被選入宮，事兩宮太后，獨後能曲承意旨，因此歸嘉王邸，封新安郡夫人，晉封崇國夫人。後父名同卿，侂胄係同卿季父，自後既正位，侂胄兼得兩重後戚，且自居定策功，遂漸漸的專橫起來。為後文寫照。汝愚請召還留正，命為大行攢宮總護使，留正入辭，嗣復出城。太皇太后命速追回，汝愚亦入請帝前，乃特下御札，召留正還，仍命為左丞相，改令郭師禹為攢宮總護使。一面由嗣皇帶領群臣，拜表泰安宮。光宗方才聞知，召嗣皇入見。韓侂胄隨嗣皇進謁，光宗瞪目視道：「是吾兒麼？」光宗已死了半個。復顧侂胄道：「汝等不先報我，乃作此事，但既是吾兒受禪，也無庸說了。」嗣皇及侂胄均拜謝而退，自是禪位遂定，歷史上稱作寧宗皇帝，改元慶元。

第八十三回　趙汝愚定策立新皇　韓侂胄弄權逐良相

　　韓侂胄欲推定策功，請加封賞，汝愚道：「我是宗臣，汝是外戚，不應論功求賞。唯爪牙人士，推賞一二，便算了事。」侂胄怏怏失望，大為不悅。汝愚但奏白寧宗，加郭杲為武康節度使。還有工部尚書趙彥逾，定策時亦曾預議，因命為端明殿學士，出任四川制置使，兼知成都府。侂胄覬覦節鉞，偏止加遷一官，兼任汝州防禦使。徐誼往見汝愚道：「侂胄異時，必為國患，宜俾他飽欲，調居外任，方免後憂。」汝愚不從，錯了。別欲加封葉適。適辭謝道：「國危效忠，乃人臣本務，適何敢徼功？唯侂胄心懷缺望，現若任為節度，便可如願以償，否則怨恨日深，非國家福。」汝愚仍然不允。適退後自嘆道：「禍從此始了，我不可在此遭累呢。」遂力求外補，出領淮東兵賦。見機而作，不俟終日。寧宗拜汝愚為右丞相，汝愚不受，乃命為樞密使。既而韓侂胄陰謀預政，屢詣都堂，左丞相留正，遣省吏與語道：「此間公事，與知閤無與，知閤不必僕僕往來。」侂胄懷怒而退。會留正與汝愚，議及孝宗山陵事，與汝愚未合。侂胄遂乘間進讒，竟由寧宗手詔，罷正為觀文殿大學士，判建康府，授汝愚為右丞相。汝愚聞留正罷官，事出侂胄，不禁憤憤道：「我並非與留相有嫌，不過公事公議，總有未合的時候，為什麼侂胄進讒，竟請出內旨，將留相罷去？若事事統照此辦法，恐讒間日多，大臣尚得措手足麼？」你何不從徐、葉之言，將他調往外任？簽書樞密院事羅點在側，正要接入論議，忽報韓侂胄來謁相公。汝愚道：「不必進來！」吏役即傳命出去，羅點忙語汝愚道：「公誤了！」汝愚不待說畢，卻也省悟，再命吏役宣侂胄入見。侂胄聞汝愚拒絕，正擬轉身出門，嗣又聞吏役傳回，乃入見汝愚。兩下會面，各沒情沒緒的談了數語，侂胄即辭去，自此怨恨越結越深了。

　　侍御史章穎，劾論內侍陳源、楊舜卿、林億年等十人，離間兩宮的罪狀，乃將諸人貶官斥外。復因趙汝愚奏薦，召朱熹為煥章閣待制，兼官侍

講。熹奉命就道，途次即上陳奏牘，請斥近幸，用正士。及入對時，復又勸寧宗隨時定省，勿失天倫。寧宗也不置可否，由他說了一通。熹見寧宗無意聽從，復面辭新命，寧宗不許。汝愚又奏請增置講讀諸官，有詔令給事中黃裳，及中書舍人陳傅良、彭龜年充選，更有祭酒李祥，博士楊簡，府丞呂祖儉等，均由汝愚薦引。在汝愚的意思，方以為正士盈朝，可以無恐，哪知挾嫌銜忿的韓侂冑，已日結奧援，千方百計的謀去汝愚。寧宗復向用侂冑。看官試想這趙丞相，還能長久在位麼？已而羅點病逝，黃裳又歿，汝愚入朝，泣語寧宗道：「黃裳、羅點相繼淪謝，這非官的不幸，乃是天下的不幸呢。」寧宗也沒甚悲悼。但聽了韓侂冑說話，用京鏜代羅點後任。鏜本任刑部尚書，寧宗欲命他鎮蜀，汝愚道：「鏜望輕資淺，怎能當方面重任？」寧宗乃留詔不發。鏜聞汝愚言，當然懷恨，侂冑遂聯為知交，薦鏜入樞密院，日夜伺汝愚隙，以快私圖。

　　知閣門事劉弼（即古弼字）自以不得預定策功，心懷不平，因語侂冑道：「趙相欲專大功，君非但不得節鉞，恐且要遠行嶺海了。」侂冑愕然道：「這且奈何？」弼答道：「只有引用臺諫，作為幫手。」侂冑又道：「倘他又出來阻撓，將奈何？」弼笑道：「從前留丞相去時，君如何下手？」侂冑亦自哂道：「聰明一世，懵懂一時，我已受教了。」過了一天，即有內批發出，拜給事中謝深甫為中丞，嗣復進劉德秀監察御史，也由內批授命。繼而劉三傑、李沐等，統入為諫官，彈冠相慶。朱熹見小人倖進，密約彭龜年同劾侂冑，偏龜年奉命，出伴金使，遂不果行。熹乃轉白汝愚，謂：「侂冑怨望已甚，應以厚賞酬勞，出就大藩，勿使在朝預政。」汝愚道：「他嘗自言不受封賞，有什麼後患呢？」至此猶且不悟，汝愚真愚。熹遂自去進諫，面陳侂冑奸邪，寧宗不答。右正言黃度，將上疏論侂冑罪，偏被侂冑聞知，先請御筆批出，除度知平江府。度憤然道：「從前蔡京擅權，天

第八十三回　趙汝愚定策立新皇　韓侂冑弄權逐良相

下遂亂，今侂冑假用御筆，斥逐諫臣，恐亂端也將發作了。我豈尚可供職麼？」遂奏乞歸養，飄然徑去。

熹見黃度告歸，因上疏極諫，略言：「陛下即位未久，乃進退宰臣，改易臺諫，均自陛下獨斷，中外人士，統疑由左右把持，臣恐主威下移，求治反亂」云云。這疏呈入，侂冑大怒，會值寧宗召優入戲，侂冑暗囑優人峨冠闊袖，扮大儒像，演戲上前，故意把性理諸說，變作詼諧，引人解頤。侂冑因乘此進言，謂：「朱熹迂闊，不可再用。」寧宗點首，俟看戲畢，即書手詔付熹道：「憫卿耆艾，恐難立講，當除卿宮觀，用示體恤耆儒之至意。」這詔頒出，應先經過都堂，趙汝愚見是御筆，即攜藏袖中，入內請見。且拜且諫，並將御批取出繳還。寧宗不省，汝愚因求罷政。寧宗搖首不許。越二日，侂冑乞得原詔，用函封固，令私黨送交朱熹。熹即上章稱謝，出都自去。中書舍人陳傅良、起居郎劉光祖、起居舍人鄧驛、御史吳獵、吏部侍郎孫逢吉、登聞鼓院游仲鴻，交章留熹，均不見報，反將傅良、光祖落職，特進侂冑兼樞密院都承旨。

侂冑勢焰益張，彭龜年以劾奸致罷。陳騤謂龜年不應罷職，也坐罪免官。用余端禮知樞密院事，京鏜參知政事，鄭僑同知樞密院事。京鏜兩次遷升，統由侂冑一力保舉，他心中非常感激，每日至侂冑私第，商量私計。侂冑欲逐趙汝愚，苦無罪名，鏜即獻策道：「他係楚王元佐七世孫，本是太宗嫡派，若誣他覬覦神器，謀危社稷，豈不是一擊即中麼？」奸人之計，煞是凶狡。侂冑欣然道：「君也可謂智多星了。」鏜復道：「汝愚嘗自謂夢見孝宗，授以湯鼎，背負白龍昇天，是輔翼今皇的預兆，我等何妨指他自欲乘龍，假夢惑人。」（汝愚履歷，及自言夢事，均借京鏜口中敘告，省筆墨。）侂冑鼓掌道：「甚善。我便囑李沐照奏一本，不怕此人不去。」李沐嘗向汝愚求節鉞，汝愚不許，侂冑遂薦引李沐，入為右正言。

至此召沐與商，教他劾奏汝愚。李沐極口應允，即日具疏入奏，略稱：「汝愚以同姓為相，本非祖宗常制，方上皇聖體未康時，汝愚欲行周公故事，倚虛聲，植私黨，定策自居，專功自恣，似此不法，亟宜罷斥，以安天位而塞奸萌」云云。汝愚聞得此疏，亟出至浙江亭待罪。有旨罷免右相，授觀文殿學士，出知福州。中丞謝深甫等又上言：「汝愚冒居相位，今既罷免，不應再加書殿隆名。帥藩重寄，乞收回出守成命。」於是又將汝愚降職，只命提舉洞霄宮。祭酒李祥博士楊簡府丞呂祖儉等，連章請留汝愚，俱遭內批駁斥。祖儉疏中，有侵及侂冑語，侂冑更入訴寧宗，加誣祖儉罪狀，說他朋比罔上，竄往韶州。太學生楊宏中、周端朝、張衎、林仲麟、蔣傳、徐范六人，不由的動了公憤，伏闕上書道：

近者諫官李沐，論罷趙汝愚，中外諮憤，而李沐以為父老歡呼，矇蔽天聽，一至於此。陛下獨不念去歲之事乎？人心驚疑，變在旦夕，是時非汝愚出死力，定大議，雖百李沐，罔知攸濟。當國家多難，汝愚位樞府，據兵柄，指揮操縱，何向不可？不以此時為利，今天下安恬，乃獨有異志乎？章穎、李祥、楊簡發於中激，力辯前非，即遭斥逐，李沐自知邪正不兩立，思欲盡覆正人以便其私，必託朋黨以罔陛下之聽。臣恐君子小人之機，於此一判，則靖康已然之驗，何堪再見於今日耶？伏願陛下念汝愚之忠勤，察祥、簡之非黨，竄沐以謝天下，還祥等以收士心，則國家幸甚！天下幸甚！特錄此疏，以示學風。

看官！你看這書中所言，也算明白徹底，偏此時的寧宗，已被侂冑蠱惑成癖，把所有七竅靈氣，盡行蔽住，辨不出什麼是奸，什麼是忠，看了此疏，反惹懊惱，即援筆批斥道：「楊宏中等罔亂上書，煽搖國是，甚屬可恨，悉送至五百里外編管。」這批發出，楊宏中等六人，呼冤無路，只好屈體受押，隨吏遠徙去了。

第八十三回　趙汝愚定策立新皇　韓侂胄弄權逐良相

　　侂胄尚未快意，必欲害死汝愚，再令中丞何澹，監察御史胡紘，申行奏劾，只說：「汝愚倡引偽徒，謀為不軌，乘龍授鼎，假夢為符，暗與徐誼造謀，欲衛送上皇過越，為紹興皇帝等事。」寧宗也不辨真假，竟謫汝愚為寧遠軍節度副使，安置永州。徐誼為惠州團練副使，安置南安軍。汝愚聞命，從容就道，瀕行語諸子道：「侂胄必欲殺我，我死後，汝輩尚可免禍哩。」至此才知為侂胄所害，毋乃已遲。果然行至衡州，衡守錢鍪，受侂胄密諭，窘辱百端，氣得汝愚飲食不進，竟至成疾，未幾暴卒。是時正慶元二年正月中了。當有敖陶孫題詩闕門，隱寓感慨，小子止記得二句云：

　　一死固知公所欠，孤忠賴有史長存。

　　汝愚已死，後事如何，且待下回再敘。

　　光、寧授受，事出非常，留正以疑懼而去，獨賴趙汝愚定策宮中，始得安然禪位，汝愚之功，固不可謂不大矣。然汝愚固非能成此舉也。創議賴徐誼，成議賴韓侂胄，事定以後，自當按功論賞，豈可因己不言功，遂謂人之慾善，誰不如我乎？侂胄所望，不過一節鉞耳，苟請命寧宗，立除外任，則彼已饜望，應不致遽起邪心。小人未嘗無才智，亦未必不可用，在馭之有道而已。乃靳其節使，反使居內，徐誼、葉適、朱熹等，屢諫不從，反自言乘龍授鼎諸夢兆，使奸人得援為口實，忠有餘而智不足，古人之論汝愚也，豈其然乎？若第以功成不退，為汝愚咎，汝愚固貴戚之卿，非異姓之卿也，異姓可去，貴戚不可去，子輿氏有明訓矣。然則汝愚之不早退，猶可自解，誤在碩印不封，無以塞小人之望耳。故觀於汝愚之行誼，殆不能無嘆惜云。

第八十四回

賀生辰尚書鑽狗寶　侍夜宴豔后媚龍顏

第八十四回　賀生辰尚書鑽狗竇　侍夜宴豔后媚龍顏

卻說趙汝愚既死，擢余端禮為左丞相，京鏜為右丞相，謝深甫參知政事，鄭僑知樞密院事，何澹同知院事。端禮本與汝愚同心輔政，及汝愚竄逐，不能救解，未免抑鬱不平，並因中外清議，亦有謗詞，遂稱疾求退。寧宗初尚不允，及再表乞休，乃罷為觀文殿大學士，提舉洞霄宮。京鏜遂得專政，他想把朝野正士，一網打盡，遂與何澹、劉德秀、胡紘三人，定出一個偽學的名目，無論是道學派，非道學派，但聞他反對侂冑，與攻訐自己，統說他是偽學一流。他才算是真小人。劉德秀首先上言，願考核真偽，辨明邪正，寧宗即頒發原疏，令輔臣複議。京鏜遂搜取正士姓名，編列偽籍，呈入寧宗，擬一一竄逐。太皇太后吳氏，聞這消息，勸寧宗勿興黨禁。寧宗乃下詔道：「此後臺諫給舍論奏，不必更及往事，務在平正，以副朕建中至意。」這詔一下，京鏜等當然憤悶，韓侂冑愈加忿怒，國子司業汪逵，殿中侍御史黃黼，吏部侍郎倪思，均因推尚道學，先後被斥。又有博士孫元卿、袁燮、國子正陳武等，統皆罷去。端明殿學士葉翥嚴斥偽學，得入樞密。御史姚愈，嘗劾倪思倚附偽學，得擢為侍御史。太常少卿胡紘復極陳：「偽學誤國，全賴臺諫排擊，得使元惡殞命，群邪屏跡，今復接奉建中詔命，恐將蹈建中靖國的覆轍，宜嚴行杜絕，勿使偽學奸黨，得以復萌」等語。大理司直邵褒然亦上言：「偽學風行，不但貽禍朝廷，並且延及場屋，自後薦舉改官，及科舉取士，俱應先行申明，並非偽學，然後可杜絕禍根」云云。寧宗居然准奏，命即施行。

先是朱熹奉祠家居，聞趙汝愚無辜被逐，不忍默視，因手草封事數萬言，歷陳奸邪欺主及賢相蒙冤等情，擬即繕錄拜發。唯子弟諸生，更迭進諫，俱言此草一上，必且速禍，熹不肯從。門人蔡元定請卜易以決休咎，乃揲蓍成爻，占得遯及同人卦辭。熹亦知為不吉，因取稿焚毀，只上奏力辭職銜。有詔命仍充祕閣修撰，熹亦不至。當胡紘未達時，嘗至建安謁

熹，熹待學子，向來只脫粟飯，不能為紘示異，紘因此不悅。及為監察御史，即意圖報復，以擊熹為己任，只因無隙可尋，急切無由彈劾。至偽學示禁，便以為機會已至，樂得乘此排斥，草疏已成，適改官太常少卿，不便越俎言事；可巧來了一個沈繼祖，因追論程頤為偽學，得任御史，紘遂把疏草授與繼祖，令他奏陳，謂可立致富貴。繼祖是抱定一條升官發財的宗旨，偶然得此奇緣，彷彿是天外飛來的遭際，遂把草疏帶回寓中。除錄述原稿外，再加添幾條誣陷的話兒，大致是劾熹十罪，結末是熹毫無學術，唯剽竊張載、程頤的餘論，簧鼓後進，乞即褫職罷祠。熹徒蔡元定，佐熹為妖，乞即送別州編管。果然章疏朝上，詔令暮發，削祕閣修撰朱熹官，竄蔡元定至道州。已而選人餘紘上書，乞誅熹以絕偽學，謝深甫披閱紘書，看是一派狂吠，遂將書擲道地：「朱熹、蔡元定，不過自相講明，有什麼得罪朝廷呢？」還是他有點天良。於是書不得上，眾論稍息。蔡元定，字季通，係建陽人氏。父名發，博學群書，嘗以程氏《語錄》、邵氏《經世》、張氏《正蒙》等書，授與元定，指為孔、孟正脈。元定日夕研摩，通曉大義，嗣聞朱熹名，特往受業。兩下晤談，熹驚詫道：「季通你是我友，不當就弟子班列。」元定仍奉熹為師。尤袤、楊萬里等，交相薦引，屢徵不起。會偽學論起，元定嘆道：「我輩恐不免哩。」及道州遭謫，有司催迫甚急，元定毫不動容，即與季子沈徒步就道，馳行三千里，足為流血，無幾微怨言，且貽書誡諸子道：「獨行不愧影，獨寢不愧衾，勿因吾得罪，遂懈爾志。」踰年病歿，當世稱為西山先生。

慶元三年冬季，太皇太后吳氏崩，遺詔謂：「太上皇帝，疾未痊癒，應由承重皇帝服齊衰五月。」寧宗改令服喪期年，尊諡為憲慈聖烈四字，攢祔永思陵。越月詔籍偽學，列籍凡五十九人，一併坐罪。試錄述姓氏如下：

趙汝愚　留正　周必大　王藺（曾居宰輔。）

第八十四回　賀生辰尚書鑽狗竇　侍夜宴豔后媚龍顏

趙汝愚　留正　周必大　朱熹　徐誼　彭龜年　陳傅良　章穎　薛叔似　鄭湜　樓鑰　林大中　黃由　黃黼　何異　孫逢吉（曾任待制以上官職。）

劉光祖　呂祖儉　葉適　楊芳項　安世　李皇　沈有開　曾三聘　游仲鴻　吳獵　李祥　楊簡　趙汝讜　趙汝談　陳峴　范仲黼　汪逵　沈元卿　袁燮　陳武　田澹　黃度　張體仁　蔡幼學　黃穎　周南　吳柔勝　王厚之　孟浩　趙鞏　白炎震（曾任散官。）

皇甫斌　范仲壬　張致遠（曾任武官。）

楊宏中　周瑞朝　張衢　林仲麟　蔣傅　徐范　蔡元定　呂祖泰（俱士人。）

　　黨禁既興，《六經》、《論語》、《孟子》、《中庸》、《大學》諸書，亦垂為世禁。朝右無一正士，所有宰輔以下，統是韓家門內的走狗，侂胄亦早封保寧軍節度使，尋復加官少傅，封豫國公。吏部尚書許及之，諂事侂胄，無所不至，每思侂胄援引，得預樞要，偏待了兩年有餘，望眼將穿，一些兒沒有佳報，他心中是說不出的苦楚，沒奈何靜俟機緣，再行乞請。想是官運未通。可巧侂胄生日，開筵慶壽，群臣各敬送壽儀，屆期往祝。及之也硬著頭皮，割捨千金，備得一分厚禮，先日恭送，到了往拜的時候，日未亭午，總道時候尚早，不妨遲遲吾行，誰知到了韓宅，閽人竟掩門拒客。他驚惶得了不得，輕輕的敲了數下，但聽門內竟呵叱出來；再自述官銜，乞求放入，裡面又厲聲道：「什麼裡部（吏與裡字同音）外部？如來祝壽，也須清早恭候，現在是什麼時候了。」及之心下益慌，情願厚贈門金，懇他容納。已是臨渴掘井。閽人方指示一條門徑，令他進去。看官道是何路？乃是宅旁一扇偏門，凡奴隸及狗，由此進出。及之已喜出望

外，便向偏門中傴僂而入。那閽人已經待著，由及之饋他多金，方引入正廳拜壽。及之到壽壇前，恭恭敬敬的行了三跪九叩禮，然後轉入客座，但見名公巨卿，統已先在座中。你會巴結，誰知別人比你還要巴結。自己愈覺懊悔，及酒闌席散，先搶步上前謝宴，最後方才退出。過了兩日，再去拜見侂冑，寒暄已畢，便歷敘知遇隆恩與自己衰癃情狀，甚至涕淚滿頤。侂冑慢騰騰地答道：「我也念汝衰苦，正想替汝設法呢。」及之聽得此語，好似恩綸下降，自頂至踵，無不感悅，不由地屈膝下跪道：「全仗我公栽培！」侂冑微笑道：「何必如此，快請起來！當即與君好音。」及之又磕了幾個響頭，才自起立，口中謝了又謝，始告別而去。不到兩天，即有內批傳出，令及之同知樞密院事。都下有知他故事的，遂贈他兩行頭銜，一行是「由竇尚書」四字，一行是「屈膝執政」四字，及之並不自慚，反覺意氣揚揚，入院治事。笑罵由他笑罵，好官我自為之。

　　同時還有天潢貴冑，叫做趙師𩅦（即古擇字），是燕王德昭八世孫，曾舉進士第，累任至大府少卿，自侂冑用事，更加意獻媚，得擢司農卿，知臨安府。當侂冑慶壽時，百官爭饋珍異金珠等類，不勝列舉。師𩅦獨袖出小盒，呈與侂冑道：「願獻小果核賄囑。」大眾都疑是什麼佳果，至開篋出視，乃是粟金蒲萄小架，上綴大珠百餘粒，都是精圓秀潤，燁燁生光。眾人齊聲稱賞，侂冑卻不過說了「還好」二字，頓使人人慚沮，自覺禮儀太輕，報然而退。侂冑有張、譚、王、陳四妾，均封郡夫人。三夫人綽號滿頭花，妖冶異常，尤得寵幸。其次又有十婢，也是日抱衾裯，未曾失歡。適有趨炎附熱的狗官，獻入北珠冠四頂，侂冑分給四夫人，唯十婢統是向隅。十婢且羨且妒，自相告語道：「我等未嘗非人，難道不堪一戴麼？」自是對著侂冑，不是明譏，便是暗諷，添了侂冑一樁心事。這消息傳至師𩅦耳中，亟出錢萬緡，購得北珠冠十枚，𩅦得侂冑入朝，逕自獻入。十婢大

第八十四回　賀生辰尚書鑽狗竇　侍夜宴豔后媚龍顏

喜，分持以去。至佗胄退歸，十婢都來道謝，佗胄也是心歡。過了數日，都市行燈，十婢各帶珠冠，招搖過市，觀者如堵，無不稱羨。十婢返語佗胄道：「我輩得趙太卿厚贈，光價十倍，公何不酬給一官呢？」佗胄允諾，次日即進師𥲠為工部侍郎。佗胄又嘗與客飲南園，師𥲠亦得列座，園內裝點景色，精雅絕倫，就中有一山莊，竹籬茅舍，獨饒逸趣。佗胄顧客道：「這真田舍景象，但少雞鳴犬吠呢。」客方謂雞犬小事，無關輕重，不料籬間竟有狺狺的聲音，震動耳鼓，佗胄未免驚訝。及仔細審視，並不是韓盧晉獒，乃是現任工部侍郎趙師𥲠，確是狗官。佗胄不禁大笑。師𥲠益搖頭擺尾，作乞憐狀，他客雖暗暗鄙薄，但也只好稱他多能，取悅佗胄。佗胄益親信師𥲠，太學諸生有六字詩道：「堪笑明廷鵷鷺，甘作村莊犬雞。一日冰山失勢，湯燖鑊煮刀刲。」這真是切實描寫，差不多似當頭棒喝呢。

且說偽學禁令，愈沿愈嚴，前起居舍人彭龜年，及主管玉虛觀劉光祖，俱追奪官職。京鏜調任左丞相，謝深甫進任右丞相，何澹知樞密院事，韓佗胄竟晉授少師，封平原郡王。京鏜、何澹、劉德秀等，尚日日排擊善類，唯恐不盡，獨朱熹在籍，與諸生講學不休。或勸熹謝遣生徒，熹但微笑不答。至慶元三年六月，老病且篤，尚正座整衣冠，就寢而逝，年七十一。熹著述甚富，有《周易本義》、《啟蒙》、《著卦考誤》、《詩集傳》、《大學中庸章句或問》、《論語孟子集注》、《太極圖通書》、《西銘解》、《楚辭集注辨正》、《韓文考異》諸書，至若編次成帙，有《論孟集義》、《孟子指要》、《中庸輯略》、《孝經刊誤》、《小學書》、《通鑑綱目》、《宋名臣言行錄》、《家禮》、《近思錄》、《河南程氏遺書》、《伊洛淵源錄》、《儀禮經傳通解》，無不原原本本，殫見洽聞。門人不可勝計，如黃幹、李燔、張洽、陳淳、李方子、黃灝、輔廣、蔡沈諸子，最為著名。幹嘗述熹行狀，謂：「道統正傳，自周、孔以後，傳諸曾子、子思、孟子，孟子以後，得周、程、

張諸子，繼承絕學。周、程、張以後，要算朱夫子元晦。」看官不要說他阿私所好呢。唯同時有金溪陸氏兄弟，以儒行著，與朱子學說不同，常相辯難。陸氏有兄弟三人，長名九齡，字子壽，次名九淵，字子靜，又次名九韶，字子美。九齡曾知興國軍，九淵亦知荊門軍，俱有政績，因此聲名益著，學徒號為二陸。九韶隱居不仕，唯著有《梭山文集》，流傳後世。九淵嘗至鵝湖訪朱熹，互談所學，宗旨各殊。及熹守南康，九淵又往訪，熹邀九淵至白鹿洞，九淵對學徒演講，為釋《論語》中君子喻義，小人喻利一章，說得淋漓透澈，聽者甚至泣下。熹亦佩服，嘆為名論，足藥學士隱痼。唯無極太極的論解，始終齟齬，辯論不置。楊簡、袁燮、舒璘、沈煥等，均傳陸學，稱九淵為象山先生。後來韓侂冑遭誅，學禁悉弛，追贈朱熹寶謨閣直學士，賜謚曰文。理宗寶慶三年，晉贈太師，封徽國公。陸九齡亦得追贈朝奉郎，予謚文達，九淵得謚文安，朱子為道學名家，故特詳述，二陸亦就此插敘，仍不沒名儒之意。這也不必細表。

　　單說太上皇后李氏，自寧宗受禪後，卻還安分守己，沒甚做作。至慶元六年，一病即逝，尊謚慈懿。僅逾兩月，太上皇亦崩。廟號光宗，合葬永崇陵。既而皇后韓氏亦歿，謚為恭淑。後父同卿，曾知泰州事，因后既正位，累遷至慶遠軍節度使，加封太尉。他卻持盈保泰，不敢自恣，所以中外人士，但知侂冑為后族，不知同卿為后父。同卿先后一年卒，后歿後，侂冑仍驕橫如故，引陳自強為簽書樞密院事。自強為侂冑童子師，聞侂冑當國，乃入都待銓。侂冑即令從官交章論薦，不次超遷，計自選人至樞府，才閱四年。侂冑薦引陳自強，我謂其尚知有師。處士呂祖泰（即祖儉弟），擊鼓上書，請誅韓侂冑，宮廷中詫為奇事，相傳書中有警語云：

　　道學自古所恃以為國者也。丞相汝愚，今之有大勳勞者也。立偽學之禁，逐汝愚之黨，是將空陛下之國，而陛下尚不知悟耶？陳自強，韓侂冑

第八十四回　賀生辰尚書鑽狗竇　侍夜宴豔后媚龍顏

意稚之師，躐至宰輔，陛下舊學之臣彭龜年等，今安在耶？侂胄徒自尊大，而卑陵朝廷，一至於此。願急誅侂胄，而逐罷自強之徒，故大臣在者，獨周必大可用，宜以代之。不然，事將不測矣。

未幾詔下，謂：「祖泰挾私上書，語言狂妄，著拘管連州。」右諫議大夫程松，與祖泰為總角交，聞祖泰得罪，恐自己不免被嫌，遂獨奏稱：「祖泰應誅，且必有人主使，所以狂言無忌，就使聖恩寬大，待以不死，亦當加以杖黥等罪，竄逐遠方。」殿中侍御史陳讜，亦以為言，乃杖祖泰一百，發配欽州收管。周必大雖早罷相，尚存太保官銜，至是也為監察御史林採等所劾，貶為少保，侂胄反得加封太傅。至慶元七年，改元嘉泰，臨安大火，四日乃滅，焚燒民居至五萬三千餘家，寧宗雖下詔罪己，避殿減膳，但侂胄仍然專權，進陳自強參知政事，程松同知樞密院事。松初知錢塘縣，不到二年，即為諫議大夫，看官不必細問，便可知他是諂事侂胄，所以官運亨通。既而滿歲未遷，特出重價購一美姝，取名松壽，送與侂胄，1侂胄問松道：「奈何與大諫同名。」松答道：「欲使賤名常達鈞聽呢。」侂胄不禁加憐，因令松升入樞府。越年，復以蘇師旦兼樞密院都承旨，師旦本侂胄故吏，嘗司筆札，侂胄愛他敏慧，特將師旦姓名，參入嘉王邸中，目為從龍舊臣，於是權勢日盛。唯是時京鏜早死，何澹、劉德秀、胡紘三人，亦漸失侂胄歡心，相繼罷職。侂胄頗自悔黨禁，意欲從寬。從官張孝伯、陳景思等，亦勸侂胄勿為已甚，乃追復趙汝愚、留正、周必大、朱熹等官。

會值繼后議起，楊貴妃與曹美人，均得寵寧宗，各有冊立的希望。楊性機警，頗涉獵書史，知古今事，曹獨柔順，與楊不同。平時韓家四夫人，出入宮闈，嘗與楊、曹二妃，並坐並行，不分尊卑。楊心中頗存芥蒂，未免露諸詞色，曹卻和顏相待，毫不爭論。四夫人轉告侂胄，侂胄因勸寧宗

冊曹置楊，畢竟楊妃心靈，早有所覺，她與曹陽示和好，愛同姊妹，平居道及心事，嘗謂：「此後中宮，不外妳我二人，應各設席請幸，覘知上意，以決此舉。」曹當然應允。唯設席時須分遲早，楊卻讓曹居先，自願落後。曹丕知是計，反竊自欣幸，只面子上不得不推遜一番。偏楊氏決意照議，曹歡然如約而去。屆期這一日，曹美人先邀帝飲，待至日旰，才見車駕到來，當由美人接入，請帝上坐，自己檢點酒餚，側坐相陪。酒甫二巡，忽有宮女入報道：「貴妃娘娘來了。」曹美人只好起座，延令入室，邀她同席。楊妃對寧宗道：「陛下一視同仁，此處已經賞光，應該轉幸妾處。」寧宗聞言，便欲起身，急得曹美人連忙遮攔，再求寧宗加飲幾杯。楊妃復道：「曹姊何必著急，陛下到妾處一轉，仍可回至姊處。」寧宗也連聲稱善，便挈楊妃竟行。既至楊妃宮內，楊妃放出一番柔媚手段，籠絡寧宗，銀缸綠酒，問夜未央，寶髻紅妝，似花解語。睹嬌姿兮如滴，覺酒意之更醺。等到霞觴催醉，玉山半頹，那邊是倦眼微餳，留髠欲睡，這邊是餘情繾綣，乘勢乞求，寧宗也不遑細想，便令楊妃取過紙筆，寫了數字，乃是貴妃楊氏可立為皇后一語。夠了。楊妃大喜，唯還要寧宗再書一紙，仍然照前語寫就。於是屈膝謝恩，一面細囑近侍，把御筆分發出去，一面撤去殘餚，卸了晚妝，並替寧宗解去龍衣，擁入寢中，這一夕的龍鳳交歡，比尋常侍寢的時候，更增十倍。

小子有詩詠道：

到底名花不讓人，一枝竟占六宮春。
深宵侍宴承恩澤，雨露從來不許勻。

翌晨，百官入朝，但見一位椒房貴戚，匆匆登殿，從袖中取出御筆，宣布楊氏為皇后了。欲知此人是誰，待至下回交代。

第八十四回　賀生辰尚書鑽狗寶　侍夜宴豔后媚龍顏

觀許及之、趙師𥲤及松壽事，彷彿是一部《官場現形記》。觀楊貴妃及曹美人事，彷彿一編宮闈奪寵錄。而偽學之禁，與佗胄之橫，均係本回中賓位文字。要之女子與小人，皆為難養，小人未有不獻諛者，女子亦未有不取媚也。吾謂女子猶不足責，以鬚眉而同巾幗，恥已極矣。甚至比巾幗之不如，可恥更何若耶？孟子謂人之求富貴利達者，其妻妾不羞且泣也幾希，觀此回而其言益信。

第八十五回

倡北伐喪師辱國　據西陲作亂亡家

第八十五回　倡北伐喪師辱國　據西陲作亂亡家

卻說后位已定，登殿宣布的貴戚，叫做楊次山，楊貴妃嘗認他為兄，其實並不是至親骨肉，但因他籍貫相同，彼此冒認。楊妃出身微賤，隨母張氏，入隸德壽宮樂部，麗質聰明，聞聲即悟，雛喉嬌小，按節能歌，並且生就一副楚楚身材，亭亭玉貌，所有六宮婦女，自妃嬪以下，均覺相形見絀，因此都嘆為尤物。未幾母老歸籍，獨女留宮中，入侍吳太后，善承意旨。太后頗加憐愛，遂賜與寧宗。寧宗見她色藝過人，當然欣慰，遂封為婕妤，累遷至貴妃。此時與曹美人陰爭后位，竟仗著心靈手敏，奪得錦標，又恐韓侂胄與她反對，或至封詔駁還，所以請寧宗書就兩紙，一紙照常例頒發，一紙特交楊次山，囑令先示朝堂，免致中變。確是智女。及侂胄聞知，沒法變更，只好仰承上意，聽百官準備冊后隆儀，迨吉舉禮罷了。一著輸與娘子軍。

冊后禮成，群臣多半加秩，侂胄竟進位太師，獨謝深甫力求罷政，奉詔准奏，進陳自強為右丞相，許及之知樞密院事，自強性甚貪鄙，四方致書，必加饋遺，方才啟視，否則概置不閱。且縱令子弟親戚，關通貨賄，凡仕途干進，必先講定價值，然後給官。當都城大火時，自強所貯金帛，俱成煨燼，侂胄首贈萬緡，輔臣以下，聞風致饋，不數月間，得六十萬緡，比較前時所失，竟得倍償。自強喜躍得很，嘗語人道：「自強只有一死，以報師王。」有時與僚屬談及，必稱侂胄為恩主恩父，父生師教，故父與師尚得相連，從未有稱徒為父者，有之，由自強始。蘇師旦為叔，堂吏史達祖為兄。侂胄專攬國柄，自強與他表裡為奸，朝政益不可問。只是恃寵生驕，久靜思動，這個位極人臣的韓師王，居然欲整軍經武，覷立大功，做一番掀天揭地的事業。看官道是何事？乃是恢復中原，北伐金邦的創議。是自尋死路了。

金自世宗歿後，嗣主璟沉湎酒色，不修朝政，內寵幸妃李師兒，外寵

佞臣胥持國。師兒因父湘得罪，沒入宮庭，尋以慧黠得幸，勢傾後宮。胥持國曾與試童子科，以通經列選，為太子祗應司令。金主在東宮時，已加信任，及即位，遂召為參政。他與李師兒密通關節，相倚為援，金人為之語道：「經童作相，監婢為妃。」自是政治大紊，兵刑廢弛。北方韃靼等部，屢來擾邊，金廷遂連歲興師，士卒疲敝，府庫空匱，好容易擊退外寇，又復內訌迭起，盜賊相尋，以是民不堪命，幾無寧日。

　　韓侂冑聞這消息，以為有機可乘，樂得出些風頭，自張權力。蘇師旦更極力慫恿，於是聚財募卒，出封樁庫金萬兩，待賞功臣。且市戰馬，造戰艦，增置襄陽騎軍，加設澉浦水軍。安豐守臣厲仲方，上言淮北守臣，咸願歸附。浙東安撫使辛棄疾又入稱金國必亡，願屬元老大臣，備兵應變。又有鄧友龍自使金歸來，具言金國困弱，反手可取狀。侂冑大喜，決計用兵，並追崇韓、岳諸人，風厲將士。韓世忠已於孝宗廟，追封蘄王，獨岳飛只予諡武穆，未得王爵，侂冑乃請命寧宗，追封岳飛為鄂王。尋奪秦檜官爵，改諡繆丑。封岳奪秦，似屬快心之舉，但不應出諸韓侂冑。當下與許及之商議，意欲令守金陵，這及之是個萇片朋友，教他做個磕頭蟲，很是善長，若要他出守要塞，獨當方面，他直是茫無所知，如何敢去，不得已堅辭不行。侂冑反懊惱起來，竟令致仕。這遭壞了，連磕頭都沒用了。唯陳自強卻想出一條好計，請遵孝宗典故，創國用司，總核內外財賦，侂冑一力贊成，竟把這國用使職掌，令自強兼任，且命參政費士寅、張巖，同知國用事。這三人統是剝民好手，一齊上臺，正好將東南元氣，斫喪殆盡。一面勸寧宗下詔改元，振作士氣，寧宗無不依從，遂命將嘉泰五年，改作開禧元年。適武學生華嶽上書，謂：「朝廷不宜用兵，輕啟邊釁，並乞斬韓侂冑、蘇師旦等以謝天下。」侂冑大怒，下獄大理，旋編管建寧，命皇甫斌知襄陽府，兼七路招討副使，郭倪知揚州，兼山東、

第八十五回　倡北伐喪師辱國　據西陲作亂亡家

京東招撫使。侂胄尚恐中外反對，特令陳自強、鄧友龍等，代為奏請，勸寧宗委任重權，得專戎政。寧宗遂令侂胄平章軍國事，三日一朝，赴都堂議政。且將三省印信，並納侂胄私第中。侂胄益自恣肆，升黜將帥，往往假作御筆，絕不奏白。倚蘇師旦為腹心，使為安遠節度使，領閤門事。

是時金主璟已聞宋將用兵，召諸大臣會議邊防。諸大臣均奏對道：「宋方敗衄，自救不暇，恐未敢叛盟。」完顏匡獨矍然道：「彼置忠義、保捷各軍，取先世開寶、天禧紀元，豈甘心忘中原麼？」寧宗改元之意，卻被完顏匡揭明。金主璟點首稱是，乃命平章僕散揆（一譯作布薩揆），會兵至汴，防禦南軍。僕散揆既至汴京，移文至宋，詰責敗盟。宋廷詭言增戍防盜，並無他意。揆遂按兵不動，且入奏金主，不必加防。既而宋使陳景俊，往賀金主正旦，金主璟與語道：「大定初年，我世宗許宋世為姪國，迄今遵守勿忘。豈意爾國屢犯我邊，朕特遣大臣宣撫河南，爾國曾謂未敢敗盟。朕念和好已久，委曲涵容。恐姪宋皇帝，未曾詳悉，爾歸國後，應詳告爾主，謹守盟言！」景俊應命而歸，先白陳自強，自強戒使勿言。嗣金使太常卿趙之傑來賀正旦，韓侂胄故意令贊禮官，犯金主父嫌名，挑動釁隙。之傑當然動怒，入朝相詰。侂胄請帝拒使，著作郎朱質且言：「金使無禮，乞即斬首！」寧宗還算有些主意，不從質言，只令金使改期朝見。之傑忿恚自去。侂胄遂令邱崈為江、淮宣撫使，崈辭不就命，且手書切諫侂胄道：「金人未必有意敗盟，為中國計，當力持大體，平時申儆軍實，常操勝勢，待釁自彼作，庶彼曲我直，方可動兵。否則勝負難料，恐未免誤國呢。」侂胄不悅，竟飭皇甫斌、郭倪等，就近規復。

至開禧二年，皇甫斌進兵唐州，郭倪進兵泗州，侂胄因再令程松為四川宣撫使，興州都統制吳曦為副。曦係吳璘孫，節度使吳珽次子，本任殿前副都指揮，鬱鬱不得志，因納賂宰輔，自求遷蜀。陳自強為白韓侂胄，

侂胄遂使為興州都統制。曦即日出都,既至興州,便譖去副統制王大節,收攬兵權,潛蓄異圖。及程松入蜀,召曦議事,擬責曦廷參,曦半途折回。松用東西軍千八百人自衛,又被曦抽調以去。松尚未悟,尋有詔令曦兼陝西、河東招撫使。知大安軍安丙,屢向松發曦異謀,松仍不省。獻松壽時何其智？遇吳曦時何其愚？就是朝內的韓侂胄,也還道他是一個將種,可為爪牙腹心,日夕望他建功,哪知他已令門客姚巨源,潛至金都,願獻關外階、成、和、鳳四州,求封蜀王了。侂胄聞泗州得利,新息、褒信、潁上、虹縣,陸續克復,心下大喜,遂囑直學士院李璧草詔伐金,略云：

　　天道好還,中國有必伸之理；人心效順,匹夫無不報之仇。蠢爾醜虜,猶託要盟,朘生靈之資,奉谿壑之慾,此非出於得已,彼乃謂之當然。軍入塞而公肆創殘,使來廷而敢為桀驁,洎行李之繼遷,復嫚詞之見加；含垢納汙,在人情而已極,聲罪致招,屬胡運之將傾。兵出有名,師直為壯,言乎遠,言乎近,孰無忠義之心？為人子,為人臣,當念祖宗之憤。敏則有功,時哉勿失！

　　此詔一頒,即遣薛叔似宣撫京、湖,鄧友龍宣撫兩淮,按日裡遣將調兵,逐隊北伐。金主璟聞已宣戰,仍遣僕散揆領汴京行省,盡徵諸道籍兵,分守要塞；並因戰事起自韓侂胄,恐人民發掘韓琦墳,特令彰德守臣,派兵守護。觀金主此舉,可見曲有攸歸。侂胄尚未知金兵厲害,迭飭各路進兵,哪知金人已處處有備,無懈可擊。郭倪遣郭倬、李汝翼等,進攻宿州,被金人殺得大敗,遁還蘄州。金人追擊郭倬,將倬圍住,倬顧命要緊,竟把馬軍司統制田俊邁,執畀金人,只說是由他啟釁。金人才放他一線生路,狼狽逃回。既而建康都統制李爽攻壽州,也為所敗,皇甫斌又敗績唐州,江州都統王大節,往攻蔡州,金人開城搦戰,大節部下,立即

第八十五回　倡北伐喪師辱國　據西陲作亂亡家

潰退。敗報連達宋廷，韓侂胄方驚慌起來，沒奈何請出邱崈，令代鄧友龍職，往撫兩淮。崈字宗卿，江陰軍人，素懷忠義，他本主張恢復，只因宿將凋零，時不可戰，所以前次辭職不就；至是聞兩淮日棘，不得不應命赴鎮，崈非真將帥材，不過為當時計，尚算他是老成，故亦補敍履歷。所有王大節、皇甫斌、李汝翼、李爽等，均皆坐貶。郭倬罪狀較著，斬首鎮江。侂胄也自咎輕舉，悔為蘇師旦所誤，湊巧李璧入訪，侂胄留與共飲，席間談及師旦事，璧遂極言：「師旦怙勢招權，使公負謗，非竄逐不足謝天下。」侂胄因罷師旦官，籍沒家資，謫令韶州安置。

師旦罪固不貸，還問用師旦者為誰，如何不自知罪？

過了月餘，忽有警報傳入，金兵分九道南來了。原來僕散揆聞宋師敗退，遂議定九道南侵的計策，自率兵三萬出潁、壽，完顏匡率兵二萬五千出唐、鄧，紇石烈子仁（紇石烈一作赫舍哩）率兵三萬出渦口，紇石烈胡沙虎（一譯作赫舍哩呼沙呼）率兵二萬出清河口，完顏充率兵一萬出陳倉，蒲察貞率兵一萬出成紀，完顏綱率兵一萬出臨潭，石抹仲溫（石抹一作舒穆嚕）率兵五千出鹽川，完顏璘率兵五千出來遠。九路兵依次南下，急得韓侂胄寢食不安，只好重任兩淮宣撫使邱崈，令簽書樞密院事，督視江、淮軍馬。金將胡沙虎自清河口渡淮，進圍楚州。淮南大震。或勸崈棄淮守江，崈怫然道：「我若棄淮，敵便臨江，是與敵共長江的險阻了，此事豈可行得？我當與淮南共存亡！」乃益增兵防守，日夕戒嚴。

偏金兵逐節進攻，勢如破竹。完顏匡陷光化，入棗陽，江陵副都統魏友涼，突圍南奔，招撫使趙淳，焚樊城夜遁。完顏匡更破信陽、襄陽、隨州，進圍德安府。僕散揆也引兵至淮，潛渡八疊灘。守將何汝礪、姚公佐，倉猝潰走，自相踐踏，死亡無數。僕散揆遂奪潁口，下安豐軍，及霍邱縣，圍攻和州。還有紇石烈子仁一軍，破滁州，入真州，郭倪遣兵往

援，不戰而潰，倪遂棄揚州遁去。虧得副將畢再遇，引兵趨六合，截住金兵。紇石烈子仁麾兵大至，再遇伏兵南門，自督弓弩手登城，掩旗息鼓，持滿以待，至金兵臨濠，一聲梆響，萬弩齊發，射斃金兵無數，再令伏兵出關，掩殺過去，金兵立即驚潰，再遇收兵回城。翌日，紇石烈子仁自來督攻，城中矢盡，不免驚惶。再遇道：「不妨不妨，我自有借箭的法兒。」當下令步兵張蓋，往來城上，金兵總道是統兵大員，挽弓爭射，不到多時，城樓上面，集矢如蝟。再遇令守兵拔矢還射，不下數萬支，再用奇兵出擊，敵復遁去。

僕散揆聞子仁不利，仍欲通好罷兵，覓得韓琦五世孫元靚，遣令渡淮，示意邱崈。崈問所由來？元靚謂：「兩國交兵，北朝皆謂韓太師意，今相州宗族墳墓，皆不可保，只得潛蹤南來，走依太師。」崈復詢及金人情勢及和戰大略。元靚始露講解的意思。崈復使人護送北歸，令他往求金帥文書，方可議和。未幾，元靚復返，得僕散揆來函，約議和款。崈乃上表奏聞，侂冑已亟欲講和，遂諭崈主持和約。崈乃遣劉佑持書貽揆，願講好息兵。揆謂：「須稱臣割地，獻出首禍，才可言和。」劉佑返報，崈遣王文再往，言：「用兵乃蘇師旦、鄧友龍、皇甫斌等所為，非朝廷意，今三人皆已貶黜，無庸再議了。」揆又道：「侂冑若無意用兵，師旦等怎敢專權？此語未免欺人呢。」應有此語。仍遣文歸報。崈復遣使繼往，許還淮北流民，及本年歲幣，揆乃暫許停戰，自和州退屯下蔡，再行正式議和。

侂冑聞金人慾罪首謀，恐和議不成，尚遣人督促吳曦進兵，希冀一勝，或得容易言和。曦佯遣兵攻秦隴，暗待姚巨源還報消息。至巨源歸來，報稱金人許封蜀王，令他按兵閉境，曦遂令部將王喜等退師。金將蒲察貞入和尚源，陷西和州，乘勢進大散關，曦節節退讓，直至罝口，由金將完顏綱遣使與會，令曦獻出誥敕。曦盡行交付，綱乃傳金主詔命，遣馬良顯齎

第八十五回　倡北伐喪師辱國　據西陲作亂亡家

給書印，封曦為蜀王。曦祕密拜受，遂還興州。是夕，天赤如血，光焰燭地，到了黎明，曦召僚屬與語道：「東南失守，車駕已幸四明，此地恐亦難保。現金已遣使招降，封我王蜀，我擬從權濟事，免得蜀民塗炭呢。」明明叛逆，還要作什麼誑語？部吏王翼、楊之抗議道：「東南並未有這般警信，副使從何處得來？就使東南危急，亦應戮力效忠，否則相公忠孝八十年門戶，一朝掃地了。」曦奮然道：「我意已決，爾等不必多言。」遂遣任辛奉表至金，獻蜀地圖及吳氏譜牒。一面致書程松，言金使欲得階、成、和、鳳四州，方肯許和。公可守則守，不可守則去。程松時在興元，聞報大驚，想是沒有耳目。倉皇無措。會報金兵大至，慌忙夜走，逾米倉山西行，道出閬州，順流至重慶，貽書與曦，徑稱蜀王，求給路費。所志如此。曦用匣封致饋，松望見大恐，疑為藏劍，起身亟奔。來使追及松後，傳言匣中乃是饋金，松始敢發。及開篋，果係黃白物，乃返使道謝，亟兼程出峽，西向掩淚道：「我今始保住頭顱了。」留下這個頭顱，有什麼用處？

邱崈聞吳曦叛信，上疏請勉成和議，申討叛逆，且言：「金人既指韓侂冑為首謀，移書金帥時，請免繫韓名。」侂冑大怒，竟罷崈職，令張巖往代崈任，且擬封曦為蜀王，令他反正禦敵。詔尚未發，曦已自稱蜀王，改開禧三年為元年了。曦既受金命，遂遣部將利吉，導金兵入鳳州，付給四郡版圖，表鐵山為界，即以興州為行宮，乘黃屋，建左纛，改元，置百官，遣董鎮至成都，修築宮殿，以便徙居；並遣人告知伯母趙氏。趙氏怒絕來使，不令進見。轉告叔母劉氏。劉日夜號泣，罵不絕口，曦扶令她去。族子僎為興元統制，接得偽檄，心甚不平。獨曦自鳴得意，分部兵十萬為十軍，各置統帥，遣祿祈、房大勳戍萬州，泛舟下嘉陵江，聲言約金人夾攻襄陽。且傳檄成都、潼川、利州、夔州四路，募兵圖宋，改興州為

興德府，召隨軍轉運使安丙為丞相長史，權行都省事。丙陽奉陰違，俟隙以圖。曦又召權大安軍楊震仲，震仲不屈，飲藥自盡。曦從弟，勸曦引用名士，籠絡人心。曦迭下徵命，士人多不屑就徵。陳咸削髮為僧，史次泰塗目為瞽，李道傳、鄧性甫等，均棄官潛走。又有權漢州事劉當可，簡州守李大全，高州巡檢郭靖，皆不屈自殺。孤忠可表。

　　知成都府楊輔，嘗言吳曦必反，寧宗曾聞輔言，遂以為輔能誅曦，密授四川制置使，許他便宜行事。青城山道人安世通，遂勸輔仗義討逆，輔自思不習兵事，且內郡無兵可用，因遷延不發。曦恐他有異謀，移輔知遂寧府，輔即以印授通判韓植，棄城自去。獨監興州、合江倉楊巨源，密謀討曦，陰與曦將張林、朱邦寧及忠義士朱福等，深相結好，共圖舉義。眉州人程夢錫，探得密圖，轉告轉運使安丙。丙方稱疾不視事，囑夢錫函招巨源，延入寢室。巨源道：「先生甘為逆賊的丞相長史麼？」丙流涕道：「目前兵將，我所深知，多是酒囊飯袋，不足與謀。必得豪傑，乃滅此賊。」巨源竟起座道：「非先生不能主此事，非巨源不足了此事。」丙轉悲為喜，遂與巨源共議誅曦。會興州中軍正將李好義，亦結軍士李貴、進士楊君玉、李坤辰、李彪等數十人，謀倡義舉。好義語眾道：「此事誓死報國，救西蜀生靈，但誅曦後，若後任非人，恐一變未息，一變復生，終無了局。我意宜奉安運使主事，才保無虞。」大眾同聲贊成。好義遂使坤辰來邀巨源，巨源立刻往會，與他定約，即返報安丙。丙始出視事。楊君玉與白子申，共草密詔，中有數語云：「唯干戈，省厥躬，既昧聖賢之戒，雖犬馬識其主，乃甘夷虜之臣？邦有常刑，罪在不赦。」詔已草定，待至夜半，好義即率徒眾七十四人，潛至偽宮。轉瞬間晨光熹微，閽人啟戶，好義突然闖入，且大呼道：「奉朝廷密詔，用安長史為宣撫，令我入誅反賊，敢抗命者族誅！」曦衛兵千餘，聞有詔到來，皆棄梃四逸。巨源出會

第八十五回　倡北伐喪師辱國　據西陲作亂亡家

好義，持詔乘馬，自稱奉使入室，至曦寢門。曦正啟門欲逸，李貴拔刀相向道：「逆賊往哪裡走？」言未已，刃中曦頰。曦忍痛反撲，與貴同時僕地。好義亟呼王換，用斧斫入曦腰，貴得躍起，再用刀猛斫曦首，一顆好頭顱，遂與身體分作兩截了。好義拾取曦首，馳報安丙，丙即出廳宣詔，軍民拜舞，聲動天地。又持曦首撫定城中，市不易肆。遂盡收曦黨，一一梟斬。眾推丙權四川宣撫使，巨源權參贊軍事。丙函曦首，及違制法物與曦所受金人冊印，遣使齎送朝廷。且自稱矯制平賊，應受處分等語。總計曦僭位至此，只四十一日。小子有詩嘆道：

西陲傳首達行都，亂賊由來法必誅。
為問吳家賢祖父，生前可有逆施無？

欲知宋廷如何處置，且看下回敘明。

光、寧以前誤於和，光、寧以後誤於戰，要之皆倖臣用事之故耳。韓侂胄之奸佞，不賊檜若。檜主和，侂胄主戰，其立意不同，其為私也則同。檜欲劫制庸主，故主和，侂胄欲震動庸主，故主戰。檜之世，可戰而和者也。侂胄之時，不可戰而戰者也。蘇師旦筆吏進身，程松獻妾求寵，以卑鄙齷齪之徒，欲令其運籌帷幄，決勝疆場，能乎否乎？蓋不待智者而已知其必敗矣。吳曦之叛，又下於劉豫，豫僭位有年，而曦僅得四十餘日，且倡義者只數十人，直走偽宮，即斫逆首，須臾亂定。是而欲乘黃屋，建左纛，多見其不自量也。諺有之：「一蟹不如一蟹。」微特光、寧以後無大忠，即大奸亦已歇絕無聞，彼韓侂胄、吳曦諸徒，亦不過乘時以逞奸耳。故秦檜得善終，而侂胄遭殛，劉豫不伏法而吳曦竟誅。

第八十六回

史彌遠定計除奸　鐵木真稱尊耀武

第八十六回　史彌遠定計除奸　鐵木真稱尊耀武

卻說吳曦伏誅，函首至都，入獻廟社，且徇市三日。詔誅曦妻子，家屬徙嶺南，奪曦父挺官爵，遷曦祖璘子孫出蜀，存璘廟祀。曦年十餘歲時，父挺嘗問曦志，曦已有不臣語，挺頓時發怒，蹴曦僕爐火中，面目焦灼，家人號為吳巴子。及出調至蜀，校獵塞上，戴月而歸，仰見月中有人，亦騎馬垂鞭，與自己面目相似。問諸左右，謂所見皆符，因私念道：「想我當大貴，月中人是我前身呢。」遂揚鞭作相揖狀，月中人亦揚鞭作答，大約是魔眼昏花，誤影作月，左右亦隨口貢諛而已。於是異謀益決。從事郎錢鞏之，夜夢曦禱神祠，用銀盃為珓。甫擲地上，神忽起立與語道：「公何疑？公何疑？政事已分付安子文了。」曦似未解，神又道：「安子文有才，足能辦此。」鞏之醒後，遂以語曦。以子文即安丙別字，乃召丙用事，哪知為安丙所圖，就此被誅，這也可謂妖夢是踐哩。

時金主正遣朮虎高琪（朮虎一作珠赫朮），奉冊至曦，尚未到蜀，曦已伏法。楊巨源、李好義與安丙道：「曦死，敵已破膽了，何不亟復關外四州？否則必為後患。」安丙即遣好義攻西和州，張林、李簡攻成州，劉昌國攻和州，張翼攻鳳州，孫忠銳攻大散關，數路依次得手，金統將完顏欽遁去，四州及大散關，一併克復。宋廷命楊輔為四川宣撫使，安丙為副，許奕為宣諭使，改興州為沔州。丙自恃功高，與輔未合，為政府所聞，乃復召輔南還，授知建康府，別授吳獵為四川置制使，李好義既復西和州，擬進取秦隴，牽制淮寇。偏為曦舊將王喜所忌，暗加媒蘖。安丙聽王喜言，檄令停軍，士氣皆沮。金將朮虎高琪，復調集各軍，奪去大散關，孫忠銳敗走。安丙聞忠銳退還，密囑楊巨源、朱邦寧率兵往援，乘間誅忠銳。巨源至鳳州，聞忠銳來迎，遂命壯士伏在幕後，待忠銳入帳，突發伏兵，拿下忠銳，把他斬首，並殺忠銳子揆。丙以忠銳附金，奏聞朝廷，有詔仍獎丙有加。唯巨源前次誅曦，未得重賞，詔書中也無一字提及

巨源，巨源疑丙掩功，頗有怨言。丙乃保薦巨源為宣撫使司參議官，至是掩殺忠銳，又不聞錄敘。俄報王喜得任節度使，心益不平。喜為曦故將，貪淫狠愎，誅曦時不肯拜詔，且遣徒黨入偽宮，劫掠幾盡。又取曦姬妾數人，回家取樂。巨源與好義，統說他不法，獨安丙不以為意。喜陰圖陷害二人，特囑令死黨劉昌國，潛圖好義。昌國投入好義軍，佯與結歡，好義性情豪爽，不設城府，嘗偕昌國暢飲。一夕，歡宴達旦，好義心腹暴痛，霎時暈斃。及入殮，口鼻爪指，均已青黑，往覓昌國，已早遁。部眾才知為昌國所毒，號慟如私親。後來昌國報喜，喜極稱其能，昌國也揚揚自得。偏偏忠魂未泯，竟來索命，昌國白日出遊，忽見好義持刃相刺，遂至驚怖僕地，經旁人扶救回家，背中忽起一惡疽，痛不可忍，叫號數日，旋即死了（事見《宋史·李好義傳》，可為下手毒人者戒）。

　　巨源聞好義被害，愈滋不悅，便貽書安丙，斥喜主謀。丙但將喜奏調，移任荊、鄂都統制，始終不言喜罪。巨源抑鬱不堪，作啟與丙，內有數語道：「飛矢以下連城，深慕魯仲連之高誼；解印而去彭澤，庶幾陶靖節之清風。」丙得書，已知巨源陰懷怨望，免不得猜忌起來。王喜且屢遣人謂丙：「巨源與私黨米福、車彥威謀亂。」喜尚未去沔州，丙即令喜捕鞫車、米兩人。看官！你想此事由王喜發起，至此又令他鞫治，就使事無佐證，也要鍛鍊成獄，眼見得米福、車彥威，冤枉就刑了。丙聞謀亂屬實，密使興元都統制彭輅，往逮巨源。巨源正在鳳州附近的長橋旁，與金人交戰，不利而還，途中與彭輅相值。輅詢問數語，即令武士挽巨源裾，送至閬州對簿。舟行至大安龍尾灘，將校樊世顯乘他不備，竟用利刃梟巨源首，不絕僅守。巨源既死，還說懼罪自剄。過了數日，方由安丙下令瘞埋，蜀人都代他呼冤。劍外士人張伯威，作文相弔，尤為悲切。直至朝廷記念舊功，才賜廟褒忠，贈寶謨閣待制，予諡忠愍。李好義亦追諡忠壯，這且無暇細表。

第八十六回　史彌遠定計除奸　鐵木真稱尊耀武

　　且說金帥僕散揆退屯下蔡，專待和議，宋廷亦遣使與商。僕散揆定要加罪首謀，議卒未決。會揆病逝，金主命左丞相完顏宗浩，繼揆後任，再與宋議和，仍然不成。韓侂冑特徵求使才，選得蕭山丞方信孺，令為國信所參議官，馳赴金軍。信孺至濠州，金將紇石烈子仁責令縛送首謀，信孺不屈，子仁竟縛置獄中，露刃環守，斷絕飲食，迫允五事。信孺神色不變，從容與語道：「反俘歸幣，尚可相從，若縛送首謀，向來無此辦法。至若稱藩割地，更非臣子所敢言。」子仁怒道：「你不望生還麼？」信孺道：「我奉命出國門時，已將死生置諸度外了。」子仁恰也沒法，釋信孺縛，令他至汴，見完顏宗浩。宗浩也堅持五議，信孺侃侃辯答，說得宗浩無詞可對，但畀他覆書，令返報朝廷，再定和戰事宜。信孺持書還奏，廷議添派林拱辰為通謝使，與信孺持國書誓草，並許通謝錢百萬緡，再行至汴，入見宗浩。宗浩怒道：「汝不能曲折建白，驟執誓書前來，莫非謂我刀不利麼？」信孺仍不為動，旁有將命官進言道：「此事非犒軍可了，須別議條款。」信孺道：「歲幣不可再增，故把通謝錢作代，今得此求彼，我唯有一死報國了。」會聞安丙出師，收復大散關，宗浩乃遣信孺等返宋，仍致覆書道：「若能稱臣，即就江、淮間取中為界，欲世為子國，即盡割大江為界。且斬首謀奸臣，函首來獻，並添歲幣五萬兩匹，犒師銀一千萬兩，方可議和。」信孺歸見韓侂冑，侂冑問金帥作何語？信孺道：「金人要索五事：一割兩淮，二增歲幣，三索歸附人，四犒軍銀，還有第五條不敢明言。」侂冑道：「但說何妨。」信孺躊躇片刻，竟脫口道：「欲得太師頭顱。」侂冑不禁變色，拂袖而起，竟入白寧宗，奪信孺三級官階，居住臨江軍，奸臣當道，忠臣還有何用？一面再議用兵，撤還兩淮宣撫使張巖，另任趙淳為兩淮置制使，鎮守江、淮。為了再戰問題，復引出一個後來的奸臣，要與韓侂冑賭個死活，一判低昂。這人為誰？就是史浩子彌遠。一奸未死，

一奸又來。

　　彌遠以淳熙十四年舉進士，累遷至禮部侍郎，兼任資善堂直講。侂冑輕開邊釁，彌遠獨與反對，曾奏言不宜輕戰。至是復密陳危迫，請誅侂冑以安邦，寧宗不省。可巧楊后聞知，也欲乘此報怨，暗囑皇子榮王曮，彈劾侂冑。曮係燕王德昭九世孫，原名與願，慶元四年間，丞相京鏜等，因帝未有嗣，請擇宗室子為養子，寧宗乃召入與願，育諸宮中，賜名為曮，封衛國公。開禧元年，立曮為皇子，晉封榮王。榮王曮既奉後命，便俟寧宗退朝，當面稟陳，謂：「侂冑再啟兵端，將危社稷。」寧宗尚叱他無知，楊后復從旁進言，寧宗意仍未決。想是前生與侂冑有緣。楊后道：「宮廷內外，哪個不知侂冑奸邪？只是畏他勢力，不敢明言，陛下奈何未悟呢？」寧宗道：「恐怕未確，且待朕查明，再加罷黜。」楊后道：「陛下深居九重，何從密察？此事非囑託懿親不可。」寧宗方才首肯。后恐事洩，急召楊次山入商，令密結朝右大臣，潛圖侂冑。次山應命而出，轉語彌遠。彌遠遂召錢象祖入都，象祖曾入副樞密，因諫阻用兵，忤侂冑意，謫置信州，至是奉召即至，與彌遠定議。彌遠又轉告禮部尚書衛涇，著作郎王居安，前右司郎官張鎡，共同決策。繼復通知參政李璧，璧亦認可。彌遠往來各家，外間已有人滋疑，報知侂冑。侂冑一日至都堂，忽語李璧道：「聞有人欲變局面，參政知否？」李璧被他一詰，禁不住面色發赤，徐徐答道：「恐無此事。」及侂冑退歸，璧忙報彌遠。彌遠大驚，復商諸張鎡。鎡答道：「勢必不兩立，不如殺死了他。」彌遠本未敢謀殺侂冑，既聞鎡言，乃命主管殿前司公事夏震，統兵三百，候侂冑入朝，下手誅奸。侂冑三夫人滿頭花，適慶生辰，張鎡素與通家，遂移庖韓第，伴送壽筵，與侂冑等酣飲達旦。是夕，有侂冑私黨周筠，密函告變。侂冑方被酒，啟函閱畢，搖首道：「這痴漢又來胡說了。」遂將來函付諸燭燼。俟至黎明，命

第八十六回　史彌遠定計除奸　鐵木真稱尊耀武

駕入朝。筠復踵門諫阻，侂胄怒叱道：「誰敢誰敢！」天奪其魄，所以屢勸不信。遂升車而去。甫至六部橋，見前面有禁兵列著，便問為何事？夏震出答道：「太師罷平章軍國事，特令震齎詔來府。」侂胄道：「果有詔旨，我何為不知？莫非矯旨不成！」你亦嘗假託御筆，所以得此報應。夏震不待辯說，即揮令部下夏挺、鄭發、王挺等，率健卒百餘人，擁侂胄車，竟往玉津園。既入園中，把侂胄拖出，勒令跪讀詔旨。震即宣詔道：

韓侂胄久任國柄，輕啟兵端，使南北生靈，枉罹凶害，可罷平章軍國事。陳自強阿附充位，可罷右丞相。

讀至此，夏挺等轉至侂胄背後，用錘一擊，將侂胄頭顱搗碎，一道魂靈，往閻王殿中報到去了。史彌遠等久待朝門，至晚尚未得消息，幾欲易衣逃去，可巧夏震馳到，報稱了事，於是眾皆大喜。唯陳自強跼蹐不安，錢象祖從懷中出詔，授陳自強道：「太師及丞相，俱已罷職了。」自強道：「我得何罪？」象祖道：「你不看御批中說你阿附充位麼？」自強乃退，登車自去。彌遠、象祖等，遂入延和殿，以竄殛侂胄事奏聞。寧宗尚屬未信，想尚未醒。及臺諫交章論列，亦不加批。越三日，始知侂胄真死，乃下詔數侂胄罪惡，頒示中外，且令籍沒侂胄家產。當下抄出物件，多係乘輿御服等類，唯各種珍寶，被侂胄寵妾張、王二夫人，自行擊碎，因此二妾坐徒。侂胄無子，養子亦流配沙門島。四妾十婢，尚未得一後嗣，天之報惡人也亦酷矣。

越日，竄陳自強至永州，誅蘇師旦於韶州，安置郭倪於梅州，鄧友龍於循州，郭僎於連州，張巖、許及之、葉適、薛叔似、皇甫斌等，皆坐黨落職，連李壁亦降奪官階。立榮王曮為皇太子，更名為洵。授錢象祖為右丞相，兼樞密使，衛涇、雷孝友參知政事，史彌遠同知樞密院事，林大中簽書院事，楊次山晉封開府儀同三司，賜玉帶。夏震亦得升任福州觀察

使。且改元嘉定,決計主和。時已遣右司郎中王枬如金軍,請依靖康故事,以伯父禮事金,增歲幣為三十萬,犒軍錢三百萬貫。金將完顏匡,仍索韓侂胄、蘇師旦首級,枬謂俟和議定後,當函首以獻。完顏匡乃轉奏金主,金主仍命匡移文宋廷,索侂胄首,且須改犒軍錢為銀三百萬兩。匡奉命後,正值宋相錢象祖,致書金軍,述侂胄伏法事。遂召枬入問道:「韓侂胄貴顯,已歷若干年?」枬答道:「已十餘年。平章國事,不過二年餘。」匡又道:「今日可否除去此人?」枬尚未知侂胄死耗,便答道:「主上英斷,除去何難!」匡不禁微笑,遂與語道:「侂胄已誅死了,汝回去,可亟令送首級來!」枬唯唯而出。還白朝廷,有詔令百官集議,吏部尚書樓鑰道:「和議重事,待此乃決。況奸惡已誅,一首亦何足惜。」如不顧國體何?隨命臨安府斫侂胄棺。檢取首級,再由韶州解到蘇師旦首,一併畀金,仍遣王枬持送金都。金主御應天門,備黃麾,立杖鉞,受二人首,並命懸竿示眾,揭像通衢,令吏民縱觀。然後漆首藏庫,與王枬鑑定和約。條款如下:

一　兩國境界仍如前。
二　嗣後宋以姪事伯父禮事金。
三　增歲幣為銀帛各三十萬。
四　宋納犒師銀三百萬兩與金。

和議告成,是謂宋、金第五次和約。金主遣使歸還侵地,命完顏匡等罷兵,王枬亦得南歸。詔以和議已成諭天下,適形其醜。調錢象祖為左丞相,史彌遠為右丞相,雷孝友知樞密院事,樓鑰同知樞密院事,婁機參知政事。未幾象祖罷相,彌遠以母憂去位,踰年即詔令起復。自是彌遠遂得專國政了。嘉定元年,金主璟病歿,璟無子嗣,疏忌宗室,只有世宗第七子永濟,素來柔順,為所鍾愛,特封他為衛王。會金主罹疾,永濟自武定

第八十六回　史彌遠定計除奸　鐵木真稱尊耀武

入朝,遂留宮不遣。既而金主去世,元妃李氏,黃門李新喜,平章政事完顏匡等,定策奉永濟即位,尊故主璟為章宗。永濟聞章宗遺詔,曾謂:「妃嬪中有二人得孕,生男當立為儲貳。」因此恐帝位不固,先事預防,當下令僕散端(一譯作布薩端)為平章政事,祕密與謀,僕散端遂奏稱先帝承御賈氏,當以十一月分娩,今已逾期,還有范氏產期,合在正月,今醫稱胎形已失,願削髮為尼。永濟即以賈氏無娠,范氏損胎,詔告中外。元妃李氏,與承御賈氏,因有違言,竟被永濟鴆死,託詞暴斃。永濟實是陰險,安得稱為柔順。進僕散端為右丞相,軍民自是不服。

那東北的斡離河旁,杭愛山下,已有一個蒙古部長,建九斿白旗,自稱成吉思汗(一譯作青吉思汗),為後來建立元朝的太祖,他名叫鐵木真(一譯作特穆津,鐵或作帖),係是哈不勒汗的曾孫,哈不勒汗受金封冊,為蒙兀國王。相傳他始祖叫做乞顏,曾在阿兒格乃袞山麓,闢地居住,數十傳後,出了一個朵奔巴延(一譯作托本默爾根),娶妻阿蘭郭斡(一作阿蘭果火),生下二子,朵奔巴延病死,阿蘭郭斡寡居,夜寢帳中,夢白光自天窗中攢入,化為金色神人,來趨臥榻,與交有孕,復接連生了三子。季子名勃端察兒,狀貌奇異,沉默寡言。後來子孫日蕃,各自為部,五傳至哈不勒,就是蒙兀國主(見八十回)。孫名也速該,併吞鄰近諸部,威勢頗盛。得妻訶額侖(一作諤楞),產下一男,手握凝血,色如赤石,巧值也速該攻塔塔兒部,擒住敵目鐵木真,遂以鐵木真名子。也速該被塔塔兒人毒死,鐵木真母子相依,非常艱苦,幸賴訶額侖智藝軼群,撫育孤兒,得成偉器。好容易東剿西略,破了泰赤烏部(泰赤烏一作泰楚特),平了蔑里吉部,又滅克烈部及塔塔兒部。鄰境乃蠻部最強(乃蠻一作奈曼),部酋太陽汗率眾來爭,覆被鐵木真擒住,殺死了事,以此遠近諸部落,相率恐慌,爭來歸附,情願奉他為大汗。汗字是外國主子的通稱,取名成

吉思汗，就是最大的意義。鐵木真既即汗位，事在寧宗開禧二年。又用兵西南，出攻西夏。西夏自李乾順歿後，子仁孝嗣。仁孝庸懦，為相臣任得敬所制，虧得金世宗扶助仁孝，討平亂事，國乃不亡。仁孝遂一意服金，與南宋罕通往來（見八十二回）。仁孝病歿，子純佑繼立，為從弟安全所篡，內亂相尋，勢且衰弱，哪裡敵得過威稜初震的鐵木真？鐵木真率兵亟進，連下數城，擒住夏將高令公，明威令公，及太傅西璧氏，長驅至夏都。李安全惶急萬分，飛使至金邦乞援。偏偏援師不至，敵兵反晝夜猛攻，那時沒有別法，只好城下乞盟。湊巧鐵木真遣使額特，入城招諭，遂與他議定和約，並將愛女察合獻與鐵木真。鐵木真平時最愛人家婦女，見察合嫵媚可人，樂得賣些情誼，撤兵回國（敘入鐵木真事，筆甚簡約，蓋此係《宋史》，不是《元史》，看官欲知詳細，請閱作者所編之《元史演義》可也）。李安全因金援不出，動了怒意，竟轉攻葭州。葭州為金國邊地，守將慶山奴，一鼓擊退夏人，安全憤無可洩，因北訴蒙古，慫恿伐金。鐵木真也想南下，造箭製盾，練兵養馬，為攻金計。適值金主永濟，遣使至蒙古，布即位詔敕，令鐵木真南向拜受。鐵木真先問金使道：「新天子是何人？」金使答是衛王。鐵木真唾了一口，復正色道：「我道中原皇帝，是天上人做的，哪知此等庸奴，也做了皇帝，還想要我下拜麼？」即令攆出金使，金使快快而返。先是永濟為衛王時，鐵木真曾至靜州，獻納歲幣，與永濟相見，知他柔弱，所以藐視得很。此時既不受命，遂趁著秋高馬肥的時候，帶著長子赤（一作卓齊特），次子察合臺（一作察罕臺），三子窩闊臺（一作諤格德依），統兵數萬，禡纛出發，浩浩蕩蕩的殺奔金國來了。小子有詩嘆道：

　　金源浩蕩契丹亡，誰料蒙人又代昌。
　　黃雀捕蟬方飽欲，他人彈雀已擎槍。

第八十六回　史彌遠定計除奸　鐵木真稱尊耀武

未知勝負如何,試看下回便知。

史彌遠非可與有為者也,當其定計誅奸,一再被洩,非韓侂胄之惡貫滿盈,應遭誅殛,則彼必先發制人,彌遠等早身首異處矣。侂胄死而貪天之功,以為己有,濫叨厚賞,幸列高官,且函韓、蘇二人之首,以獻金人,試思侂胄係宋之罪臣,於金何與?刑賞乃宋之國典,於金何關?豈可冀和議之速成,不顧國威之褻辱耶?況蒙古初興,金患方亟,控北且不暇,何暇南侵?誠能據理相爭,亦何至再屈如此。故以誅奸和鄰為彌遠功,無惑乎奸偽益滋,而國且日弱也。彼鐵木真崛起朔方,所向無敵,考其所為,徒以兵力屈人,絕無仁義之足言。而後來開國十傳,混一區宇,豈真老氏所謂天道不仁耶?本書敘元事從略,已於細評中注明,姑不贅述云。

第八十七回
失中都金丞相殉節　獲少女楊家堡成婚

第八十七回　失中都金丞相殉節　獲少女楊家堡成婚

卻說鐵木真率兵南下，特令部將哲別為先鋒，徑抵烏沙堡，金遣平章政事獨吉千家奴（一譯作通吉遷嘉努）。及參政完顏胡沙（胡沙一作和碩），率兵抵禦，未及設備，已被哲別掩至，頓時潰走。哲別遂拔烏沙堡及烏月營。鐵木真也即繼進，破白登城，進攻西京。留守紇石烈胡沙虎突圍遁去，鐵木真遂取西京及桓、撫各州，命三子各率一軍，分道攻雲內、東勝、武朔、豐靖諸州邑，所至皆下。金主永濟再命招討使完顏九斤（九斤一作糾堅），監軍完顏萬奴等（萬奴一作鄂諾勒），統兵四十萬，扼守野狐嶺。這野狐嶺勢極高峻，相傳雁飛過此，遇風輒墮，本是一個西北的要隘。完顏胡沙又奉詔為後應，端的是重兵扼境，飛鳥難行。九斤部將明安，勸九斤屯兵固守，九斤不從，再勸他發兵襲敵，又是不從。至鐵木真進兵獾兒觜，與野狐嶺只隔西岡，九斤乃遣明安至蒙古軍，問他入寇的原因。真是笨鳥。明安恨九斤不從良言，竟降了鐵木真，說明金軍虛實。這也是個虎伥。鐵木真遂乘夜進擊，九斤毫不及防，頓時蒙古兵突入，一番蹂躪，大半傷亡。九斤、萬奴等落荒而逃。蒙古兵乘勝追擊，又殺傷了無數。完顏胡沙正來接應，聞敗即走，至會河堡，為蒙古兵所追及，大殺一陣，全軍覆沒，胡沙僅以身免，逃入宣德州。鐵木真攻克晉安縣，分兵薄居庸關，守將完顏福壽，棄關遁去。蒙古兵馳入關中，徑抵金都城下。金主永濟，惶急失措。欲南徙汴京，幸得衛兵誓死迎戰，殺了一日一夜，才把蒙古兵殺退。鐵木真聞金都不下，留兵守居庸關，自率三子回國，再圖後舉。

金都解嚴，徵上京留守（徒單鎰徒單一作圖克坦）為右丞相，紇石烈胡沙虎為右副元帥，胡沙虎自西京遁還，至蔚州，擅取官庫金銀衣物，入紫荊關，又擅殺淶水縣令，金主並不問罪，反令他為副元帥。胡沙虎益無忌憚，自請兵二萬北屯宣德。金主只與他五千，令屯媯州。胡沙虎遂移文

尚書省道：「韃靼兵來（時金人稱蒙古為韃靼），必不能支，一身不足惜，三千兵為可憂。且恐十二關及建春、萬寧宮均將不保了。」金主始恨他跋扈，數責十五罪，罷歸田里。會金益都防禦使楊安兒，亡歸山東，聚黨橫行，四出劫殺。千戶耶律留哥（哥一作格）本係遼人，降金得官，至是也歸附蒙古，取金、遼東州郡，自立為遼王。金將完顏胡沙往討留哥，大為所敗。金主乃復胡沙虎為右副元帥，令將兵屯燕城北，徒單鎰切諫不聽。胡沙虎終日馳獵，不顧軍事，金主以蒙古兵尚留居庸關，飭胡沙虎整兵往擊，詔令中有詰責語，胡沙虎不但不悛，反暗生忿恨，竟與私黨完顏醜奴（醜奴一作綽諾）、蒲察六斤（一作富察獾爾錦）、烏古論奪剌（一作烏褲哩道喇）三人，私下定議，造起反來。他不說自己造反，反說人家造反，當下號令軍中，詭言奉詔入討知大興府徒單南平。軍士哪裡知曉，便隨他同入金都。胡沙虎屯兵廣陽門，遣心腹徒單金壽往召南平，南平茫無頭緒，奉召而至。胡沙虎乘馬以待，見南平到來，大喝道：「你敢謀反麼？」南平不覺驚愕，正要答辯，那胡沙虎已拔出腰刀，將南平劈落馬下，死得不明不白。遂進至東華門。

護衛斜烈（一作色埒默）、和爾（一作紇兒）等，引他入宮，胡沙虎遂自稱監國都元帥，陳兵自衛，遍邀親黨，置酒高宴，瓊筵醉月，聲伎侑觴，居然是酒地花天，流連忘倦。到了次日，用武士脅金主出宮，移居衛邸，留衛兵二百人監守，且令黃門入宮收璽。尚宮左夫人鄭氏，執掌璽印，勃然憤道：「璽乃天子所掌，胡沙虎乃是人臣，取璽何用？」黃門道：「今時勢大變，主上且不保，況一璽呢。御侍亦當為自免計。」鄭夫人厲聲叱道：「汝輩是宮中近侍，恩遇尤隆，主上有難，應以死報，奈何為逆臣奪璽呢？我可死，璽不可與。」不意金邦有此烈婦。遂瞑目不語。胡沙虎復遣人奪取宣命御寶，除拜亂黨數十人。丞相徒單鎰正墜馬傷足，告假在

第八十七回　失中都金丞相殉節　獲少女楊家堡成婚

家，胡沙虎意欲僭位，因鎡為民望所關，特自行往訪。鎡從容答道：「翼王珣係章宗兄，眾望咸歸，元帥誠決策迎立，乃是萬世功勳呢。」胡沙虎默然。乃令宦官李思中，就衛王邸中，鴆殺金主永濟。另遣徒單銘等，至彰德迎升王珣，珣初封翼王，後封升王。詣燕京即位。立子守忠為太子，追廢永濟為東海郡侯。

胡沙虎因完顏綱將兵十萬，在縉山領行省事，特誘他回來，設伏擊死，復盡撤沿邊諸軍，盡令回郡。鐵木真聞金防已撤，復進兵懷來。金元帥右監軍朮虎高琪，拒戰敗績，蒙古兵乘勝薄中都。胡沙虎適患足疾，乘車督戰，大敗蒙古兵。唯足疾益劇，幾乎不能行動，乃召高琪入衛，限次日到京。高琪逾期乃至，胡沙虎責他違令，意欲處斬，還是金主珣決意從輕，諭令免死。胡沙虎乃益高琪兵，令他出戰，且面飭道：「勝乃贖罪，不勝立斬。」高琪驅軍迎敵，自夕至曉，北風大作，吹石揚沙，不能舉目。金兵正處下風，適為敵人所乘，眼見得支撐不住，只好敗回。高琪諭軍士道：「我等雖得脫歸，仍然難免一死，不如往誅逆賊胡沙虎，再作計較。」軍士齊聲得令，一闋至胡沙虎第，將他圍住。胡沙虎知事不妙，忙趨至後垣，逾牆欲遁，偏因足疾未瘥，扳登不便，急切裡為衣所絆，墜落地上，竟至傷股，臥不能起。高琪率兵突入，見了胡沙虎，哪裡還肯容情，手起刀落，分作兩段，逆賊終沒有好結果。隨即取首詣闕，自請坐罪。金主珣反加慰撫，下詔暴胡沙虎罪惡，追奪官爵，且命高琪為左副元帥，一行將士，論功行賞。

唯蒙古兵恰四處分略，所向殘破，連陷金九十餘郡。兩河、山東數千里，屍骸遍道，雞犬為墟。再進兵攻中都，鐵木真因遣使告金主道：「汝山東、河北郡縣，統為我有，汝所守只有燕京，我不難一鼓踏平，但天既弱汝，我不忍再逼汝，汝可速行犒師，消我諸將怒氣，我便當回國了。」

金主珣猶豫未決。高琪主戰，獨右丞完顏承暉主和，金主乃遣承暉出城議款，鐵木真道：「你主有子女麼？何不遣來侍我？」專想人家的婦女。承暉無奈，還達金主，金主想得一法，把故主永濟的少女飾作公主，送給鐵木真受用。他人女兒，樂得慷慨。並將金帛童男女各五百，馬三千匹，作為犒師費。鐵木真乃驅軍北還，出居庸關，把所虜兩河、山東少壯男女數十萬，盡行殺斃，奏凱而去。真是一個殺星。

　　金主珣因國蹙兵弱，防敵再至，因欲遷都汴京，為苟安計。左丞相徒單鎰進諫道：「鑾輿一動，北路皆不守了。今已講和，聚兵積粟，固守京都，乃是上策。若恃遼東為根本，倚山負海，備禦一面，尚不失為中策。若遷至汴京，四面受敵，恐真是無策呢。」切要之言。金主珣只是不從，徒單鎰憂鬱而亡。金主珣遂命完顏承暉為都元帥，穆延盡忠為左丞，奉太子守忠留守中都，自率六宮啟行赴汴。事為鐵木真所聞，竟憤憤道：「既與我和，還要遷都，是明明疑嫌未釋，不過藉著和議，作個緩兵的計策，我難道為他所欺麼？」遂大閱軍馬，再行南侵。會值金糺軍（糺即字糺，音糾，糺軍所收之軍也）作亂，戕殺主帥索溫（一作索袞），另推卓達等（卓達一作卓多，一作斫答）為帥，擊敗金都防兵，遣使至蒙古乞降。鐵木真遂遣降將明安等出助卓達，會兵圍攻燕京。金主珣聞燕京被圍，亟召太子守忠來汴。守忠一行，燕人益懼，蒙古將木華黎，復分徇遼西，攻金北京，守將銀青，出戰敗還，為裨將完顏昔烈、高德玉等所戕，改推寅答虎為帥。寅答虎是個沒用的傢伙，見蒙兵勢盛，當即出降。遼西諸郡，聞風歸附，單剩了一座燕京城，就是銅澆鐵鑄，也是孤危萬分。留守都元帥完顏承暉，因盡忠久在行陣，盡把兵權交付，自己得總攬大綱，飛書至汴，乞發援兵。金主珣命左監軍永錫，率中山真定軍，左都監烏古論慶壽（烏古論一作烏庫哩）率大名軍，共約數萬，馳援燕京。又命御史中丞

第八十七回　失中都金丞相殉節　獲少女楊家堡成婚

李英主餉運，行省孛朮魯為後應（孛朮魯一作富珠哩）。英赴大名，終日飲酒，蒙古兵竟來劫糧，英全然不覺，冒冒失失的到了霸州。途中正遇蒙古兵，大刀闊斧的衝殺過來，把所有糧車，盡行奪去。英尚是酒氣醺醺，似醒非醒，被蒙古兵殺到馬前，亂槍搠死。餘眾悉斃。慶壽、永錫聞糧已失去，如何行軍？當然遁歸。自是燕都援絕，內外不通。完顏承暉與盡忠會議死守，盡忠言語支吾，承暉自知必死，索性辭別家廟，自作遺表，付尚書省令史師安石，齎送至汴，大致論盡忠奸狀，並及平章政事左副元帥高琪，謀國不忠。且自言不能保燕，死有餘辜，懇主上速任賢去邪，整軍經武，以保屏局等語。一面盡出私財，分給家人，闔家統是號泣。獨承暉神色泰然，仰藥以殉。有此忠臣，也足為《金史》光。盡忠決計南奔，束裝至通元門，忽見婦女擁雜，呼令挈逃。盡忠瞧著，都是留住燕京的妃嬪，他卻出言相紿道：「我當先出，與諸妃啟途。」諸妃嬪乃讓他出城，他帶著愛妾，攜著細軟物件，竟急奔而去，毫不返顧。妃嬪等進退無路，正在惶急，被蒙古兵一擁殺入，老醜的死刀下，少壯的統被擄散，任情姦汙去了。

燕都既陷，宮室被焚，府庫財寶，蒐括殆盡。金祖宗的神主，一古腦兒取擲坑中。至金主得承暉遺表，但贈他為尚書令，兼廣平郡王，所有盡忠棄城的罪名，置諸不問，反令他為平章政事。也與永濟一樣糊塗。就是朮虎高琪亦任職如故。蒙古兵進攻潼關，急切不能攻下，另由嵩山小路趨汝州，直赴汴京。金急召花帽軍往阻，擊敗蒙古兵前隊，蒙古兵乃還。金主因敵兵已退，特遣僕散安貞統領花帽軍，往平山東。山東自楊安兒作亂，群盜響應，勢甚猖獗（回應上文）。安兒少無賴，以鬻馬鞍為業，市人呼為楊鞍兒，他即自稱為安兒。安兒有妹年約二十，膂力絕倫，能在馬上舞雙刀，人莫敢敵。以此兄妹二人，招募徒眾，結寨自固，號為楊家

堡。金行山東省事完顏霆遣使招撫，任安兒為防禦使。及蒙古兵薄燕都，金人募軍往援，令唐括合打（一作唐古哈達）為都統，安兒為副，軍至雞鳴山，安兒亡歸，攻劫州縣，殺掠官吏。適濰州北海人李全，起自農家，銳頭蜂目，頗善騎射，能運鐵槍，人號為李鐵槍，也招集無賴子弟，出沒淄、青二州，寇掠州郡。徒黨皆紅衣衲襖以為識，因有紅襖賊的名目。沿途所經，各村堡無不畏懼，各載牛酒往迎，期免抄掠。獨楊家堡稱霸一方，與李全分張盜幟，兩不相容。李全徑至楊家堡決鬥，賭個強弱，安兒即帶同徒眾，出堡交鋒。全大呼道：「你我統算好漢，還是兩人自行廝殺，我輸與你，我便讓你為霸王，你輸與我，須要讓我。」安兒道：「我豈懼你，便和你戰三百合。」言已，即掄刀出陣，與李全對殺。兩邊徒眾，各退後作壁上觀。二人戰到四五十合，安兒刀法漸亂，幾乎招抵不上，忽後面有人嬌聲呼道：「哥哥少歇！我來了。」全溜眼一瞧，乃是一個紅顏女子，挺著雙刀，直奔前來。他即用槍架住安兒的刀，抗聲道：「我有言在前，一個對一個廝殺，你為什麼請出幫手來？」安兒道：「你果是好漢，贏得我妹子手中刀，那時我才服你。」全便道：「你且退去，我便與你妹子爭個輸贏。」安兒就退後數步，讓妹子搶前角鬥。一男一女，你槍我刀，大戰了七八十合，不分勝負。全暗暗喝采，復抖擻精神，與她酣戰，大約又是五六十合，仍然勝負不分。安兒恐妹子有失，便呼道：「李全！你可愧服否？」全應聲道：「不服不服。」安兒道：「今日天晚，明日再戰，可好麼？」全答道：「我便讓你等多活一夜罷！」言畢，彼此退回。

次日再戰，全與楊家妹子，鬥了一天，兩下裡全無破綻，端的是棋逢敵手，將遇良材。全且忿且慚，兼加愛慕，就是楊家妹回寨後，也稱羨不置（為安兒許婚張本）。越宿，全乘馬至堡前討戰，楊家妹也怒馬衝出，來與爭鋒。全問道：「妳我戰了兩日，尚未問妳閨名，請先道來！今日決

第八十七回　失中都金丞相殉節　獲少女楊家堡成婚

要擒妳。」楊家妹道：「我叫做四娘子。」全笑道：「好一個閨名，我便擒妳去做娘子罷了。」楊氏不禁面赤，向李全瞅了一眼道：「休得胡說！」安兒在後掠陣，窺知妹子心事，便接入道：「李全！你如果能贏我妹子，我便把妹子嫁你為妻。」全答道：「甚好。」於是兩人又奮力決戰，約四五十合，全佯作力怯，虛幌一槍，撥馬便走。楊氏還道他是真敗，策馬趕來，中計了。約數百步，兩旁有竹夾雜，全躍馬而前，楊氏亦驅馬直進，相距不過數武，忽然踢踏一聲，楊氏馬失前蹄，把楊氏掀落馬下。全轉身下馬，竟將楊氏擒挾而去。看官道是何因？原來李全戰楊氏不下，特令二壯士夜伏中，用刀斫馬足，楊氏不及防備，所以為全所擒。那時安兒也從後趕到，見妹子被擒，便呼李全道：「快快釋我妹子，便邀你同至我堡，今夕成婚。」全答道：「你休得抵賴！」安兒道：「天日在上，如違此言，神明不佑。」全乃放下楊氏，招引徒黨，一同入楊家堡。安兒宰牛設酒，大開筵宴，即於是夕令兩人交拜，成為夫婦。枕蓆歡娛，自不消說（《宋史‧李全傳》中，謂與楊氏私通在安兒死後，唯弇陽周密所編《齊東野語》，係在安兒生時，兩人交戰結婚，今從之）。

　　安兒既與李全和親，威勢益盛，遂僭號稱王，分置官屬，居然改元天順，號令一方。金將僕散安貞，統花帽軍至山東，與行省完顏霆，會師討楊安兒。適值李全還歸青州，唯安兒兄妹，與金人對敵，究竟烏合之眾，不及紀律之師，連戰連敗，航舟入海。金人懸賞募李全首，有舟人曲成，襲擊安兒，安兒投水自盡。唯四娘子仗著膂力，竟得逃生。安兒餘黨劉全等收拾散卒，權奉四娘子為主，號稱姑姑，且召李全回援。全星夜馳至，與楊氏合軍再戰，又為完顏霆所敗，退保東海。金兵復剿平他盜劉二祖等，餘盜霍儀、彭義斌、石珪、復全、時青、葛德廣諸人，窮無所歸，溷跡島嶼間，剽掠為生。李全夫婦，也只好做這樁買賣，聊且度日。會宋知

楚州應純之，令鎮江武鋒卒沈鐸，定遠民李先，招撫山東群盜，號為忠義軍，分二道伐金。李全亦率五千人歸附，與副將高忠皎合兵攻克海州。嗣因糧運不濟，退屯東海。未幾，李全又與兄李福，襲金莒、密、青州，相繼攻克。純之遂密奏：「山東群盜，均已歸正，中原可復。且請授李全官階，風厲餘眾。」於是宋廷遂授全為武翼大夫，兼京東副總管，時已在嘉定十一年正月中了。正是：

失馬非憂得馬懼，引狼容易馭狼難。

當李全歸附時，宋、金又復開戰，欲知戰事如何？且看下回表明。

金主珣避敵遷汴，最為失策。敵既退矣，為亡羊補牢計，亟宜繕邊備，修內政，而乃棄燕南行，苟安旦夕，亦思我能往，寇亦能往乎？完顏承暉留守中都，援城亡與亡之義，仰藥自殉，不失為金之忠臣。然中都失而汴京亦不可保矣。李全亦小丑耳，盜弄潢池，擒楊安兒妹，據境稱雄，嗣為金人所迫，歸附宋朝，論者以宋人納盜為非計，夫盜非不可撫，在馭之得其道耳。若恩威並濟，使供奔走，則紅襖諸賊，亦未始非吾爪牙也。顧撫盜有人，而馭盜無人，卒至養盜貽患，禍亂相尋，惜哉！

第八十七回　失中都金丞相殉節　獲少女楊家堡成婚

第八十八回
寇南朝屏主誤軍謀　據東海降盜加節鉞

第八十八回　寇南朝孱主誤軍謀　據東海降盜加節鉞

卻說金主珣遷汴以後，曾遣使告達宋廷，且督催歲幣。寧宗召輔臣會議，或主張絕金，或仍主和金，這是宋人故智。起居舍人真德秀，上疏請絕歲幣，圖自治，略云：

女真以韃靼侵陵，徙巢於汴，此吾國之至憂也。蓋韃靼之圖滅女真，猶獵師之志在得鹿，鹿之所走，獵必從之，既能越三關之阻以攻燕，豈不能絕黃河之水以趨汴？使韃靼遂能如劉聰、石勒之盜有中原，則疆場相望，便為鄰國，固非我之利也。或如耶律德光之不能即安中土，則奸雄必得投隙而取之，尤非我之福也。今當乘虜之將亡，亟圖自立之謀，不可幸虜之未安，姑為自安之計也。語語中的。夫用忠賢，修政事，屈群策，收眾心者，自立之本。訓兵戎，擇將帥，繕城池，飭戍守者，自立之具。以忍恥和戎為福，以息兵忘戰為常，積安邊之金繒，飾行人之玉帛，女真尚存，則用之女真，強敵更生，則施之強敵，此苟安之計也。陛下不以自立為規模，則國勢日削，人心日偷，雖弱虜僅存，不能無外憂。蓋安危存亡，皆所自取。若失當事變方興之日，而示之以可侮之形，是堂上召兵，戶內延敵也。微臣區區，竊所深慮，願陛下詳察。

寧宗得此疏後，遂罷金歲幣。夏主李安全已歿，族子遵頊繼立，貽書蜀中，請夾攻金人，同復故土。蜀臣以聞，宋廷不報。嗣復遣使賀金廷正旦，刑部侍郎劉鑰等及太學諸生上章諫阻，亦皆不答。既而命真德秀為江東轉運副使，德秀陛辭，奏陳五事：

（一）宗社之恥不可忘（指報金仇）。

（二）比鄰之盜不可輕（指韃靼及山東二寇）。

（三）幸安之謀不可恃（指金衰不足為幸）。

（四）導諛之言不可聽。

（五）至公之論不可忽。

五事以下，又歷陳從前禍患，共有十失，反覆約一二萬言。寧宗也不置可否，隨他說了一通，好似沒有見聞一般，真德秀只好走了。嘉定十年，金主珣信王世安言，意圖南侵，令為淮南招撫使。朮虎高琪也勸金主侵宋，開拓疆土，金主即命烏古論慶壽、完顏賽不率兵渡淮，取光州中渡鎮，殺死權場官盛允升。慶壽復分兵犯樊城，圍棗陽光化軍，另遣完顏阿鄰入大散關，攻西和、階成諸州。宋廷聞警，亟命京、湖制置使趙方，江、淮制置使李珏，四川制置使董居誼，分禦金人，便宜行事。趙方字彥直，衡山人氏，嘗從張栻遊，曉明大義，淳熙中舉進士，授青陽縣，政教卓著。嘗謂：「催科不擾，是催科中撫字，罪罰無差，是刑罰中教化。」時人嘆為名言。嗣累遷至京、湖制置使，聞金人入寇，召二子范、葵入語道：「朝廷忽戰忽和，計議未定，徒亂人意，我唯有提兵決戰，效死報國罷了。」遂率二子赴襄陽，檄統制扈再興、陳祥、鈐轄孟宗政等，往援棗陽；復分扼要塞，作為犄角。再興等甫抵團山，遙見金兵疾趨而來，勢如風雨。急命陳祥、孟宗政，設伏以待，自率部軍迎敵，稍戰即退。金兵追了一程，兩旁炮響，伏兵驟發，陳祥自左殺來，孟宗政自右殺來，那時金兵三面受敵，招架不迭，頓時逃的逃，死的死，屍骸枕藉，血肉模糊。孟宗政乘勝前進，黈夜赴棗陽，馳突如神，圍住棗陽的金兵，立刻駭退（寫扈、陳、孟三人，便是寫趙方處）。宗政入棗陽城，報捷襄陽，趙方大喜，便令宗政權知棗陽軍。未幾京、湖將王辛、劉世興，亦連敗金人於光山、隨州間，於是趙方遂請旨伐金，寧宗連聞勝仗，也激昂起來，當即下詔道：

朕勵精更化，一意息民，犬羊跨我中原，天厭久矣，狐兔失其故穴，人競逐之，豈不知機會可乘，仇恥未復？念甫申於信誓，實重起於兵端。今虜首敗盟，敢行犯順，彼曲我直，師出有名，偕作同仇，時不可失。

第八十八回　寇南朝孱主誤軍謀　據東海降盜加節鉞

合詔諭中原官吏軍民，各申義憤，共討逆胡。果有非常之勳，自有不次之賞。有能去逆效順，倒戈用命者，亦當赦彼前愆，量能錄用。朕有厚望焉！

這詔下後，兩邊備戰日亟。李全適在是時破莒、密、青三州，應得任官（應前文）。金完顏賽不復率眾攻棗陽，號稱十萬。孟宗政修城掘濠，誓師守禦，又約扈再興為外應，與金兵相持三月，大小七十餘戰，無一挫失。賽不忿甚，仗著兵眾，環濠築壘。宗政乘間突擊，壘不能成，復盛兵薄城。宗政隨方力拒，城賴以全。隨州守許國，率援軍至白水，鼓聲相聞，宗政遂統軍出戰，金兵披靡，相率遁去。唯金將完顏贇率步騎萬人，西犯四川，破天水軍，進焚大散關，入皂郊堡，利州統制王逸號召兵民，驅逐金兵，奪還大散關，追斬金統軍完顏贇，復進秦州，至赤谷口。沔州都統制劉昌祖命退軍，竟至全部潰散。金人又合長安、鳳翔的屯卒，再攻入西和、成階州，進薄河池。興元都統吳政麾兵馳禦，擊退金兵，盡復所失土地。金兵已是強弩之末。金主珣聞各路將士，勝敗無常，未免動了悔意。又兼河北郡縣，多為蒙古所奪，腹背受敵，不便再戰，乃遣開封府治中呂子羽為詳問使，渡淮議和。中途為宋人所拒，因即折還。金主珣乃復遣僕散安貞為副元帥，輔太子守緒南侵，且令西路諸軍，再攻西和、成、鳳諸州，入黃牛堡。吳政拒戰敗績，竟至陣亡。金兵長驅入武休關，破興元府，陷大安軍，直下洋州。沿途守將，望風奔潰，連四川制置使董居誼，也都逃走。虧得都統張威、令部將石宣等，至大安軍邀截金兵，殲敵三千人，擒住金將巴土魯安（巴土魯一作巴圖魯），金兵乃退。

已而金兵復入洋州，焚掠而去。宋廷乃加罪董居誼，安置永州，改任聶子述為四川制置使。子述望淺資卑，不足鎮壓，興元戍卒張福、莫簡等作亂，頭裹紅巾為號，竄入利州，子述退保劍門。時故制置使安丙，早卸除兵柄，退為醴泉觀使，只丙子癸仲知果州，子述檄令統兵討賊，張福等

竟轉掠果州，並及閬州，四川大震。宋廷乃復起丙知興元府，兼利州路安撫使，川民聞丙復至，私相慶慰，唯叛賊掠遂寧，入普州，負茗山。丙自果州至遂寧，調集諸軍，把茗山圍住，絕賊樵汲。福眾屢次衝突，均不能脫。沔州都統制張威，又奉檄到來，福窮蹙乞降。威執福獻丙，丙斬福以徇。威又捕到莫簡及賊眾千三百人，盡行伏誅，紅巾賊悉平，川境復安。丙乃班師還至利州，金人也不敢再進。

　　獨金太子守緒等南侵，遣將完顏訛可等復圍棗陽（訛可一作鄂和），孟宗政竭力拒守，且遣人至襄陽告急，乞請濟師。趙方語二子道：「金人大舉攻棗陽，唐、鄧等處，勢必空虛，爾等可會同許國、扈再興兩軍，分攻唐、鄧，令敵還救，棗陽自可解圍了。」二子遵命啟程。臨行時，方又囑道：「范可監軍，葵可殿後，若不克敵，毋再相見！」言畢，又給劄文兩道，令分投許、扈兩人。二子持而去，當即與許、扈會師，遵行事。國進攻唐州，再興進攻鄧州，兩路銳進，焚敵糧儲。敵人斂兵固守，兩軍各分駐城下，專待金兵還援，以便截殺。這時候的淮西一方面，又由金左都監紇石烈牙吾答（一譯作赫舍哩要赫德）及駙馬阿海，圍攻安豐軍，及滁、濠、光諸州。又分兵數路，一攻黃州的麻城，一攻和州的石磧，一攻滁州的全椒、來安，及揚州的天長，真州的六合，淮南大擾。江、淮制度使李珏，命池州都統制武師道，忠義軍都統陳孝忠往援，皆畏金人聲勢，逗留不前。淮東提刑賈涉，繼應純之後任，權知楚州，節制京東忠義軍，即山東降盜。聞江、淮危急，飛檄陳孝忠赴滁州，夏全、時青赴濠州，季先、葛平、楊德廣赴滁、濠，李全兄弟斷敵歸路。全奉檄趨渦口，與金將紇石烈牙吾答等連戰化湖陂，殺金將數人，得敵金牌。金人乃解諸州圍，盡行北去。全追至曹家莊，復斬馘數百人，乃還軍獻俘，並繳上所獲的金牌，向涉求賞。涉曾懸賞格，有條例數則，能殺金太子，賞節度使，能殺

第八十八回　寇南朝孱主誤軍謀　據東海降盜加節鉞

親王，賞承宣使，能殺駙馬，賞觀察使。全只說殺死駙馬阿海，請如約受賞，涉也不暇詳查，竟替他奏請，授全廣州觀察使。其實阿海仍然活著，並沒有死過呢。據此一端，已見李全刁詐。

且說許國、扈再興兩軍，分攻了數十日，本意是望棗陽解圍，來援唐、鄧，所以不甚猛攻。偏金兵仍圍住棗陽，未嘗撤回。趙方遞接軍報，令許國退回隨州，扈再興與二子移援棗陽。棗陽受攻已八十餘日，金將完顏訛可百計攻撲，炮弩迭施，俱由孟宗政設法堵住。間出奇兵奮擊，屢挫金兵。趙范、趙葵、扈再興轉戰而南，連敗金人，直抵棗陽城。孟宗政見援兵大至，亟自城中出擊，內外合勢，士氣大振，自傍晚殺至三更，斃金兵三萬人，餘眾大潰。完顏訛可單騎遁去，宗政等追到馬磴寨，焚去城堡，奪得資糧器械，不可勝算，方才收軍而還。金人自是不敢窺襄、漢、棗陽。中原遺民，陸續來歸，宗政給以田廬，選擇勇壯，號忠順軍，俾出沒唐、鄧間。金人懼宗政威名，爭呼為孟爺爺。

趙方以金人屢敗，必且復來，不若先發制人，借沮敵謀。乃遣扈再興、許國、孟宗政等，率兵六萬，分三道伐金，戒以毋深入，毋攻城，但毀寨奪糧，撤彼守備，便足示威了。再興、許國等遂分攻唐、鄧，見金人有備，不過沿途抄掠，馳驟了好幾日，隨即退還。金人率眾來追，徑至樊城，趙方親督諸軍，擊退金人。孟宗政復進破湖陽縣，擒金千戶趙興兒。許國遣將耶律均，與金人會戰北陽，殺金將李提控。扈再興又攻入高頭城。金兵連敗，聲勢日蹙。新除觀察使李全，因戰勝化湖陂，漸萌驕志，佯與賈涉結歡，曲意趨承。涉已受朝廷命令，主管淮東制置司，節制京東、河北軍馬。分忠義軍為兩屯，都統仍屬陳孝忠，更令季先為副。李全自為一軍，營領五寨。季先素有豪俠名，為降眾所敬服，全獨懷妒忌，陰結涉吏莫凱，令譖季先。涉誤信為真，詭遣季先赴樞密院議事，暗令心腹

刺先道中，先不及防，竟被刺死。涉遣統制陳選代統先眾。看官！你想先無辜被殺，含冤莫白，他的部下，肯俯首帖耳，不起怨言麼？坐實賈涉罪狀。當下有裴淵、宋德珍、孫武正、王義深、張山、張友六人，為先發喪，倡義拒選，潛迎舊黨石珪為統帥。選還報涉，涉無法可施，只得再用羈縻計策，籠絡石珪，保舉珪為漣水忠義軍統轄。益啟盜心。李全以去一季先，來一石珪，仍然是一個敵手，復欲設法除珪，一面招降金益都守將張林，得青、莒、密、登、萊、濰、淄、濱、棣、寧、海、濟南諸郡，奉表歸宋，買動朝廷歡心，一面襲金泗州及東平，自誇威武。政府一再獎諭，賈涉亦一再慰勞，全志態益驕，降軍多半不服。時青為金將所招，先行叛去，金命為濟州宣撫使。蒙古帥木華黎，乘隙入濟南，降將嚴實，亦至蒙古軍前，奉款投誠。木華黎授實行尚書事，自是石珪亦漸萌異志，謀叛賈涉。李全以為時機已至，即向涉上書，自請討珪。涉乃調全眾至楚州，陳列南渡門，更移淮陰戰艦至淮安，示珪有備。且誘招珪眾，來者增糧，否則停餉。珪眾逐漸解散。珪竟往降蒙古軍。全復請諸涉，乞並統漣水軍，涉不能卻，竟以付全。全愈加驕悍，目空一切，旋假超度國殤為名，往金山寺作佛事。知鎮江府喬行簡用方舟迎全，舟中備設筵宴，並及女樂，全入舟高坐，暢飲盡歡，旁顧左右，滿列吳姬，這幾個是纖穠合度，那幾個是妖冶絕倫，待至度曲侑觴，歌聲迭起，一片嬌喉，傳入耳鼓，令人不禁銷魂。比四娘子何如？只礙著行簡面上，一時不便摟抱，只好硬著心腸，自存官體。及到了金山，入寺設壇，除開場主祭外，盡好出外遊賞，觸目無非妖嬈，到眼總是佳麗，不由的嘆美道：「六朝金粉，名不虛傳，我得志後，定當在此處營一菟裘，方不虛過一生哩。」究竟是個盜賊。既而佛事已竣，仍返故鎮，遍語徒黨道：「江南繁麗無比，汝等也願往遊麼？」大眾當然贊成。全始造方舟，寄泊膠西，扼寧海衝要，令

第八十八回　寇南朝孱主誤軍謀　據東海降盜加節鉞

兄福守舟權貨，為窟宅計。時互市始通，北人尤重南貨，價值十倍。全誘商人至山陽，舟載車運，與商分利。舟由李福主運，車歸張林督辦，林一無所得，已是不平。且林已受命總管京東，所恃鹽場稅則，作為軍餉，福又欲與林分場，林不肯允。福怒道：「渠忘吾弟恩德嗎？待與吾弟商量，取渠首級。」林聞言益懼，同黨李馬兒勸林歸蒙古，林遂以京東諸郡，向蒙古乞降。木華黎任林行山東東路都元帥府事，又激走了一個。福恐林襲擊，遁還楚州，嗣由知濟南府仲，往討張林，林敗走。李全乘間據青州，宋廷竟授全為保寧節度使，兼京東、河北鎮撫副使。賈涉嘆息道：「朝廷但知官爵，可得士心，哪知愈寵愈驕，將來更不可制呢。」你也未嘗無過。原來右丞相史彌遠，早欲授全節鉞，賈涉屢上書勸阻，至是驟然下詔，所以涉有此嘆。涉知全必為變，不易控馭，因力求還朝，彌遠不允。涉竟憂憤成疾，疾篤得請，卸任南歸，竟在途中逝世了。

是時京、湖制置使趙方，及四川宣撫使安丙，相繼淪亡，幾不勝宿將凋零的感痛。方守襄、漢殆十年，以戰為守，合官民兵為一體，知人善任，有儒將風，所以金人擾邊，淮、蜀皆困，獨京西一境，安全無恙。嘉定十四年，在任病劇，召扈再興等至臥室，勉以忠義。是夕，有大星隕襄陽，適與方死時相符。宋廷追封銀青光祿大夫，累贈太師，諡忠肅。安丙再起撫蜀，轉危為安，復遣夏人書，夾攻金邊。夏遣樞密使寧子寧率眾圍鞏州，丙亦命利州統制汪士信等，接應夏人。嗣由攻鞏不克，雙方退師。既而丙卒，訃聞於朝，追贈少師，立祠湘州，理宗朝賜諡忠定。丙頗有將材，為蜀人所畏服，唯殺害楊巨源、李好義，為世所詬，未免累德。後任為崔與之，拊循將士，開誠布公，蜀人亦安。

金主因侵宋無功，歲幣復絕，尚不甘歇手，再命完顏訛可行元帥府事，節制三路軍馬，復出侵宋，以同簽書樞密院事時全為副，由潁壽渡淮

登陸。至高橋市，擊敗宋軍，進攻固始縣，破廬州將焦思忠援兵。嗣聞宋與蒙古通好，恐南北夾攻，無路可歸，訛可乃定議北還，行至淮水，諸軍將渡，偏時全矯稱密旨，留軍淮南，割取宋麥，令每人刈麥三石，作為軍需。逗留三日，訛可語全道：「今淮水淺涸，可以速渡，倘或暴漲，將不便渡軍，更慮宋師乘我後路，迫險邀擊，那時轉不能完歸了。」全不肯從命，但說無妨。不意是夜即大雨滂沱，淮水驟漲，訛可乃決意渡淮，造橋濟軍。全亦不能獨留，魚貫而進。驚聞炮聲四響，鼓聲隨震，宋軍從後殺來，全惶急無措，急乘輕舟先濟，部卒不及隨上，紛紛投水，多半溺死。尚有未投水的，留在岸上，被宋軍殺了一陣，統作刀頭之鬼。訛可遂歸咎時全，稟白金主，金主下詔誅全，自是無南侵意。

蒙古帥木華黎奉成吉思汗命令，受爵大師，晉封國王，經略太行山南，攻取河東諸州郡，又拔太原城。金元帥烏古論德升及行省參政李革等皆自盡。蒙古降將明安領偏師趨紫荊關，降金元帥左監軍張柔。柔導蒙古軍南下，攻克雄易、保全諸州，乘勝下河北諸郡。金主大封郡公，督令恢復，真定經略使武仙封恆山公，財富兵強，為各郡首，偏遇著蒙古將士，屢戰屢敗，竟舉真定城出降，餘郡更不消說得了。瓦解土崩，無可挽救。金主雖誅穆延盡忠，戮朮虎高琪，去奸求賢，勢已無及。屢次向蒙古求和，木華黎不允，且略山東，攻山西，直薄陝西鳳翔府，累得金主珣晝夜不安，釀成心疾。到了寧宗嘉定十六年臘月，竟嗚呼哀哉，伏維尚饗了。總計金主珣在位十一年，無歲不被兵，又無歲不弄兵，北不能禦蒙古，南不能據宋境，徒落得跋前疐後，坐待衰亡。小子有詩嘆道：

蒙兒勢盛已堪憂，況復邦危主益柔。
北顧未遑南牧馬，多招敗辱向誰尤。

第八十八回　寇南朝屢主誤軍謀　據東海降盜加節鉞

　　金主珣歿，太子守緒立，尊故主為宣宗。越年秋，宋寧宗也竟歸天，為了嗣位問題，又釀成一場大變。看官欲知詳細，試看下回便知。

　　金至宣宗之世，正蒙古勃興，亟圖南下之時，為宣宗計，正宜南和宋朝，北拒蒙古，備兵力於一方，或尚可杜彼強寇，固我邊防，乃聽高琪、王世安之邪言，以為取彼可以益此，亦思前門攘羊，後門進虎，羊未得而虎已先噬室人乎？況宋尚有趙方、安丙諸人，具專閫才，固不弱於完顏諸將也。然則金先敗盟，宋乃北伐，直在宋而曲在金，原非開禧時比。唯淮西一帶，降盜甚多，得良帥以馭之，容或收指臂相聯之效，賈涉非其倫也。涉初任季先而招李全，旋信李全而殺季先，降盜因是離心，狡謀反且益逞，涉一舉而蹈二失，其尚能坐鎮淮西乎？及加授李全節鉞，涉乃歸咎於史彌遠，夫彌遠之謬，固不待言，然試問教猱升木者為誰？而顧欲以一去塞責，責其可塞否耶？語有之：「父欲行劫，子必殺人。」

　　無惑乎賈似道之再出誤國也。

第八十九回

易嗣君濟邸蒙冤　　逐制帥楚城屢亂

第八十九回　易嗣君濟邸蒙冤　逐制帥楚城屢亂

　　卻說寧宗本立榮王曮為皇子，改名為詢，至嘉定十三年，詢竟病逝，諡為景獻，後宮仍然無出，免不得仍要另選。先是孝宗孫沂王柄無嗣，立燕王德昭九世孫均為後，賜名貴和，嘉定十四年，立貴和為皇嗣，改賜名為詢。唯詢已過繼寧宗，是沂王一支，又要擇人承繼。寧宗曾命選太祖十世孫，年過十五，得儲養宮中，如高宗擇普安王故事。史彌遠亦勸寧宗小心立嗣，不妨借沂王置後為名，多選一、二人，以備採擇。會彌遠館客余天錫，性甚謹厚，為彌遠所器重，令為童子師。天錫，紹興人，因欲還鄉秋試，告假暫歸。彌遠密與語道：「今沂王無後，君此去如得宗室中佳子弟，請挈他同來。」天錫應命而去。既渡浙江，舟抵越西門，天適大雨，不得已至全保長家，為暫避計。保長知為丞相館師，當即殺雞為黍，殷勤款待。席間有二少年侍立，天錫問為何人？保長道：「此乃敝外孫與莒、與芮，係是天潢宗派，就是開國太祖的十世孫呢。」確是龍種。天錫不禁起座道：「失敬失敬！」再問二人履歷，始知父名希瓐，母全氏。還有一種奇怪的事情，與莒生時，室中有五采爛然，紅光燭天，如日正中。既誕三日，家人聞戶外車馬聲，出視無睹。及三五歲時，晝寢臥榻，身上隱隱有龍鱗，以此鄰里爭相詫異。平時令日者批命，亦謂與莒後當極貴，即與芮亦非凡品，天錫遂誇獎了一番。及還臨安，具告彌遠。彌遠命召二子入見，全保長大喜，鸞田得資，為治衣冠，集姻黨送行，幾視為天外飛來的奇遇。彌遠操相人術，既見二子狀貌，亦暗暗稱奇。嗣恐事洩干禁，遽使復歸，全保長大失所望。既而彌遠復囑天錫，召入與莒，轉白寧宗，立為沂王後，賜名貴誠，授秉義郎，時貴誠年已十七了（敘理宗皇帝出身，不得不格外從詳）。貴誠凝重端莊，潔修好學，每朝參待漏，他人或笑語，貴誠必整肅衣冠，不輕言動。彌遠益嘆為大器。

　　唯彌遠秉政已久，內借楊后為護符，外結私人為黨助，臺諫藩閫，多

所引薦，莫敢誰何。唯皇子竑積不能平，隱與彌遠有隙，彌遠亦頗覺著。因竑好鼓琴，特購一善琴的美人，獻入青宮，令伺竑動息。竑既得知音，復逢佳麗，就使明知彌遠不懷好意，也被這情魔迷住，一時無從解脫；更兼那美人知書慧點，事事稱意，浸潤既久，反把她視作賢婦，無論什麼衷曲，都與密談。嘗書楊后及彌遠事於幾上，後加斷語道：「彌遠當決配八千里。」又嘗指宮壁地圖，指瓊崖地示美人道：「我他日得志，當置彌遠於此地。」有時呼彌遠為新恩，言不竄新州，必置恩州。何疏率乃爾？那美人曾受彌遠囑託，當然轉告彌遠，彌遠不覺大驚。一日，彌遠至靜慈寺，為父浩建設經壇，期加冥福，百官等多來助薦，國子學錄鄭清之亦至，彌遠獨邀清之登慧日閣，私與語道：「皇子不堪負荷，聞沂邸後嗣甚賢，今欲擇一講官，我意屬君，請君善為訓導。事成後，彌遠的座位，就是君的座位。但語出我口，止入君耳，一或漏洩，你我皆族滅了。」清之唯唯從命。越日，即派清之教授貴誠。清之日教貴誠為文，又購高宗御書，令他勤習。貴誠本是靈明，功隨時進，清之遂往謁彌遠，出示貴誠詩文翰墨，譽不絕口，且說他品學醇厚，端的不凡。彌遠於是迭奏寧宗，歷言竑短，且極贊貴誠，寧宗尚莫名其妙。終身糊塗。

及寧宗不豫，彌遠徑遣鄭清之往沂王府，密語貴誠以易儲意。貴誠噤不一言。清之道：「丞相因清之從遊有年，特將心腹語相告，今不答一言，教清之如何答覆丞相？」貴誠始拱手徐言道：「紹興尚有老母，我何敢擅專？」不明言拒絕，只以老母為詞，想寸心已默許了。清之轉告彌遠，因共嘆為不凡。過了五日，寧宗疾篤，彌遠竟假傳詔旨，立貴誠為皇子，賜名昀，授武泰軍節度使，封成國公。又越五日，寧宗駕崩，彌遠遣楊后兄子谷石，將廢立事入白皇后。楊后愕然道：「皇子竑係先帝所立，怎敢擅變？」谷等出報彌遠，彌遠再令入請，一夜至往返七次，後尚未許。谷等

第八十九回　易嗣君濟邸蒙冤　逐制帥楚城屢亂

泣拜道：「內外軍民，皆已歸心成國，若不策立，禍變必生，恐楊氏無噍類了。」設詞恫赫，易動婦女之心。後遲疑了好一歇，方徐徐道：「是人何在？」四字夠了。谷不待說畢，便三腳兩步的跨出宮門，往語彌遠。彌遠立遣快足宣昀，且語去使道：「今所宣召，是沂王府中皇子，不是萬歲巷中皇子，汝苟誤宣，立即處斬！」及昀入宮見後，後撫昀背道：「汝今為吾子了。」昀未嘗辭謝，其情可見。彌遠引昀至柩前，舉哀已畢，然後召竑。

竑已聞訃，佇足待召，良久不至，乃開門待著。但見快足經過府前，並未入內，不由地疑慮交乘，待至日暮，似有數人策馬馳過，也不辨為誰氏。至黃昏以後，始有人宣召，急忙帶著侍從，匆匆入宮。每過一宮門，必有衛士呵止從吏，到了停柩的殿前，已只有單身一人。彌遠出來，引入哭臨。止哭後，復送他出帳，令殿帥夏震監守。竑心中大疑，無從索解。俄見殿內宣召百官，恭聽遺詔。百官入殿排班，竑亦登殿，由傳宣官引至舊列。竑愕然道：「今日何日，還要我仍列舊班？」夏震佯說道：「未宣制前，應列在此，已宣制後，才可登位。」竑始點首無詞。須臾，見殿上燭炬齊明，竟有一少年天子，出登御座，宣即位詔。宣贊官呼百官拜賀，竑不肯拜，被震在後推腰捽首，沒奈何跪拜殿下。拜賀禮成，又頒出遺詔，授皇子竑開府儀同三司，進封濟陽郡王，判寧國府，尊楊后為皇太后，垂簾聽政。於是這位成國公昀，安安穩穩的占了大位，是為理宗皇帝，大赦天下。尋復封竑為濟王，賜第湖州，追封本生父希瓐為榮王，本生母全氏為國夫人，以弟與芮承嗣。明年改元寶慶，越三月，葬寧宗於永茂陵，總計寧宗在位三十年，改元四次，享年五十七歲。初任韓侂胄，繼任史彌遠，兩奸專國，宋室益衰。

理宗幼在家中，與群兒戲，嘗登高獨坐，自稱大王，群兒亦共呼為趙

大王。至是居然登基，有志求賢，召知潭州真德秀，入直學士院，知嘉定府魏了翁，入為起居郎，兩人皆理學名家，一時並召，頗孚眾望。改元才數日，忽聞湖州不靖，有謀立濟王消息，於是丞相史彌遠，亟遣殿司將彭王，率禁軍馳赴湖州。湖州人潘壬，及從兄甫弟丙，聞史彌遠擅行廢立，心甚不平，關卿甚事？至濟王奉祠就第，意欲就近奉立，成不世功，乃遣甫密告李全，求他援助。全欲坐觀成敗，佯與約期起兵，其實口是心非，毫無誠意。甫還報壬，壬遂部分眾人，待全到來。及期不至，當然著急，且恐密謀被洩，必遭逮捕，遂招集雜販鹽盜千餘人，結束如全軍狀，揚言自山東來，夜入州城，求見濟王。濟王聞變，奔匿水竇中，被壬覓著，擁至州治，用黃袍加王身上。專抄襲陳橋故事。王號泣不從，恐亦非真意。壬等齊聲道：「大王若不肯允，我等有進無退，將與大王同死了。」王不得已，乃與約道：「汝等能勿害太后官家麼？」壬等復同聲如約。於是發軍庫金帛，犒賞眾人。知州謝周卿率官屬入賀，壬等復偽為李全榜文，揭示城門，宣告史彌遠廢立罪狀，且有「領精兵二十萬，水陸並進」等語，州人均被聳動。及黎明出視城外，陸上只有巡尉兵卒，水中只有太湖漁舟，並沒有什麼李全，也沒有李全的水陸人馬。濟王聞報，知難成事，亟與謝周卿商議，遣州吏王元春入報朝廷，自率州兵討壬。壬變名走楚州，甫、丙皆死。及彭王到來，亂事已平。已而淮右小校明亮，捕壬送臨安，立即伏法。史彌遠始終忌竑，詐言濟王有疾，令余天錫挾醫至湖州，暗中卻囑委天錫，假稱諭旨，逼竑自縊，反以疾薨奏聞。天錫以謹厚聞，胡為亦作是事？尋詔追貶竑為巴陵郡公，又降為縣公，改湖州為安吉州。真德秀、魏了翁及員外郎洪咨夔，共替濟王曠鳴冤，理宗不省。

　　過了月餘，接得淮東警報，制置使許國被李全所逐，竄死道中，楚州竟大亂了。許國曾為淮西都統，卸職家居，至賈涉死後，國上言：「李全

第八十九回　易嗣君濟邸蒙冤　逐制帥楚城屢亂

必反，非豪傑不能弭患。」朝廷即以國為豪傑，令繼賈涉後任。國奉命至鎮，適李全趨山東，全妻楊氏出郊迎國。國拒絕令見，楊氏懷慚而歸。及視事，痛抑北軍，犒賞銀十減八九。全從青州致書稱賀，國出示徒眾道：「全仰我養育，我略示恩威，便竭誠奔走了。」談何容易。遂復書邀全，令來相見。全誘約不至，國屢致厚饋，堅欲邀全。全黨劉慶福，亦使人覘國意，知國無意加害，便請全見國。全集將校道：「我不往見制閫，未免理曲，我便一往便了。」乃徑至楚州，入謁賓贊語全道：「節使當庭參，制使必令免禮。」全乃入拜，國端坐不動。全出語道：「全歸本朝，未嘗不拜人，但恨他非文臣，與我相等，他前以淮西都統謁賈制帥，亦免他庭參，他有何功業，一旦位出我上，便如許自大麼？全赤心報朝廷，並不造反呢。」國聞全言，頗也自悔，乃設盛宴待全，慰勞加厚，全終未愜意，慶福謁國幕賓章夢先，夢先但隔幕唱喏，慶福亦怒。既而全欲往青州，恐國不允，遂自忖道：「渠不過欲我下拜呢，我能得志，何惜一拜。」因折節為禮。動息必請，下拜至再。國喜語家人道：「我已折伏此虜了。」一廂情願。餘請往青州，國即允諾，及全已至青，即遣慶福還楚為亂。

慶福與楊氏謀，擬蓄一妄男子，指為宗室，潛約盱眙四軍謀變。盱眙四將不從，慶福乃止欲除國。計議官苟夢玉偵得密謀，勸國預防。國大言道：「儘管令他謀變，變即加誅，我豈儒生不知兵嗎？」夢玉見國不從，懼禍將自及，因求檄往盱眙，且轉告慶福道：「制使欲圖汝。」慶福因迫不及待，脅眾害國。適國晨起視事，慶福等挾刃而入，國料知有變，竟厲聲道：「不得無禮！」言未畢，矢已及額，流血蔽面而走。慶福遂指揮亂黨，闖入內室，將國全家殺害，且縱火焚署，搶劫庫財。國狼狽出奔，由親兵數十人，掖登城樓，縋下逃命。行至中途，自思家屬被害，下無以保妻孥，上無以報國家，還有什麼生趣，索性解帶自縊，了卻殘生。不死何

為？章夢先被慶福殺死，獨苟夢玉家，反由亂黨保護。

楚州既亂，揚州亦震，史彌遠聞變，尚欲含忍了事。默思大理卿徐晞稷，曾守海州，與李全友善，遂授他為制置使。晞稷至楚，李全亦到，全佯責慶福不能彈壓，戮亂黨數人，自己上表待罪，一面庭參晞稷。晞稷忙降等止參，全乃喜慰。嗣是全益驕縱，不可複製。晞稷卻一意媚全，甚稱全為恩府，全妻楊氏為恩堂，尊卑倒置，煞是可笑。實是無恥。全竟檄恩州，內有「許國謀反，已經伏誅，汝等軍士，應聽我節制」等語。那恩州守將，也是一個降盜，就是上文所說的彭義斌（見七十七回），他卻有點忠心，不似李全狡詐，當下扯碎來書，奮然大罵道：「逆賊背國厚恩，擅殺制使，我必報此仇。」遂南向告天，誓師討逆。全聞報大憤，即率眾攻恩州。義斌出城迎戰，擊敗李全，奪去馬二十匹。劉慶福引兵救全，又為義斌所敗，全不禁氣餒，貽書晞稷，請代向義斌講和。晞稷居然替他排解，義斌知晞稷無用，自與沿江制置使趙善湘書，願共誅全。盱眙四總管，亦欲協力討賊。知揚州趙范，又上書彌遠，幸毋豢盜。偏彌遠姑息偷安，禁止妄動，遂令狼心狗肺的李全，逍遙法外。

義斌以山東未定，擬先圖恢復，後誅逆全，遂移兵攻東平。東平守將嚴實，已降蒙古，至是因兵少糧虛，陽與義斌連和，暗中卻約蒙古將孛裏海（一譯作博勒和），共攻義斌。義斌全未聞知，竟轉徇真定，道出西山，與孛裏海軍相值。兩下交鋒，未分勝負。不料嚴實從背後襲擊，以致全軍大亂，義斌馬躓被擒。蒙古將史天澤，勸他投降，義斌厲聲道：「我乃大宋臣子，豈降汝狡虜麼？」隨即遇害。降盜中要算此人。京東州縣，接連被陷，蒙古復進圍青州。李全挾青州為營窟，怎肯棄去？便與蒙古軍鏖戰數次，始終不利，因與兄福相商。福自願居守，勸全從間道南歸，乞兵赴援。全搖首道：「數十萬勁敵，恐兄未能支持，不若留弟守城，兄

第八十九回　易嗣君濟邸蒙冤　逐制帥楚城屢亂

去乞援便了。」福乃縋城夜出，自往楚州。史彌遠聞全被困，乃欲乘間圖全，調回徐晞稷，改任知盱眙軍劉琸，為淮東制置使。琸赴任時，唯調鎮江兵三萬自隨。盱眙忠義軍總管夏全請從，琸料不易馭，令他留鎮。偏鎮江副都統彭忕，移住盱眙，也欲調開夏全，免為己患。乃語夏全道：「楚城賊黨，不滿三千人，健將又在山東，劉制使今日到楚，明日便可平楚，太尉何不繼往，共成大功。」全欣然許諾，竟俟劉琸去後，率部眾五千名，躡蹤前往。琸至楚城，夏全已隨入。那時無法使回，只好留他自衛。

　　會李福回楚，擬分兵援青州，琸不肯從。福與全妻楊氏，遂嗾動部眾，譁噪不休。琸令夏軍駐紮楚城內外，嚴防兵亂，且限李福等三日出城。全妻楊氏，因想出一個離間的方法，密遣人告夏全道：「將軍非自山東歸附麼？兔死狐悲，李氏滅，夏氏寧得獨存？願將軍垂盼。」數語易入夏耳。夏全不禁心動，遂往楊氏宅中。楊氏盛飾出迎，由夏全瞧入眼波，但見她豐容盛鬋，華服凝妝，威武中寓斌媚態，幾惹的目眩神迷。楊氏故意的賣弄風騷，留夏宴飲，自己側坐相陪。夏全屢顧楊氏，楊氏亦眉目含情，待酒至數巡，楊氏竟嬌聲語全道：「人傳三哥已死（三哥指李全，想是排行第三），我一婦人，怎能自立？便當事太尉為夫。子女玉帛，皆太尉物，且同出一家，何故相戕？若今日剿除李氏，太尉能自保富貴麼？」原來夏全已受封太尉，所以前時的彭忕，此時的楊氏，均以太尉相呼。夏全聞到此語，喜出望外，幾把那身都酥麻了半邊，色之迷人，甚於盜賊。便斜著一雙色眼道：「姑姑！此語可當真嗎？」楊氏索性進一步道：「太尉若能誅逐劉琸，便即如約。」楊氏之狡，不亞李全。夏全大喜，召入李福，同謀逐琸。議既定，即於次日起事，合攻州署，焚官民舍，殺守藏吏，鬧得天翻地覆，鬼哭神愁。琸賴鎮江軍保護，縋城而出。鎮江軍與賊夜戰，將校多死，器甲錢粟，盡為賊有。夏全既將琸逐出，便躍馬赴楊氏營，總

道此夜是歡諧魚水，顛倒鴛鴦，哪知到了營前，竟請他一碗閉門羹，而且滿營兵士，列刃以待；當下策馬回奔，招眾出城，徑趨盱眙，沿途大掠。盱眙將張惠、范成進已知夏全為亂，竟閉城拒全，且將全母及妻，在城內捕至，一律斬首，拋擲城下，氣得夏全咬牙切齒，恨不得將盱眙城吞了下去。滿望多增一妻，誰知反失一妻，哪得不恨？正欲麾眾攻城，那城中竟驅兵殺出，反被他蹂躪一陣，喪失部眾千人，一時無路可歸，竟奔降金人去了。

　　宋廷嚴責劉琸，琸已至揚州，恐坐罪被誅，竟爾憂死。有詔令軍器少監姚翀知楚州，兼制置使。翀毫無材略，也是徐晞稷一流人物，臨行時，留母及妻子居都城，自己購得二妾，駕舟徑往。槍刃之下，豈可作藏嬌窟耶？至楚城東，艤舟治事。探得楊氏無害己意，乃入城往見，用晞稷故例，更加諂媚。楊氏乃許翀入城，翀見州署被毀，尚未修築，急切無從托足，乃寄治僧寺中，苟延時日。幸有二妾侍奉，倒也不慮寂寞，整日裡左擁右抱，樂得尋歡。既而李全守不住青州，竟降蒙古。劉慶福尚分守山陽，自知已為厲階，惶懼不安，意欲殺李福以贖罪。李福已有所聞，亦欲將慶福殺害。二人互相猜忌，不復相見。一日，楊氏請姚翀議事，翀不敢卻，只好前往，既入李營，見劉慶福亦即到來，楊氏開口道：「哥哥有疾，軍務不能主持，所以請姚制帥及劉總管，共議軍情。」慶福道：「李大哥何時得恙，我卻未曾聞知？」楊氏正要回答，裡面已有人傳出，說要請劉總管入見。劉以李福有疾，料也沒甚意外，遂隨了傳報的人，趨入內室，迂曲數四，才至李福臥處。遙見福臥不解衣，未免疑慮，不得已走近榻前，開口問道：「大哥有恙麼？」福答道：「煩惱得恁地。」劉左右一顧，見榻旁有劍出鞘，益覺心動，亟忙退出。福竟躍起床上，持刀追殺慶福，慶福徒手不支，立被殺死。福竟攜首出外堂，交與姚翀。翀大喜道：「慶福首

第八十九回　易嗣君濟邸蒙冤　逐制帥楚城屢亂

禍，一世奸雄，今頭顱乃落措大手麼？」能殺慶福，豈不能殺汝麼？遂馳還寺中，立刻草奏，遣白朝廷。復旨到來，翀蒙優獎，福得增秩，楊氏竟進封楚國夫人。唯楚州自夏全亂後，庫儲俱盡，綱運不繼，李福常向翀索餉。翀無從應付，只說待朝廷頒發，便當撥給。福屢催無著，私下動怒道：「朝廷若不養忠義軍，何必建閫開幕？今建閫開幕如故，獨不給忠義軍錢糧，是明借這閫帥，來制壓我忠義軍呢。」隨即與楊氏密謀，邀翀過宴。翀昂然竟往，就坐客次，並不見楊氏出陪，須臾見自己二妾，也被召入內，他不知葫蘆裡面，賣什麼藥，俄見一班糾糾武夫，在客次外獰目探望，料知不是好兆，便起身急走，甫出客次，但聽得一片喧聲道：「姚制使走了！姚翀逃了！」嚇得姚翀無處躲避，幾乎心膽俱碎。正是：

逐帥幾同棋易子，搶頭好似杖驚兒。

畢竟姚翀能逃得性命否？待至下回再敘。

天下事莫不壞於一私字。私心一起，則內而作奸，外而犯科，皆因之而起。史彌遠之擅謀廢立，私也。楊后之允行廢立，由恐無噍類之說所激，亦一私也。即濟王竑之隱嫉彌遠，形諸筆墨，亦無非一私也。即潘王弟兄之欲奉濟王，期建非常之業，亦何一非私也？若夫許國、徐晞稷、劉琸、姚翀諸人，陸續被逐，均為一私字所致。許、徐二人欲制全，而反為所制，劉、姚二人嘗媚全，而無益於媚，一念縈私，著著失敗，彼夏全、劉義福輩，更不足道也。觀此回，不禁為好私者慨矣。

第九十回
誅逆首淮南紓患　戕外使蜀右被兵

第九十回　誅逆首淮南紓患　戕外使蜀右被兵

卻說姚翀聞變，抱頭出竄，見外面已露刃環列，幾無生路可尋。還虧李全部下的鄭衍德，挺身保護，翼他出圍，沿途尚聞有譁噪聲，連忙薙去鬚髯。縋城夜走，遁至明州，未幾病死。二妾不知如何著落？宋廷以淮亂相仍，再四逐帥，乃欲輕淮重江，楚州不復建閫，就用統制楊紹雲兼制置使，改楚州為淮安軍，命通判張國明權守。盱眙守彭忔，想乘此建功立業，潛遣張惠、范成進入淮安，語全將國安用、閻通道：「朝廷不降忠義軍錢糧，無非因劉慶福、李福等，屢次生亂，所以停給。今慶福已除，李福尚在，何不一併除去，為朝廷弭患呢？」國、閻二人也以為然，並聯絡王義深、邢德一同舉事。時張林又來降宋，亦欲除福復仇，遂與四人合議，同率眾趨李福家。適李福出門，邢德兜頭一刀，將福梟了首級，復闖入內室，殺死全次子通，並四覓楊氏，適得一婦人匿床下，便即牽出，殺死了事。遂將這婦人首，充作楊氏，與李福頭顱，並至楊紹雲處獻功。紹雲遣送臨安，闔廷皆喜。看官試想！這楊氏李姑姑，曾善用雙刀，具有一身膽力，難道便畏匿床下，坐聽梟首麼？原來這婦人首，乃是全妾劉氏，那楊氏早已輕裝易服，逃往海州去了。雌兒畢竟不凡。朝廷以功由彭忔，即令他經理淮東。張惠、范成進不得邀賞，又因糧餉缺乏，密約降金，擬執忔為贄儀，遂趨還盱眙，設宴邀忔。兩人奉觴上壽，接連灌到數十杯，忔竟醉倒席上，被兩人捆縛起來，竟渡淮降金去了。

李全受蒙古命，經略山東，聞兄妾被害，當然不肯干休，便請諸蒙古元帥，願報兄仇。蒙古元帥不肯遽從。全斷指為示道：「全若再歸南朝，有如此指！」於是蒙古帥命全下淮南。全服蒙古衣冠，移文兩淮，自稱山東淮南領行省事。楊紹雲見了移文，便避往揚州。王義深也奔降金人。國安用獨不奔避，誘殺張林、邢德，攜首投全軍，自行贖罪。全乃不殺安用，與他同入淮安，復移兵占住海州、漣水等處。全妻楊氏，又至淮安與

全相會，仍然是夫妻完聚，骨肉團圓。史彌遠尚專務招撫，使人說全，令毋用兵淮南，當仍加節鉞。全以東南利用舟楫，急切裡不得水師，不如陽順朝命，陰習水戰。紹定元年，即理宗四年，改頒正朔，李全廣募水卒，不限南北，宋軍多往應全募，遂增設戰艦，與楊氏大閱海洋。一個是兩邦閫帥，甲冑輝煌，一個是半老佳人，冠笄絢爛，好算作盜賊世界，兒女英雄。李全夫婦，不倫不類，故用筆亦若諷若刺。全又與金合縱，約把盱眙畀金，金封全為淮南王，全佯辭不受。自是盤踞淮境，對宋稱臣，好索餉豢兵，對蒙古也稱臣，就將淮南商稅鹽利，一併壟斷，好作為蒙古歲貢，對金且虛與周旋，免他作梗。不愧狡兔。宋廷士大夫，都曉得全懷異志，只因彌遠執政，專事羈縻，哪個敢來多嘴。全因節鉞未加，復遣私人入都，請建閫山陽。一時未得所請，竟密令部將穆椿等，潛入皇城縱火，毀去御前軍器庫，把先朝庋藏的兵甲，盡付一炬。朝廷已明知由全所使，還是苟且偷安，不加責問。及全麥舟過鹽城，知揚州翟朝宗，令尉兵出來奪麥，惹得全怒氣沖天，立率水陸兵數萬名，來搗鹽城。戍將陳益、樓強皆遁，知縣陳遇亦逾城逃去，公私鹽貨，皆為全有。朝宗忙遣幹官王節至鹽城，懇全退師，全哪裡肯依，留鄭祥、董友守鹽城，自提兵還淮安，上表朝廷，只說「捕盜過鹽城，縣令等棄城遁去。全恐軍民驚擾，所以入城安眾，現已返楚」云云。彌遠尚以全守臣節，授彰化、保康節度使，兼京東鎮撫使，諭令釋兵。全勃然道：「朝廷待我如小兒，啼乃授果，我要這節鉞何用？」你明明是個寵兒，屢次變臉。彌遠復為罷朝宗，命通判趙璡夫暫攝州事。

　　全造舟益急，歷招沿海亡命，充作水手。又貽書璡夫，託詞防備蒙古，須增給五千人錢糧，並求誓書鐵券。政府尚遣餉不絕，他軍士見淮海輸粟，都竊議道：「朝廷唯恐賊不飽，教我輩何力殺賊？」射陽湖人至有養北

第九十回　誅逆首淮南紓患　戕外使蜀右被兵

賊戕淮民的謠言。時趙范、趙葵已接奉朝命，節制鎮江、滁州軍馬，趙善湘為江、淮制置使。三趙俱嫉全如仇，力主用兵。會值彌遠告假，諸執政不加可否，獨參政鄭清之深以為憂，遂與樞密袁韶、尚書范楷，力勸理宗討逆。理宗准奏，清之又轉告彌遠。彌遠乃亦改圖，遂請旨削全官爵，並下詔諭道：

君臣天地之常經，刑賞軍國之大柄，順斯柔撫，逆則誅夷。唯我朝廷，兼愛南北，念山東之歸附，即淮甸以綏來。視爾遺黎，本吾赤子，故給資糧而脫之餓莩，賜爵秩而示以寵榮，坐而食者逾十年，惠而養之如一日，此更生之恩也，何負汝而反耶？蠢茲李全，儕於異類，蜂屯蟻聚，初無橫草之功，人面獸心，曷勝擢髮之罪。謬為恭順，公肆陸梁，因饋餉之富以嘯聚儔徒，挾品味之崇以脅制官吏，凌蔑帥閫，殺逐邊臣，剢我民，輸掠其眾，狐假威以為畏己，犬吠主旁若無人，姑務包含，愈滋狙獪，稔茲恣暴，用怨酬恩，舍是弗圖，孰不可忍？李全可削奪官爵，停給錢糧，勅江、淮制臣，整諸軍而討伐，因朝廷僉議，堅一意以剿除。蔽自朕心，誕行天罰。肆予眾士，久銜激憤之懷，暨爾邊氓，期洗沉冤之痛。益勉思於奮厲，以共赴於功名。凡曰脅從，舉宜效順，當察情而宥過，庸加惠以褒忠。爰飭邦條，式孚眾聽，能擒斬全首者，賞節度使錢二十萬，銀絹二萬匹，同謀人次第擢賞。能取奪現占城壁者，州除防禦使，縣除團練使，將佐官民兵，以次推賞。逆全頭目兵卒，皆我遺黎，豈甘從叛？良由創制，必非本心，所宜去逆來降，並與原罪，若能立功效者，更加異齎。噫！以威報虐，既有辭於苗民，唯斷乃成，斯克平於淮、蔡。布告中外，咸使聞知！

相傳此詔即鄭清之所草，詔下後，李全便率眾至揚州灣頭，來奪揚城，趙璡夫惶急欲奔，為副都統丁勝所阻，乃閉城拒守。會璡夫得史彌遠

書,許增全萬五千人糧,勸歸淮安,因即遣部吏劉易赴全營,持書相示。全笑道:「史丞相勸我歸,丁都統與我戰,非相紿麼?」即擲書不受。易返報璲夫,璲夫亟發牌印,至鎮江迎接趙范。范亦約葵同援。葵即率雄勝、寧淮、武定、強勇四軍,共萬五千名,馳赴揚州。全黨鄭衍德,勸全先取通、泰二州,再攻揚城,全乃引兵攻泰州。知州宋濟迎降,全入掠子女貨幣,轉趨揚州。途次聞范、葵已入揚城,便舉起馬鞭,撻鄭衍德道:「我本欲先取揚州,汝等勸我取通、泰,今二趙已入揚州了,試問揚州易下否?」衍德無詞可答。

　　全乃分兵守泰州,自率眾攻揚州,進撲東門。趙葵出城搏戰,拒濠問答。葵問全來何為?全答道:「朝廷動見猜疑,今復絕我糧餉,我並非背叛,但來索糧呢。」葵怒道:「朝廷視汝作忠臣孝子,汝乃反戈攻陷城邑,怎得不絕汝錢糧?汝云非叛,欺人呢?欺天呢?由汝道來!」揭破狡謀。全理屈詞窮,竟彎弓抽矢,向葵射來。葵用槍撥矢,矢入濠中,遂驅軍越濠,擬與全決戰,全竟退去。翌日,全悉眾攻城,也被葵擊退。嗣是屢攻屢卻,二趙更迭戰守,並陸續有援軍到來,無懈可擊。全擬築長圍,困住守兵,自己跨馬張蓋,部下奏樂,督兵築壘。范令諸門用輕兵牽綴,自領銳卒出堡寨,向西攻全。全亦分兵酣戰,自辰至未,殺傷相當,兩下方鳴金收軍。越宿,范復出師大戰,令偏將金玠,襲擊全糧船,殺敗全將張友,奪得糧船數十艘。又越宿,葵復出戰,亦將全軍殺敗,唯全自恃兵眾,始終不肯退去。

　　自紹定三年冬季,相持至四年孟春,全尚欲浚塹固壘,范、葵遣諸將出城掩擊,全不及防備,奔入土城,蹂溺甚眾。范列陣西門,上馬待戰,偏全眾閉壘不出。葵語范道:「賊俟我收兵,方來追擊呢。」當下命將校李虎,伏騎破垣間,佯收步卒誘賊。賊果掩殺出來,李虎奮起力鬥,城上

第九十回　誅逆首淮南紓患　戕外使蜀右被兵

亦矢石如雨，賊乃敗回。到了上元，城中放燈張樂，故示整暇。全亦往海陵，召伎侑觴，張燈設宴。越日，復置酒高會平山堂，有堡寨候卒，識全槍上垂有雙拂，便入報趙、范。范語葵道：「此賊好勇而輕，既出土城，定當成擒。」乃先授李虎密計，然後盡選精銳，西出攻全，卻故意用羸卒旗號，誘他迎擊。全望見旗幟，突鬥而前，范麾兵並進，葵輕出搏戰，各軍俱踴躍上前，無一落後。全始知不可敵，且戰且退，欲奔還土城，將至甕門，忽有一彪軍突出，阻住馬前，為首一員統帥，躍馬掄刀，大呼道：「賊全休走！李虎在此！」不亞虎名。全無心戀戰，復拍馬返奔。趙葵、李虎前後相迫，殺得全兵東倒西歪，十喪七八。全奪路北走，徑趨新塘。新塘淖深數尺，適值久晴，浮塵如燥壤，全手下只有數十騎，拚命亂逃，急不擇路，更兼天色將昏，前途難辨，撲通撲通的響了數聲，那數十騎都陷入淖中，全亦當然被陷。官軍從後追至，競持長槍亂刺，全急呼道：「毋殺我，我乃頭目。」官軍聞得頭目兩字，越發奮力刺全，全立被刺斃，所從三十餘人，也毋一得生。軍士且支解全屍，分奪鞍馬器械，回營報功。看官！你道全陷淖中，何故尚自稱頭目？他以為頭目兩字，乃是普通賊目的稱呼，並非賊帥，意欲將此哄騙官軍，幸圖脫難。哪知官軍裡面的賞格，已有獲一頭目，應賞若干的條例，所以軍士恐奪不調勻，索性把他支解，碎屍而去。好詐者終以詐敗。全既死，餘黨欲潰，唯國安用不從，議推一人為首，莫肯相下，乃還趨淮安，欲奉全妻楊氏為主。趙范、趙葵追擊，復大破賊黨，方才四散。范、葵收軍還揚州，使人瘞新塘骸骨，檢得一屍，左手無一指，方信全已真死（李全斷指見前文）。先是全禱茅司徒廟，不得應驗，全怒，斷神像左臂，或夢神語道：「全傷我，全死亦當如我。」至是果然。

揚州解嚴，趙善湘露布上聞，朝右相慶，詔加善湘為江、淮制置大使，

范為淮東安撫使,葵為淮西提刑,餘將亦賞賚有差。范與葵再率步騎十萬,直搗鹽城,屢敗賊眾,復進薄淮安城,殺賊萬計,焚二千餘家,城中哭聲震天,未幾城破,燒寨柵萬餘。全妻楊氏語鄭衍德道:「二十年黎花槍,天下無敵手,今事勢已去,不能再支,汝等未降,想因我在的緣故。我今去了,汝等不妨出降呢。」遂帶了親卒百人,闖出城外,向北徑去。至此尚能漏網,好算是奇婦人。賊黨乃遣偽參議馮垍等,納款軍門,范准他降順。淮安乃平。就是海州、漣水等處,也即收復。楊氏竄歸山東,又數年乃斃。十年強寇,至此始掃蕩無遺了。歸結李全。

且說理宗初年,親用儒臣,有心求治,只因彌遠當國,邪正不能並容,且因真德秀、魏了翁等,嘗訟濟王竑冤,更為彌遠所側目。彌遠遂引用三凶,併入諫院。三凶為誰?一是梁成大,一是李知孝,一是莫澤。成大尤諂事彌遠,由知縣驟任御史,以排斥正士為要旨。會太后撤簾歸政,國事由理宗親理,三凶遂交劾真、魏,說他私袒濟王,朋邪誤國。真、魏相繼罷官,連員外郎洪咨夔,亦連坐被斥。魏了翁且謫居靖州。成大貽書親友道:「真德秀乃真小人,魏了翁為偽君子。」當時目為狂吠,因呼成大為成犬。理宗錄用名賢後裔,如程、朱、張、陸等子孫,均授官秩,並建昭勳崇德閣,圖繪先朝功臣,共二十四人,趙普為首,趙汝愚為殿。但徒追既往,不顧目前,所有真、魏諸賢,黜逐殆盡,這真所謂葉公好龍,欲得反失呢。

是時蒙古主鐵木真,與木華黎分略南北,木華黎略南方,鐵木真略北方,適乃蠻部酋太陽汗子屈曲律,逃奔西遼。西遼據蔥嶺東西地,自遼人耶律大石(即耶律達什)痛遼被滅,往走回疆,聯合回紇諸部,成一大國,有志規復,未成而死,再傳至孫直魯克,君臨如故。唯東方屬部,多為蒙古所奪,國勢漸衰。屈曲律奔投西遼,由直魯克招為女夫,畀以大

第九十回　誅逆首淮南紓患　戕外使蜀右被兵

權。屈曲律竟篡了王位，東向襲蒙古屬境。鐵木真遣哲別往征，哲別率軍直入，屈曲律戰敗西遁，至巴克達山，被哲別追獲，一刀了事。西遼全土，盡歸蒙古。哲別歸國後，蒙古商人往花剌子模，被他殺掠。花剌子模在西遼西境，向奉回教，鐵木真遣使詰問，又覆被殺，乃親督兵攻花剌子模。花剌子模王謨罕默德，敵不住蒙古軍，竄死裏海島中。謨罕默德長子札蘭丁，奔至哥疾寧，糾集餘眾，出御蒙古，戰了兩三仗，被蒙古軍殺得人仰馬翻，只剩札蘭丁一人一騎，逃至印度河邊，投河南渡。鐵木真再擬南追，遇著了一個奇獸，名叫角端，文臣耶律楚材乘勢勸主罷兵，只說：「這獸是旄星精靈，好生惡殺，特來儆告主子，罷兵息民。」鐵木真聞言，才準班師。尚有哲別、速不臺二軍，逾太和嶺襲欽察部，阿羅思（即俄羅斯）諸侯王，聯兵援欽察，俱為哲、速二將所破，殲馘無算。哲別遇疾退軍，鐵木真班師命令，亦已頒到，乃收兵而回。

　　鐵木真回國後，因西征時徵兵西夏，夏主不從。再飭夏主遣子入質，夏主又不從。惹得鐵木真非常惱恨，更兼木華黎病歿南方，缺一統帥，因擬南征西夏，乘便經略中原。西夏自李安全後，又易二主，安全傳與從子遵頊，遵頊復傳子德旺，德旺本庸弱無能，國是由悍臣阿沙敢缽處決。前此蒙古使至，徵兵徵子，都是他一人拒絕。此次鐵木真決意出師，行至中途，忽然罹疾，乃只遣使詰責夏主。阿沙敢缽對著蒙使，又挺撞了好幾語。蒙使返報鐵木真，鐵木真勃然起床，麾兵大進，直指賀蘭山。阿沙敢缽居然率眾迎擊，哪知蒙古兵煞是厲害，任你阿沙敢缽如何大膽，至此全沒用處，只好棄眾逃走。也是一個景延廣。鐵木真遂下西涼，入靈州，破臨洮，據洮河、西寧二州，進攻德順。夏主李德旺，憂悸而死。弟子睍繼立，睍尚幼弱，曉得什麼軍務，官民統依山鑿穴，偷避敵鋒。及德順被陷，敵逼夏都，夏主睍窮蹙出降，蒙古兵一齊入城，擄了財帛，劫了子

女，所有夏主宮眷，一古腦兒牽扯了去，或殺或辱，自不消說。還有匿居土窟的官民，也被蒙古兵搜著，財物奪去，性命嗚呼。總計夏自元昊稱帝，共傳十主，歷二百有一年而亡。

鐵木真養疾六盤山，病勢日重，自知不起，語左右道：「西夏已滅，金勢益孤，我本擬乘勝滅金，奈天命已終，勢難再延，若嗣君能繼我遺志，南略中原，最好是假道南宋，宋、金世仇，必肯假我，我下兵唐、鄧，直搗大梁，不怕他不為我滅。比那取道潼關，難易相去十倍哩！」此即避堅攻瑕之計。言訖遂逝，年六十六。蒙古人稱為太祖，遺旨命少子拖雷監國（拖雷亦作圖類）。越年，開蒙古大會，由諸王諸將等齊來會議，叫做庫里爾泰會，推太祖第三子窩闊臺為大汗。窩闊臺既即汗位，承父遺志，一意攻金。宋理宗紹定三年冬月，偕弟拖雷等入陝西，連下山寨六十餘所，進逼鳳翔，分兵攻潼關。越年，鳳翔被陷，唯潼關不下。窩闊臺汗憶父遺言，命速不罕（一作綽斯工）為行人，往宋假道，到了沔州，被統制張宣殺死。窩闊臺汗得了此信，自然不肯干休，遂命拖雷率騎兵三萬人，竟趨寶雞，攻入大散關，破鳳州，屠洋州，出武休東南，圍住興元。軍民走死沙窩，約數十萬。再遣別將入沔州，取大安軍路，開魚鱉山，撤屋為筏，渡嘉陵江，略地至蜀。四川制置使桂如淵逃歸，被蒙古拔取城寨，共四百四十所。有詔令李為四川制置使，知成都府，趙彥吶為副使，知興元府。兩使正在出發，那蒙古兵已飽掠蜀境，捨蜀而去，小子有詩嘆道：

無端戕使怒鄰邦，驕子雄心豈肯降？
雖是偏師攻蜀右，幾多血膋淹西江。

欲知蒙古兵何故去蜀，俟至下回再詳。

第九十回　誅逆首淮南紓患　戕外使蜀右被兵

　　李全之驕，史彌遠釀之也。李全之悍，亦史彌遠縱之也。全無文材，無武略，徒恃詐術以欺人，摔而去之，一將力耳。況彼已敗降蒙古，復入楚州以報私仇，甚至旁陷郡邑，四掠人民，是明明一宋之叛賊也，彌遠尚欲授以節鉞，真令人無從索解。且於全則豢之唯恐不優，於真、魏則屏之唯恐不遠，是誠何心？得毋所謂方以類聚，物以群分者歟？非鄭清之之決討於內，二趙之力制於外，幾何不糜爛江淮也。若蒙古主之滅西遼，平西域，亡西夏，皆《元史》中事。本回第撮舉大要，唯假道南宋一節，為《宋史》中最關緊要之事。夫假道伐虢，虞隨以亡，繩以唇亡齒寒之誼，宋固不宜假道，然辭其使可也，戕其使不可也。殺一人而喪千萬人，其得失為何如耶？

第九十一回

約蒙古夾擊殘金　克蔡州獻俘太廟

第九十一回　約蒙古夾擊殘金　克蔡州獻俘太廟

　　卻說蒙古太祖少子拖雷，分兵略蜀，拔取城寨四百四十所，因尚未遽絕宋好，但借偏師示威，即行召還。會兵陷饒鳳關，渡漢江東行，將趨汴京。金主守緒急令諸將分屯襄、鄧，行省完顏合達（合達一作哈達）及移剌蒲阿（一作伊喇豐阿拉），率諸軍入鄧州，楊沃衍、陳和尚（一作禪華善）、武仙等皆會，乃出屯順陽。適蒙古兵渡過漢江，來襲金軍背後，合達見蒙兵勢盛，擬從旁道走避，那敵騎已是馳至，幾乎招抵不上。還虧部將蒲察定住（一作富察鼎珠）奮力截殺，敵騎始退。合達屯留四日，不見敵兵，便引軍還鄧，不料行至半途，忽從林間突出敵騎，將他輜重劫去，金兵幾不成列。幸敵騎得了輜重，即行遠，軍士才免喪亡。合達返鄧後，反稱大捷，捏報汴都，金廷相率慶賀。

　　隔了數月，蒙古主窩闊臺汗親自督兵南下，由白坡鎮渡河，進次鄭州。遣速不臺領兵攻汴。金主守緒不意北兵猝至，嚇得手足無措，忙召合達、蒲阿還援。合達等奉命即行，偏拖雷又出來作對，自率鐵騎三千，追尾金軍。金軍還擊，他卻退去，金軍啟程，他又來襲，害得金軍不遑休息，且行且戰，至黃榆店，天忽雨雪，不能前進。蒙古將速不臺已派兵阻金援師，於是金軍前後被阻。至雨雪少霽，接連得汴京來使，催他速援。合達不得已再行，至三峰山，蒙古兵已兩路齊集，四面兜圍。金兵無從得食，餓至三日，頓時大潰，武仙率三十騎先奔，楊沃衍等戰死。合達知大勢已去，忙邀蒲阿與商，擬下馬死戰。哪知蒲阿已杳如黃鶴，不知去向，只有陳和尚等，尚是隨著，乃相偕突圍，走入鈞州。窩闊臺汗復遣將接應拖雷，合攻鈞州。鈞州城內，只有敗兵數千，哪裡保守得住？眼見得被他攻入，合達、陳和尚皆被殺，連先行逃走的蒲阿，也被蒙古兵追獲，結果性命。蒙古兵移攻潼關，守將李平迎降，轉圍洛陽。留守撒合輦（一作薩哈連）背上生疽，不能出戰，投濠自盡。兵民推警巡使強伸為府僉事，死

守三月，無隙可乘，敵始退去。

窩闊臺汗意欲北歸，遣使自鄭州至汴，諭令速降。金主沒法，乃封荊王守純子訛可（一作鄂和）為曹王，令尚書左丞李蹊，送往蒙古軍前，納質請和。彷彿徽、欽受圍時情景，天道好還，一至於此。偏蒙古將速不臺仍然攻城，連日不懈。幸汴城堅固，炮石迭下，一守一攻，相持至十六晝夜，內外積屍如山。速不臺知不可下，乃與金議和。金主乃遣戶部侍郎楊居仁，出犒蒙古兵，酒肉以外，並有金帛珍異等件。速不臺乃麾兵退去，散屯河、洛間。已而蒙古行人唐慶等，來金通好，被金飛虎軍頭目申福等殺死，於是和議復絕。蒙古主窩闊臺汗復議大舉，特遣使臣王旻，南至京、湖，與宋京、湖制置使史嵩之，議協力攻金。史嵩之奏報宋廷，廷議統以為機不可失，應從蒙古所請，乘此復仇。獨淮東安撫使趙范進言道：「宣和時，海上定盟，初約甚堅，後卒取禍，不可不鑑。」理宗不從，命史嵩之遣使往報，願出師夾攻金人。嵩之乃遣鄒伸之往報蒙古，蒙古主許俟成功，當把河南地歸宋。依然一約金滅遼的故轍。伸之乃還。

是時金主守緒因和議決裂，恐蒙古兵復來攻汴，遂募民為兵，括粟為糧，怎奈百姓多不願充役，更兼民食缺乏，自己難謀一飽，哪裡還有餘粟可以接濟軍餉？左丞相李蹊及參政合周（一作哈準），不管人民死活，硬要他輸粟入官，所括不滿三萬斛，已是滿城蕭索，死亡枕藉。金主守緒自思糧盡兵虛，汴城終恐難守，遂議徙都避難，命右丞相賽不（一作薩布），平章白撒，左丞相李蹊等，率軍扈從。留參政奴申（一作訥蘇肯）、樞密副使習捏阿不（一作薩尼雅不）等守汴，自與太后皇后妃主等告別，大慟而去。既出城，茫無定向，諸將請幸河朔，乃自蒲城渡河。適歸德統帥石盞女魯歡（一作什嘉紐勒琿），送糧至蒲城，留船二百艘，張布為幄，請金主乘船北渡，渡未及半，忽然大風四起，波浪沸騰，後軍不能再

第九十一回　約蒙古夾擊殘金　克蔡州獻俘太廟

濟。冤冤相湊，蒙古將回古乃乘隙來追，金元帥賀喜力戰捐軀，部兵溺死約千人。金主在北岸相望，嚇得膽顫心驚，亟奔往漚麻岡。嗣遣白撒領兵攻衛州，蒙古兵渡河來援，白撒急退，到了白公廟，被蒙古將史天澤，大殺一陣，弄得全軍覆沒，只剩白撒一人，狼狼遁還。金主大懼，忙趨往歸德，遣人往汴京奉迎太后及皇后妃主等人。哪知汴京西面元帥崔立，因此作亂，竟殺死留守大臣，請故主永濟子梁王從恪監國，自為太師都元帥尚書令鄭王，輸款蒙古舉城降敵了。蒙古將速不臺進軍青城，立盛服往見，稱速不臺為父。速不臺大喜，賜以酒宴，立酣醉而歸。託詞金主出外，索隨駕官吏家屬，徵集婦女至宅中，名為待送行在，實則藉此圖歡，見有姿色的麗姝，便牽入臥室，硬令受汙，日亂數人，尚嫌不足；一面將天子袞冕後服，出獻速不臺，既而復劫金太后王氏，皇后徒單氏，梁王從恪，荊王守純暨各宮妃嬪，統送至蒙古軍前。宋有范瓊，金有崔立，凶狡相同，立為尤甚。速不臺殺死荊、梁二王，所有金太后以下，俱派兵監送和林。在途艱苦萬狀，比金人擄徽、欽二帝時，尤加虐待，可見祖宗行惡，子孫還報，天理原是昭彰呢。當頭棒喝。速不臺入汴城，蒙古兵一併隨入，徑往崔家，把崔立的妻女玉帛，也一併擄去。立尚在城外，聞報歸來，已是空空洞洞，不留一物，免不得頓足大哭。轉思汴京尚在我手，已失當可取償，遂也罷了。休想！休想！

　　且說金主守緒，既到歸德，聞汴城失守，兩宮被擄，當然憂上加憂。元帥蒲察官奴（一作富察固納），勸金主轉幸海州，為石盞女魯歡所阻。官奴竟率眾攻殺女魯歡，及左丞相李蹊以下凡三百人，且將金主錮禁照碧堂。金主憤甚，密與內侍局令宋珪，奉御女奚烈完出（一作紐祜祿溫綽）、烏古孫愛實（一作烏克遜愛錫）等，同謀討賊。適東北路招討使烏古論鎬（一作烏庫哩鎬），運米四百斛至歸德，勸金主南徙蔡州。金主轉諭

官奴，即日南遷，偏是官奴不從，且號令軍民道：「敢言南遷者斬！」金主乃與宋珪等定計，令完出、愛實埋伏門間，佯召官奴議事。官奴昂然入門，完出、愛實左右殺出，刺傷官奴。官奴負傷出走，被二人追及，殺死了事，金主乃御門慰撫諸軍，俾安反側。留元帥王璧守歸德，徑往蔡州。

蒙古兵又進薄洛陽，城內糧盡，留守強伸力戰被擒，不屈遇害。宋京西兵馬鈐轄孟珙，復自棗陽出師，與金唐州守將武天錫，交戰光化，斬天錫首，俘將士四百餘人，進拔順陽，逐金帥武仙，追擊至馬磴山，殺戮無算。武仙遁至石穴，珙冒雨前進，率銳攻入，仙又遁去。再追至鮎魚寨，及銀葫蘆山，兩戰皆捷。那時武仙手下，只剩了五六騎，易服而逃，奔往擇州，後為戍兵所殺。餘眾七萬人，盡行降宋。珙乃收軍還襄陽，方才解甲休息，接得史嵩之檄文，令速進兵攻蔡州。原來蒙古都元帥塔察兒（一作塔齊爾），復令王旻南來，與史嵩之約議攻蔡，嵩之允諾，即發兵先攻唐州。金將烏古論黑漢戰死，城遂陷，乃擬進攻蔡州。適孟珙回至襄陽，乃令珙與統制江海，率兵二萬，運米三十萬石，向蔡州出發，往會蒙古軍。

金主守緒尚似睡在夢中，反遣完顏阿虎帶一作阿爾岱。至宋乞糧，且面諭道：「我不負宋，宋實負我。我自即位以來，常戒飭邊將，毋犯南界，今乘我疲敝，來奪我土，須知蒙古滅國四十，遂及西夏，夏亡及我，我亡必及宋，唇亡齒寒，勢所必至，若與我連和，貸糧濟急，為我亦是為彼，卿可將此言轉告便了。」阿虎帶到了宋廷，宋廷哪裡肯依，頓時下逐客令。可憐阿虎帶徒手而回，返報金主。金主無法可施，只得拜天禱祝，並賜宴群臣，諭他效力。酒尚未罷，偵騎已入奏道：「蒙古兵到了！」武臣躍座而起，爭願出戰。金主遂命諸將分為二隊，一隊守城，一隊拒敵，果然出戰的將士，踴躍異常，立將蒙古兵擊退。塔察兒自來督攻，也致敗

第九十一回　約蒙古夾擊殘金　克蔡州獻俘太廟

卻，蒙古兵不敢進逼，只分築長壘，為圍城計。可巧宋將孟珙、江海帶了兵糧，馳至蔡州城下，與塔察兒相會。塔察兒很是喜歡，當下與孟珙互約分攻，蒙古軍攻北面，宋軍攻南面，南北軍不得相犯。議約已定，遂各安排攻具，分頭薄城。看官！你想金人到此，已是殘局，一座斗大的孤城，怎經得起兩國夾攻？分明是危如累卵，朝不及夕了。

金尚書右丞完顏忽斜虎（一作完顏呼沙呼，亦作完顏仲德），日把國家厚恩，君臣大義，激厲軍民，誓死固守。塔察兒遣張柔率精兵五千，緣梯登城，城上守將，用長矛鉤去二卒，且接連射箭。柔身上齊集流矢，狀甚危急，宋將孟珙，忙麾先鋒往援，才得將柔挾出。次日，珙進攻柴潭，立柵潭上，命部將奪柴潭樓。金人忙來堵禦，被宋軍一擁而上，無法攔阻，只好倒退。那柴潭樓即由宋軍占住。蔡州恃潭為固，外即汝河潭，高出河身五六丈，珙語部眾道：「金人全仗此水，若決堤注河，涸可立待了。」遂命眾鑿堤，堤防一潰，水即洩盡。乃命刈薪填潭，以便通道。蒙古兵亦決練江，兩軍並濟，搗入外城。金統帥孛朮魯（一作富珠哩），中婁室（婁室一作洛索）兩人，率精銳五百，夜出西門，每人負一束藁，藁上沃油，擬毀兩軍營寨。蒙古兵先已覺著，埋伏隱處，用強弩迭射。火甫及發，矢已先到，金兵傷斃甚眾，只好退回。兩軍遂合攻西城，前仆後繼，又復陷入。唯裡面尚有內城，忽斜虎乃飭兵抵禦，晝夜不懈。金主守緒自知不支，泣語侍臣道：「我為金紫十年，太子十年，人主十年，自思無甚過惡，死亦何恨？所恨祖宗傳祚百年，至我而絕，與古來荒暴的君主，等為亡國，未免痛心。但國君死社稷，乃是正義，朕決不受辱虜廷，為奴為僕呢。」還算有些志氣。左右相率慟哭，金主乃取出御用器皿，分賞戰士，並殺廄馬犒軍。無奈事勢已去，無可挽回。已而金徐州復叛降蒙古，行省右丞相完顏賽不殉難，轉瞬間已是理宗端平元年了（急點年月）。

蔡州城內，人睏馬乏，糧絕援窮。孟珙見黑氣壓城，上日無光，因命諸軍分運雲梯，密布城下。金主守緒聞外攻益急，乃召東面元帥完顏承麟入見，諭令傳位。承麟泣拜不敢受。金主嘆道：「朕實不得已的計策，朕身體肥重，不便鞍馬馳突，卿平時捷，且有材略，若幸得脫圍，儲存一線宗祚，我死也安心了。」承麟乃起身受璽。翌日，承麟即位，百官亦列班稱賀，禮甫畢，外面已有人入報道：「宋軍入南城了。」完顏忽斜虎忙出去巷戰，但見宋軍鼓譟而來，蒙古兵亦隨至，自顧手下不過千人，就使以一當十，也覺眾寡不敵，但到了此時，已是無可奈何，只得拚了命與他廝殺。奮鬥多時，部下傷亡將盡，忽斜虎已蓄著死志，唯尚欲見金主一面，方才殉國。退至幽蘭軒，聞金主守緒，已經自縊，遂語將士道：「我主已崩，我尚在此做什麼？死也要死得明白，諸君可善自為計。」言訖，躍入水中，隨流而沒。將士皆道：「相公能死，我輩獨不能死嗎？」於是兀朮魯、中婓室以下，統皆從死，共得五百餘人。承麟退保子城，因金主自盡，偕群臣入哭，隨語大眾道：「先帝在位十年，勤儉寬仁，圖復舊業，有志未就，實是可哀，應追加尊諡為哀宗。」眾無異議，乃酹為奠，奠尚未畢，子城又陷。奉御完顏絳山（絳山一作京錫），奉金主守緒遺命，急焚遺骸，霎時間兵戈四集，殺人盈城，承麟等無從脫逃，均死亂軍中。宋將江海搶入金宮，正值金參政張天綱，便麾兵將他縛住。孟珙亦到，問天綱道：「汝主何在？」天綱道：「已殉國了。」殉國兩字，聲大而宏。珙令他引覓遺屍，到了幽蘭軒，屋已盡毀，當命軍士撲滅餘火，檢出金主屍骨，已是烏焦巴弓，不堪逼視。適蒙古統帥塔察兒亦至，乃擬把金主守緒餘骨，析作兩份，一份給蒙古，一份給宋，此外如寶玉法物，均作兩股分派，且議定以陳蔡西北地為界，蒙古治北，宋治南，彼此告別，奏凱而回。總計金自太祖阿骨打建國，傳至哀宗守緒，歷六世，易九主，共

第九十一回　約蒙古夾擊殘金　克蔡州獻俘太廟

一百二十年而亡。

　　孟珙還至襄陽，當將俘獲等件，交與史嵩之。嵩之即遣使齎送臨安，除金主遺骨及寶玉法物外，尚有張天綱、完顏好海等俘囚，一併押獻。知臨安府薛瓊問天綱道：「汝有何面目到此？」天綱慨然道：「一國興亡，何代沒有？我金亡國，比汝二帝何如？」瓊不禁慚赧，但隨口叱罵數語。徒自取羞。次日，奏白理宗，理宗召天綱問道：「汝真不怕死嗎？」天綱答道：「大丈夫不患不得生，但患不得死，死得中節，有什麼可怕？請即殺我罷了。」理宗卻也嘉嘆，令還繫獄中。刑官復令天綱供狀，令書金主為虜主，天綱道：「要殺就殺，要什麼供狀？」刑官不能屈，乃令隨便書供。天綱但書稱：「故主殉國。」餘無他言，理宗乃獻俘太廟，藏金主遺骨於大理寺獄庫。朽骨何用？加孟珙帶御器械，江海以下，論功行賞有差。

　　先是孟珙等出師攻蔡，外由史嵩之奏請，內由史彌遠主持。至蔡城將下，彌遠已晉封太師，兼任左丞相，鄭清之為右丞相，薛極為樞密使，喬行簡、陳貴誼參知政事。越數日，彌遠因有疾乞休，乃准解左丞相職，加封會稽郡王，奉朝請。又越數日，彌遠竟死。彌遠入相，凡二十六年，理宗因他有冊立功，恩寵不衰。二子一婿五孫，皆加顯秩，初意頗欲收召賢才，力反韓侂冑所為，至濟王冤死，廷臣嘖有煩言，遂引用僉壬，排斥五士，權傾中外，全國側目。就是理宗也不能自主，一切盡歸彌遠主裁。彌遠死，理宗始得親政，改元端平。逐三凶，遠四木，三凶已見前回，四木乃是薛極、胡榘、聶子述、趙汝述，均係彌遠私黨，名字上各係一木，所以叫做四木。召用洪咨夔、王遂為監察御史。咨夔語遂道：「你我既為諫官，須當顧名思義，願勿效前此臺諫，但知趨奉權相，徒作鷹犬呢。」遂很是贊成。於是獻可讚否，薦賢劾邪，盈廷始知有諫官。至嵩之獻俘，遂劾論嵩之，說他：「素不知兵，矜功自侈，謀身詭祕，欺君誤國。在襄陽

多留一日，即多貽一日憂。」疏上不報。咨夔又上言：「殘金雖滅，鄰國方強，加嚴守備，尚恐不及，怎可動色相賀，自致懈體？」這數語上陳，還算得了優獎的詔命。太常少卿徐僑，嘗侍講經筵，開陳友愛大義，隱為濟王竑鳴冤。理宗亦頗感悟，復竑官爵，飭有司檢視墓域，按時致祭。竑妻吳氏，自請為尼，特賜號慧淨法空大師，月給衣資緡錢，朝政稍覺清明。忽由趙范、趙葵倡了一條守河據關、收復三京的計議，頓時兵釁復起，南北相爭，惹出一場大禍祟來了：

燕、雲未復虜南來，北宋淪亡劇可哀。
何故端平循覆轍，橫挑強敵釁重開？

欲知二趙計畫，且看下回說明。

本回文字，與作者所編之《元史演義》略有異同。《元史》以蒙古為主腦，故詳蒙古軍而略宋軍，本書以宋為主腦，故詳宋軍而略蒙古軍。即如金之失汴京，失蔡州，亦不及《元史演義》之詳。蓋金之被滅也，由於蒙古，而宋不過一臂之力，是書就宋論宋，故蒙古與金，皆從略敘而已。至若蒙古與金諸將帥，譯名互歧，各史亦多歧出，本文均添附小注，以便與《元史演義》互相對證，非一手兩歧，所以便閱者之互憶耳。慘澹經營，於此可見。

第九十一回　約蒙古夾擊殘金　克蔡州獻俘太廟

第九十二回

圖中原兩軍敗退　寇南宋三路進兵

第九十二回　圖中原兩軍敗退　寇南宋三路進兵

卻說趙范、趙葵，因蔡州已復，請乘時撫定中原，收復三京。廷臣多以為未可，就是趙范部下的參議官邱岳，亦以為不應敗盟。史嵩之、杜杲等又均言宜守不宜戰。參政喬行簡時方告假，更上疏諫阻，所言最詳。其辭云：

八陵有可朝之路，中原有可復之機，以大有為之資，當大有為之會，則事之有成，固可坐而策也。臣不憂師出之無功，而憂事力之不可繼，有功而至於不可繼，則其憂始深矣。

夫自古英君，必先治內而後治外。陛下視今日之內治，其已舉乎？其未舉乎？向未攬權之前，其弊凡幾，今既親政之後，其已更新者凡幾。欲用君子，則其志未盡伸，欲去小人，則其心未盡革。上有勵精更始之意，而士大夫仍苟且不務任責，朝廷有禁苞苴禁貪墨之令，而州縣仍黷貨不知盈厭。紀綱法度，多廢弛而未張，賞刑號令，皆玩視而不肅。此皆陛下國內之臣子，猶令之而未從，作之而不用，乃欲闔闢乾坤，混一區宇，制奸雄而折戎狄，其能盡如吾意乎？此臣之所憂者一也。

自古帝王，欲用其民者，必先得其心以為根本。數十年來，上下皆懷利以相接，而不知有所謂義。民方憾於守令，緩急豈有效死勿去之人；卒不愛其將校，臨陣豈有奮勇直前之士？蓄怒含憤，積於平日，見難則避，遇敵則奔，唯利是顧，遑恤其他。人心如此，陛下未有以轉移固結之，遽欲驅之北向，從事於鋒鏑，忠義之心，何由而發？況乎境內之民，久困於州縣之貪刻，於勢家之兼併，飢寒之氓，嘗欲乘時而報怨，茶鹽之寇，嘗欲伺間而竊發，彼知朝廷方有事於北方，其勢不能以相及，寧不動其奸心，釀成蕭牆之禍？此臣之所憂者二也。

自古英君，規恢進取，必須選將練兵，豐財足食，然後舉事。今邊面遼闊，出師非止一途，陛下之將，足當一面者幾人，非屈指得二三十輩，恐不足以備驅馳，陛下之兵，能戰者幾萬，分道而趨京洛者幾萬，留屯而

守淮、襄者幾萬，非按籍得二三十萬眾，恐不足以事進取。借曰帥臣威望素著，以意氣招徠，以功賞激勸，推擇行伍，即可為將，接納降附，即可為兵，臣實未知錢糧之所從出也。興師十萬，日費千金，千里饋餉，士有飢色。今之饋運，累日不已，至於累月，累月不已，至於累歲，不知累幾千金而後可以供其費也。今百姓多垂罄之室，州縣多赤立之帑，大軍一動，厥費多端，其將何以給之？今陛下不愛金帛，以應邊臣之求，可一而不可再，可再而不可三，再三之後，兵事未已，欲中輟則棄前功，欲勉強則無多力，國既不足，民亦不堪，臣恐北方未可圖，而南方已騷動矣。中原蹂躪之餘，所在空曠，縱使東南有米可運，然道裡遼遠，寧免乏絕？由淮而進，縱有河渠可通，寧無盜賊劫取之患？由襄而進，必須負載三千鍾而致一石，亦恐未必能達。千里之外，糧道不繼，當是之時，孫、吳為謀主，韓、彭為兵帥，亦恐無以為策。他日糧運不繼，進退不能，必勞聖慮，此臣之所憂者三也。

　　願堅持聖意，定為國論，以絕紛紛之議，毋任翹切之至！（喬之行誼不足道，唯諫圖汴不為無識，故錄之。）

　　這一疏很是詳明，偏右丞相鄭清之力主趙議，勸理宗立即施行。理宗也好大喜功，遂命趙范、趙葵移司黃州，刻日進兵。又令知廬州全子才，合淮西兵萬人赴汴。汴京由崔立居守，都尉李伯淵、李琦等，素為立所輕侮，密圖報怨，聞子才軍至，通書約降，佯與立會議守城。立未曾戒備，乘馬赴會，被伯淵拔出匕首，就馬上刺立，穿入立胸，立倒撞下馬，僕地即斃。伯淵將屍首繫住馬尾，號令軍前道：「立殺害劫奪，烝淫暴虐，大逆不道，古今無有，應該殺否？」大眾齊聲道：「該殺！該殺！他的罪惡，寸斬還是嫌輕哩。」公論難逃。乃梟了立首，望承天門祭哀宗，屍骸陳列市上，一聽軍民臠割，頃刻即盡。伯淵等出迎宋軍，全子才整軍入城，屯留旬餘，趙葵率淮西兵五萬，自滁州取泗州，又由泗趨汴，與子才相

第九十二回　圖中原兩軍敗退　寇南宋三路進兵

見，即語子才道：「我輩始謀據關守河，汝師已到此半月，不急攻潼關、洛陽，尚待何時？」子才道：「糧餉未集，如何行兵？」葵忿然作色道：「現在北兵未至，正好乘虛急擊，若待史制使發餉到來，恐北兵早南下了。」子才不得已，乃命淮西制置司機宜文字徐敏子，統領鈐轄范用吉、樊辛、李先、胡顯等，提兵萬三千名，先行西上。別命楊誼率廬州強弩軍萬五千人，作為後應。兩軍只各給五日糧。

徐敏子啟行至洛，城中並無守兵，只有人民三百多家，即開城出降。敏子當然入城，次日軍食便盡，唯採蒿和麵，作餅充飢，那蒙古已調兵前來，與宋相爭，適太常簿朱揚祖，奉命赴河南，謁告八陵，甫至襄陽，由諜騎走報，蒙古前哨，已至孟津，陝府、潼關、河南，皆增兵戍。且聞淮東駐紮的蒙兵，亦自淮西赴汴，揚祖不覺大驚，幾至進退兩難，忙與孟珙商議。珙答道：「敵兵兩路遙集，計非旬餘不達，我為君挑選精騎，晝夜疾馳，不十日即可竣事。待敵至東京，君已可南歸了。」揚祖尚是膽怯，珙願與他同往，乃兼程而進，至陵下奉宣御文，成禮乃退。及返襄陽，來去都平安無恙。揚祖謝別孟珙，自回臨安復旨去了（述此一事，應上文喬行簡疏中語）。唯楊誼為徐敏子後應，行至洛陽東三十里，方散坐蓐食，忽見數里以外，隱隱有麾蓋過來，或黃或紅，約略可辨。宋軍方錯愕間，不意胡哨一聲，敵兵四至，楊誼倉猝無備，如何抵敵，急忙上馬南奔，部眾隨潰。蒙古兵追至洛水，蹙溺宋軍無數，誼僅以身免。行軍怎可無備？楊誼也是一個飯桶。蒙古兵遂進迫洛陽城，敏子出城搦戰，還幸勝負相當。無如士卒乏糧，萬不能枵腹從戎，也只好棄洛退歸。趙葵、全子才在汴，屢催史嵩之解糧，始終不至。蒙古兵又自洛攻汴，決河灌水，宋軍既已苦飢，哪堪再行遭溺，索性丟去前功，引軍南還。一番規劃，都成畫餅。趙范自覺沒顏，上表劾全子才，連親弟葵也掛名彈章，說他兩人輕遣

偏師，因致撓敗。自己要想脫罪，同胞也可不管，此等行跡，恐沒人贊成。有詔將葵與子才各削一秩，餘將亦貶秩有差。鄭清之力辭執政，優詔慰留。史嵩之亦上疏求去，準令免職。嵩之不肯轉餉，罪尤甚於清之。即命趙范代任京、湖制置使。既而蒙古復使王㬢來宋，以「何為敗盟」四字相責，廷臣無可答辯，悻悻而去。自是河、淮以南，幾無寧日，南宋的半壁江山，要從此收拾呢。

當時宋朝的將才，第一個要算孟珙，珙係孟宗政子，智勇兼優，綽有父風，自留任襄陽，招中原健兒萬五千名，分屯漢北、樊城、新野、唐、鄧間，以備蒙古，名鎮北軍。詔命珙為襄陽都統制。珙赴樞密院稟議軍情，乘便入對，理宗道：「卿是將門子，忠勤體國，破蔡滅金，功績昭著，朕深加厚望呢。」珙奏對道：「這是宗社威靈，陛下聖德，與三軍將士的功勞，臣有何力可言？」理宗道：「卿不言功，益見德度。」遂授主管侍衛馬軍司公事，嗣復令出駐黃州。珙入陛辭行，理宗問他恢復的計策。珙對道：「願陛下寬民力，蓄人材，靜待機會。」理宗又問道：「議和可好麼？」珙又對道：「臣係武夫，理當言戰，不當言和。」理宗點首稱善，優給賜賚。珙謝賜後，即赴黃州駐紮，修陴浚隍，搜訪軍實，招輯邊民，增置軍寨，黃州屹成重鎮。

理宗又欲俯從民望，召還真、魏二人，以真德秀為翰林學士，魏了翁直學士院。德秀入朝，將平時著述的《大學衍義》，進呈御覽，且面言祈天永命，不外一「敬」字，如儀狄的旨酒，南威的美色，盤遊弋射的娛樂，聲色狗馬的玩好，皆足害敬，請陛下詳察！至了翁入對，亦以修身齊家，選賢建學為宗旨。理宗統斂容以聽，溫語相答。看官！你道真、魏所言，果真是紙上空談，毫無所指麼？原來理宗初年，議選中宮，其時曾選入數人，一係故相謝深甫姪孫女，一係故制使賈涉女。涉女生有殊色，為

第九十二回　圖中原兩軍敗退　寇南宋三路進兵

理宗所屬意，即欲冊立為后。獨楊太后語理宗道：「謝女端重有福，宜正中宮。」理宗不好違拗，只得冊立謝女，別封賈女為貴妃。謝皇后曾瞖一目，面且黧黑，父名渠伯，早已去世，家產中落，后嘗躬視汲餕，至深甫入相，兄弟欲納女入宮，叔父櫸伯道：「看渠面目，只可做一灶下婢，就使有勢可援，得入大內，也不過做個老宮人。況且當厚給裝資，急切也無從籌措呢。」事乃中止。會元夕張燈，天臺縣中，有鵲來巢燈山，眾以為后妃預兆，縣中巨閥，首推謝氏，乃共為摒擋行裝，送后入宮。櫸伯不能止。后就道病疹，已而脫痂，面竟轉白，膚如凝脂，復得良醫治目去瞖，竟成好女。楊太后聞此異徵，並因自己為后時，深甫亦陰為幫忙，乃決議冊立謝后。但顰笑工妍，斌媚動人，究竟謝不及賈，所以謝正后位，左右共私語道：「不立真皇后，乃立假皇后麼？」冊立謝后，係紹定四年間事，本文藉此補敘。唯謝后素性謙和，待遇賈妃，毫無妒意，太后益以為賢。理宗亦待后以禮。越年，楊太后崩，諡為恭聖仁烈。楊太后崩，亦就此敘過。賈貴妃益得專寵，弟名似道，素行無賴，竟得為籍田令。似道仍恃寵不檢，每日縱遊諸妓家，入夜即燕遊湖上。理宗嘗憑高眺望，遠見西湖中燈火輝煌，便語左右道：「想又是似道狎遊呢。」翌日，遣人探問，果如所料。乃令京尹史岩之戒飭似道，岩之奏對道：「似道落拓不羈，原有少年習氣，但才可大用，陛下不應拘以小節。」無非諂事賈貴妃。理宗竟信以為真，自此有向用似道意。岩之可殺。賈貴妃外，還有宮人閻氏，也累封至婉容，美豔不亞賈女，竟得並寵後宮，與內侍董宋臣等，表裡用事，因此真、魏二賢，一勸理宗遠色，一勸理宗齊家，理宗雖然面從，但大廷正論，怎敵得床第私情？內嬖當然如故，不過外面卻虛示優容。論斷確當。

當下進真德秀參知政事，德秀時已得疾，屢表辭職，乃改授資政殿學士，提舉萬壽宮，逾旬即歿。追贈光祿大夫，諡文忠。德秀，浦城人，長

身玉立，海內俱以公輔相期，出仕不滿十年，奏疏積數萬言，均切當世要務，及宦遊所至，惠政深洽，行不愧言。所著有《西山甲乙稿》、《對越甲乙集》、《經筵講義》、《端平廟議》諸書，後世號為真西山先生。真既病逝，與真同志的名士，只剩一魏了翁，理宗乃召崔與之參政。與之曾為四川制置使，撫字稱能，嗣召為禮部尚書，他竟乞歸廣州，不肯受命，自是屢詔不起。會粵東摧鋒軍作亂，詔授他為安撫使，他即肩輿入城，叛兵皆俯伏聽命，散歸田里。嗣後仍返家治事，至此復召為參政，仍然力辭。唯疏請理宗進君子，退小人。理宗召命益力，辭書至十三上，尋又召他為右丞相，謝徵如故。越二年疾終原籍，予謚清獻，加封南海郡公（此段統是銷納文字）。魏了翁在朝，聲氣益孤，連疏請促與之入朝，與之又不至，他亦只好不顧利害，直言無隱，先後二十餘奏，洞中時弊。理宗頗欲令參政務，偏為執政所忌，暗暗排擠。

會值蒙古主窩闊臺汗遣子闊端（一作庫騰）將塔海等侵蜀；忒木解（一作特穆德克）、張柔等侵漢；溫不花（一作琨布哈，亦作口溫不花）、察罕等侵江、淮，三路南侵，宋廷大震。鄭清之已任左丞相，喬行簡進任右丞相，兩人會議軍務，保薦了一個文臣，出握兵權。看官道是何人？原來就是魏了翁。明是排擯。理宗以執政所奏，說他知兵體國，遂授為端明殿學士，同簽書樞密院事，督視京湖軍馬。又因江、淮督府曾從龍憂悸而死，遂並以江、淮事付了翁。廷臣大駭，多上書諫阻，偏理宗概不見從，已有先入之言。竟命了翁即日視師，並賜便宜詔書，如張浚故事。了翁五辭不獲命，恐宰臣責他避事，因把這副重擔子，勉力承挑。可算好漢。陛辭時，御書唐人嚴武詩，及「鶴山書院」四大字，作為特賜，此外無非是金帶鞍馬等物。又由宰臣奉命，飲餞關外。了翁出都，竟赴江州、開封視事，用吳潛為參謀官，趙善瀚、馬光祖為參議官，申儆將帥，調遣援師，

第九十二回　圖中原兩軍敗退　寇南宋三路進兵

獻邊防十議，大有一番振作氣象。

蒙古將溫不花攻唐州，全子才等棄師而逃，幸由趙范往援，至上閘擊敗敵兵，敵始退去。闊端一軍入沔州，知州事高稼，孤軍失援，力戰身亡。蒙古兵進圍青野原，經利州統制曹友聞，奪夜赴救，方卻敵圍。嗣又轉援大安，擊敗蒙古先鋒汪世顯。宋廷聞兩路軍報，還道蒙古兵不甚厲害，容易守禦，轉恐了翁因此得功，反被他占了便宜，不如調回了他，撤去軍權，遂由兩相建議，召了翁還，命簽書樞密院事。了翁固辭不拜，乃改授資政殿學士，出任湖南安撫使，兼知潭州。了翁仍舊力辭，詔令提舉臨安府洞霄宮。未幾覆命知紹興府，兼浙東安撫使。又未幾，改知福州，兼福建安撫使。了翁累章乞休，理宗不許，尋即病逝。了翁，蒲江人，與真德秀齊名，著有《鶴山集》、《九經要義》、《周禮井田圖》、《說古今考》、《經史雜抄》等書。理宗聞訃，以用才未盡為恨，特贈少師，賜諡文靖。

自了翁謝世，朝右乏敢言士，蒙古兵日益猖獗。趙范在襄陽，任北軍將王旻、李伯淵、樊文彬、黃國弼等為腹心。北軍權力出南軍上，南軍積不能平，遂致交訌。范撫馭失宜，旻與伯淵，竟縱火焚城郭倉庫，走降蒙古。南軍將李虎等，又乘火大掠，席捲而去。襄陽自岳飛收復以來，城高池深，生聚日蕃，至是城中官民，尚四萬七千有奇，庫中所貯財粟，不下三十萬，軍器約二十四庫，金銀鹽鈔，尚不在內。南北一場劫奪，遂把累年蓄積，蕩得精光。范坐罪落職，以范弟葵為淮東制置使，兼知揚州。葵墾田治兵，嚴飭邊防。唯襄、漢一帶，由蒙古將忒木䚟等，長驅直入，破棗陽軍及德安府，陷隨、郢二州及荊門軍。溫不花也乘勢入淮西，蘄、舒、光州諸守臣，皆棄城遠遁。三州兵馬糧械，均為蒙古兵所得。溫不花直趨黃州，遊騎自信陽趨合肥。還有闊端一路，攻武休，陷興元，直入陽平關。利州統制曹友聞，與弟友萬、友諒，率軍馳援，適遇風雨驟至，為

敵所乘，友聞與弟友萬均戰死。闊端遂麾兵入蜀，不到一月，凡成都、利州、潼川三路所屬府州軍，多被陷沒。西蜀全境，唯夔州一路，及潼川路所屬瀘、合二州及順慶府，還算儲存。闊端居成都數日，復移師北攻文州，知州劉銳，通判趙汝?，固守待援，逾月不至。銳自知不免，召集家人，盡令服藥。家人素守禮法，不敢違慢。幼子才六歲，飲藥時尚下拜而受。及闔家盡死，銳聚屍付火，並所有公私金帛告命，盡行一炬，然後自刎而亡。州城遂陷，汝?被執，大罵敵人，竟遭慘死。軍民同死約數萬人。碧血千秋。

警報迭達宋廷，理宗頗悔前事，下詔罪己。鄭、喬二相，俱上疏辭職，因一併免官。特起史嵩之為淮西制置使，進援光州，趙葵援合肥，沿江統制陳韡遏和州，為淮西聲援。嵩之聞忒木觮至江陵，亟檄孟珙往援。珙遣民兵部將張順先渡，自率全軍為後應，疊破蒙古二十四寨，援出難民二萬餘。既而蒙古將察罕攻真州，知州事邱岳，戰守有方，連卻敵軍，復出戰胥浦橋，設伏誘敵，俟敵來追，伏起炮發，擊斃蒙古守將，敵乃引去。是年為端平四年，翌歲改元，號為嘉熙。理宗因繼相乏人，仍用喬行簡為左丞相，兼樞密使，鄭清之知樞密院事，兼參知政事，鄒應龍簽書樞密院事，李宗勉同簽書樞密院事，蒙古兵稍稍斂跡。至秋冬交季，溫不花復率兵進攻黃州。正是：

蒿目邊民遭慘劫，驚心虜騎又憑城。

畢竟黃州能否固守，待至下回申敘。

收復三京之議，廷臣多以為未可，言之固當。但吾以為三京非不可復，所誤者將相之非人耳。趙范、趙葵，雖尚具將才，而恢復之責，不足以當之。清之夤緣權相，得秉大政，自問已屬有愧，彼其果能立大功，建

第九十二回　圖中原兩軍敗退　寇南宋三路進兵

大業,得為中興名佐乎?成事不足,貽禍有餘,卒至強敵壓境,風鶴頻驚,推原禍始,清之何能辭焉?況賈、閻二妃,相繼專寵,不聞有遠色之言。真、魏二賢,同時就徵,復至有遭忌之舉。危不持,顛不扶,焉用彼相為哉?迨蒙古三路進兵,勢如破竹,所恃者第一孟珙,天下事已岌岌矣。清之雖去,嵩之又來,有識者已知宋祚之將傾云。

第九十三回

守蜀境累得賢才　劾史氏力扶名教

第九十三回　守蜀境累得賢才　効史氏力扶名教

卻說蒙古主窩闊臺汗，既發兵南侵，復遣將撒里塔東征高麗。高麗本為宋屬，自遼、金迭興，又轉服遼、金，至蒙古盛強，復入貢蒙古。會高麗王皢嗣位，夜郎自大，殺死蒙使，因此撒里塔奉命東征。高麗屢戰屢挫，不得不遣使謝罪，願增歲幣。撒里塔轉報窩闊臺汗，窩闊臺汗令遣子入質，才許言和。高麗王只得應命。既而窩闊臺汗，又遣將綽馬兒罕，擊死札蘭丁（即模罕默德子，事見前文），蕩平西域，再遣太祖孫拔都、速不臺等，西征欽察，乘勢攻入阿羅思部，北向屠也烈贊城，陷莫斯科，進兵歐洲，分入馬札兒（即今匈牙利），孛烈兒（即今波蘭地）諸境，歐洲北部諸侯王，合兵迎擊，俱遭殺敗，彷彿似天兵下界，所向無前，全歐大震。捏迷思（即今德意志）部民，均荷擔遁去。窩闊臺汗因從事西征，暫把南方軍務，略從緩進。至西方接連報捷，才促南軍進行（敘此數語，簡而不漏，欲聞其詳，請閱《元史演義》）。

溫不花進攻黃州，孟珙自江陵還援，仗著一股銳氣，把溫不花擊退。溫不花轉攻安豐，知軍事杜杲，繕城力守，城外砲聲迭震，垣牆多被洞穿，杲隨缺隨補，始終不懈。敵復填濠為二十七壩，杲募壯士出奪壩路，踴躍死戰。巧值池州都統制呂文德，也率軍馳至，兩下夾擊，得將蒙古兵殺退，淮右粗安。越年，史嵩之奉命參政，督視京湖、江西軍馬，開府鄂州。蒙古將察罕入達廬州，嵩之急檄杜杲赴援，杲入城守禦，望見蒙兵到來，差不多有數十萬，所攜攻具，比圍安豐時，多至數倍。他卻全不懼怯，看敵如何擺布，然後隨宜抵拒。那蒙兵既薄城下，即搬運土木，趕緊築壩，霎時間高埒城樓。杲用油灌草，以火爇著，紛擲壩下，壩遂被焚。杲又就串樓內築立雁翅七層，堵禦敵砲，敵開砲轟擊，為雁翅所阻，反射敵營，敵眾皆驚。杲趁這機會，開城出擊，大敗敵兵，追躡至數十里乃還。且練舟師扼淮河，遣子庶及統制呂文德、聶斌等，分伏要隘，蒙古兵

不能進，乃退去。杲以捷聞，有詔加杲淮西制置使，力寫杜杲。並命孟珙為京湖制置使，規復荊、襄。珙謂必得郢州，乃可通饋餉，必得荊門，乃可出奇兵，於是檄江陵節制司，進擣襄、鄧，自至岳州召集諸將，指授方略。各將依計深入，遂復郢州、荊門軍。再遣將士分取信陽、光化軍及樊城、襄陽，因上言保守方法，略云：

取襄不難，而守為難。非將士不勇也，非車馬器械不精也，實在乎事力之不給爾。襄樊為朝廷根本，今百戰而得之，當加經理，如護元氣，非甲兵十萬，不足分守。與其抽兵於敵來之後，孰若保此全勝，上兵伐謀，此不爭之爭也。

理宗得奏，當令珙便宜行事。珙乃編蔡、息降人為忠衛軍，襄、郢降人為先鋒軍，擇要駐紮，襄、漢以固。會蒙古將塔海，復率兵入蜀，制置使丁黼自誓死守，先遣妻子南歸，然後登城拒敵。塔海自新井進兵，詐豎宋將旗幟，誘惑城中。黼果疑為潰卒，遣人招徠，及蒙古兵將到城下，方審知情偽，乃領兵夜出城南，至石筍街迎戰，眾寡不敵，兵敗身亡。塔海復蹂躪漢、印、簡、眉、閬、蓬諸州，進破重慶、順慶諸府，直達成都。再移趨蜀口，欲出湖市。孟珙探知消息，料他必道出施黔，亟請粟十萬石，分給軍餉，以三千人屯峽州，千人屯歸州，命弟璸率精兵五千駐松滋，為夔州聲援，並增戍歸州陸口萬戶谷，加派千人屯施州。嗣聞塔海渡江東下，忙分布戰艦，增置營寨，且遣兵從間道抵均州，防遏要衝。及蒙兵渡萬州湖灘，施夔震動，幸珙兄知峽州，出拒歸州大埡寨，擊退蒙古前哨兵，進戰巴東，復得勝仗，夔州始得保全。珙復諜知蒙古軍帥，就襄樊、信陽、隨州等處，招集軍民布種。又在鄧州的順陽境內，屯積船林，遂分兵譏察，且將蒙古所儲材料，暗地焚毀。又遣兵潛入蔡州，燒去蒙古屯糧，蒙古兵乃不敢進窺襄、漢。

第九十三回　守蜀境累得賢才　劾史氏力扶名教

理宗因蜀事未平，特調珙為四川宣撫使，兼知夔州，節制歸、峽、鼎、澧軍馬。珙受命至鎮，招集散民為寧武軍，用降人回鶻、愛里巴圖魯等為飛鶻軍。適四川制置使陳隆之，與副使彭大雅不協，互相奏訐。珙貽書責二人道：「國事如此，合智並謀，尚恐不克，兩司乃猶事私鬥，豈不聞廉、藺古風麼？」不愧忠告。隆之、大雅得書，各自懷慚，因改怨為睦，不生齟齬。珙遂釐清宿弊，訂立條目，頒發州縣，最要數語，是「不擇險要立寨柵，無從責兵衛民，不集流離安耕種，無從責民養兵。」此外如賞罰不明、減克軍糧、官吏貪黷、上下欺罔等弊，均嚴行申誡。自是吏治一新，兵防亦密。尋復兼任夔州路制置、屯田兩使，乃調夫築堰。募農給種，自秭歸至漢口，為屯二十，為莊百七十，為頃十八萬八千二百八十。又創南陽、竹林兩書院，居住襄、漢、四川流寓人士，用李庭芝權施州建始縣。庭芝訓農治兵，招選壯士，隨時訓練，甫至期年，士民皆知戰守，無事服農，有事出戰。珙將庭芝所行諸法，飭屬遵行。珙不特長於武事，並且長於文教。

是時喬行簡已為少傅，平章軍國重事，李宗勉為左丞相，兼樞密使，史嵩之為右丞相，督視江、淮、四川、京、湖軍馬。這三相中，還算宗勉清謹守法，若行簡遇事模稜，無好無惡，嵩之執拗任性，惡聞直言。當時謂喬失之泛，李失之狹，史失之專。已而行簡告老，旋即病逝，宗勉亦卒，嵩之更獨擅政柄，朝內正士，如杜范、遊侶、劉應起、李韶、徐榮叟、趙汝騰等，多與嵩之不合，相繼罷斥。唯孟珙一人，素為嵩之所推重，因此珙有所為，未嘗牽制。

及嘉熙五年，又改元淳祐，會蒙古主窩闊臺汗病殂，廟號太宗，第六後乃馬真氏稱制（乃馬真一譯作鼐瑪錦），調回拔都等西征各軍（應本回首文），獨南軍仍然未歸。塔海部將汪世顯等，再行入蜀，進圍成都，制置

使陳隆之固守經旬，誓與城同存亡。偏副將田世顯送款蒙兵，乘夜開城。汪世顯等立即突入，執住隆之。陳氏數百口皆死。隆之被執至漢州，世顯命招守臣王夔降，隆之呼夔道：「大丈夫當捨生取義，何畏一死，幸勿降虜。」言至此，已被蒙古軍一刀兩段。夔率漢州兵三千出戰，兵敗遁去，城遂破陷，人民盡被屠滅，蒙古兵又回師出蜀。是時蒙古使王檝，已五入宋都議和，兩下終相持不決。檝病歿宋境，宋廷送歸檝柩。蒙古復遣月里麻思（一作伊拉瑪斯）來宋續議，從行約七十餘人，甫至淮上，被守將阻住，勸令歸降。月里麻思不從，被拘長沙飛虎寨。無故拘使，其曲在宋。於是蒙古復遣也可那顏（一作伊克那顏）、耶律朱哥等，自京兆取道商房，直趨瀘州。宋制置使孟珙，急分軍往截，一軍屯江陵及郢州，一軍屯沙市，一軍自江陵出襄陽，與諸軍會。又遣一軍屯涪州，且下令出守兵官，不得失棄寸土。權開州梁棟，因乏糧還司，珙怒道：「這便是違令棄城呢。」立斬以徇。諸將相率股慄，稟命唯謹。蒙古將士，聞守備甚嚴，當然畏懼三分，不復進窺。極寫孟珙。

　　淳祐三年，宋廷又命余玠為四川制置使，兼知重慶府。玠係蘄州人氏，家世貧微，落拓不羈，嘗謁淮東制置使趙葵，葵頗奇玠材，留置幕府，旋令率舟師溯淮，入河抵汴，所向有功，累推至淮東副使。自陳隆之死節，懸缺未補，玠入對稱旨，遂授為四川宣撫使。未幾，即加制置使。四川財賦，本甲天下，自寶慶三年，失去關外，端平三年，蜀地殘破，所存州郡無幾，國用益窮。歷任宣撫、制置各使，均支絀萬分，咸嘆束手。監司戎帥，各自為令，官無法紀，民不聊生。玠蒞任後，大改弊政，簡選守宰，又重賢禮士，特就府左築招賢館，量能錄用。播州冉璡及弟璞，具有文武才，隱居蠻中，前後閫帥辟召，皆堅辭不至，及聞玠賢，自詣府上謁。玠以上客禮相待，璡、璞留館數月，毫無所陳，玠頗懷疑，遣人覘

第九十三回　守蜀境累得賢才　劾史氏力扶名教

視。兩人相對踞坐，終日用堊畫地，或繪山川，或繪城池，非旁人所能解。玠亦莫名其妙。又隔旬餘，始見他兄弟進謁，請屏左右。玠立即如教，冉璡乃獻議道：「為今日西蜀計，莫若徙合州城。」玠不禁起座道：「玠也見到此著，但慮無處可遷。」璡復道：「蜀口形勝，無過釣魚山，請徙城該處，擇人扼守，積粟以待，功可過十萬師，巴、蜀自固若金湯了。」玠大喜道：「玠固疑先生非淺士，今得此謀，玠不敢掠為己美，當上報朝廷，即日照行。」冉璡兄弟乃退。玠立刻拜表，照議陳請，並乞授二人官秩。真實愛才。詔命冉璡為承事郎，權發遣合州，璞為承務郎，權通判州事。徙城事悉委二人。闔府聞命，頓時大譁。玠忿然道：「此城若成，蜀賴以安，否則玠獨坐罪，與諸君無涉。」他人遂不敢再言。乃就青居、大獲、釣魚、雲頂、天生各山，築十餘城，均因山為壘，棋布星分，當將合州舊城，移徙釣魚山，專守內水。利戎舊城，移徙雲頂山，借御外水。表裡相維，聲勢聯絡，各屯兵聚糧，為必守計。蜀民始有所恃，共慶安居。

只江、淮間仍遭寇掠，蒙古兵渡淮南指，攻入揚、滁、和各州，進屠通州。史嵩之以江、淮保障，首推江陵，即調孟珙知江陵府，以資守禦，理宗自然准奏。會嵩之父彌遠去世，嵩之應居廬守制，及數日詔令起復，仍為右丞相，兼樞密使，將作監徐元傑疏請收回成命，理宗不從。太學生黃愷伯等百四十四人，又叩閽上書道：

臣等竊謂君親等天地，忠孝無古今。事親孝，故忠可移於君。自古求忠臣必於孝子之門，未有不孝而可望其忠也。昔宰予欲短喪，有期年之請，夫子猶以不仁斥之。宰予得罪於聖人，而嵩之居喪，即欲起復，是又宰予之罪人也。且起復之說，聖經所無，而權宜變化，衰世始有之。我朝大臣若富弼，一身關社稷安危，進退係天下輕重，所謂國家重臣，不可一日無者也。起復之詔，凡五遣使，弼以金革變禮，不可用於平世，卒不從

命，天下至今稱焉。至若鄭居中、王黼輩，頑忍無恥，固持祿位，甘心起復，滅絕天理，卒以釀成靖康之禍，往事可鑑也。

彼嵩之何人哉？心術回邪，蹤跡詭祕，曩者開督府，以和議惰將士心，以厚資竊宰相位，羅天下之小人，為之私黨，奪天下之利權，歸之私室。蓄謀積慮，險不可測。在朝廷一日，則貽一日之禍，在朝廷一歲，則貽一歲之禍，萬口一辭，唯恐其去之不速也。嵩之亡父，以速嵩之之去，中外方以為快，而陛下乃必欲起復之者，將謂其有折衝萬里之才歟？嵩之本無捍衛封疆之能，徒有劫制朝廷之術。將謂其有經理財用之才歟？嵩之本無足國裕民之能，徒有私自封殖之計。陛下眷留嵩之，將以利吾國也，殊不知適以貽無窮之害爾。嵩之勇於無忌憚，而經營起復，為有彌遠故智，可以效尤。然彌遠所喪者庶母也，嵩之所喪者父也，彌遠奔喪而後起復，嵩之起復而後奔喪，以彌遠貪黷固位，猶有顧卹，丁艱於嘉定改元十一月之戊午，起復於次年五月之丙申，未有如嵩之之匿喪罔上，殄滅天常，如此其慘也。且嵩之為計亦奸矣！自入相以來，固知二親耄矣，必有不測，旦夕以思，無一事不為起復張本。當其父未死之前，已預為必死之地，近畿總餉，本不乏人，而起復未卒哭之馬光祖。京口守臣，豈無勝任？而起復未終喪之許堪。故里巷為十七字之謠曰：「光祖作總領，許堪為節制，丞相要起復，援例。」夫以里巷之小民，猶知其奸，陛下獨不知之乎？臺諫不敢言，臺諫嵩之爪牙也。給舍不敢言，給舍嵩之腹心也。侍從不敢言，侍從嵩之肘腋也。執政不敢言，執政嵩之羽翼也。嵩之當五內分裂之時，方且擢奸臣以司喉舌，謂其必無陽城毀麻之事也；植私黨以據要津，謂其必無惠卿反噬之虞也。

自古大臣不出忠孝之門，席寵怙勢，至於三代，未有不亡人之國者。漢之王氏，魏之司馬氏是也。史氏秉鈞，今三世矣，軍旅將校，唯知有史氏，而陛下之前後左右，亦唯知有史氏，陛下之勢，孤立於上，甚可懼

第九十三回　守蜀境累得賢才　劾史氏力扶名教

也。天欲去之而陛下留之，堂堂中國，豈無君子？獨信一小人而不悟，是陛下欲藝祖三百年之天下，壞於史氏之手而後已。臣方唯涕泣裁書，適觀麻制有曰：「趙普當乾德開創之初，勝非在紹興艱難之際，皆從變禮，迄定武功。」夫人必於其倫，曾於奸深之嵩之，而可與趙普諸賢，同日語耶？趙普、勝非之在相位也，忠肝貫日，一德享天，生靈倚之以為命，宗社賴之以為安。我太祖高宗，奪其孝思。俾之勉陳王事，所以為生靈宗社計也。嵩之自視器局，何如勝非？且不能企其萬一，況可匹休趙普耶？臣愚所謂擢奸臣以司喉舌者，此其驗也。臣又讀麻制有曰：「諜報憤兵之聚，邊傳哨騎之馳，況秋高而馬肥，近冬寒而地凜。」方嵩之虎踞相位之時，諱言邊事，通州失守，至逾月而復聞，壽春有警，至危急而後告，今圖起復，乃密諭詞臣，昌言邊警，張皇事勢以恐陛下，蓋欲行其劫制之謀也。臣愚所謂擢奸臣以司喉舌者，又其驗也。

臣等於嵩之本無私怨宿忿，所以爭趨闕下，為陛下言者，亦欲揭綱常於日月，重名教於邱山，使天下為人臣，為人子者，死忠死孝，以全立身之大節而已。孟軻有言：「學則三代共之，皆所以明人倫也。」臣等久被化育，此而不言，則人倫掃地，將與嵩之胥為夷矣。唯陛下裁之！

疏入仍不見報。武學生翁日善等六十七人，京學生劉時舉、王元野、黃道等九十四人，又接連上書，始終未見聽從。徐元傑再入朝面陳，略謂：「嵩之起復，士論譁然，乞許嵩之舉賢自代，免從眾謗！」理宗諭道：「學校雖是正論，但所言亦未免太甚。」元傑對道：「正論乃國家元氣，今正論猶在學校，要當力與保存，幸勿傷此一脈。」理宗嘿然。元傑因自求解職，理宗亦不允。至元傑退後，左司諫劉漢弼入奏，亦請聽嵩之終喪。理宗稍稍感動。嵩之也自知眾論難違，疏乞終制，才見詔旨下來，從嵩之所請，改任范鍾、杜範為左右丞相，併兼樞密使。小子有詩詠嵩之道：

如何父死不奔喪？世道人心盡泪亡。

幸有儒生清議在，尚留天壤大綱常。

杜范，黃岩人，素有令望，既登相位，當有一番舉措，俟小子後文再表。

國有良將，無不可治之土，亦無不可守之城。孟珙駐節京、湖而寇以卻，移撫四川而寇又不敢近，詩所謂「公侯干城」，孟珙有焉。繼以余玠鎮蜀，禮賢下士，徙城設守，軍民交安，是亦一干城選耳。乃外有將，內無相，史嵩之專政，第有器重孟珙之一長，此外則斥正士，引匪人，甚至父喪不欲守制，尚戀戀權位，陰圖起復，吾不解理宗當日，何獨於史氏有恩，而寵眷竟若是優渥也？夫史彌遠有冊立功，始終得邀上寵，猶為可說，嵩之何所恃而得君若此？父骨未寒，靦然起復，忍於親者必忍於君，此豈尚堪重用耶？錄黃愷伯等伏闕一書，所以揭嵩之無父之罪，即所以正天下後世忠孝之防，著書人固具有深心。

第九十三回　守蜀境累得賢才　劾史氏力扶名教

第九十四回

餘制使憂讒殞命　董丞相被脅罷官

第九十四回　餘制使憂讒殞命　董丞相被脅罷官

卻說杜范入相，即上陳五事：第一條是正治本；第二條是肅宮闈；第三條是擇人才；第四條是惜名器；第五條是節財用；結末是應早定國本，借安人心。理宗頗為嘉納。繼又上十二事：一、公用舍；二、儲材能；三、嚴薦舉；四、懲贓貪；五、專職任；六、久任使；七、杜僥倖；八、重閫寄；九、選軍實；十、招土豪；十一、溝土田；十二、治邊理財。各項都詳細規劃，悉合時宜，當時稱為至論。孟珙正移節江陵，駐軍上流，朝廷方疑他握權過重，將來恐不可制。以珙之忠勇，猶有功高震主之嫌，況不如珙者乎？至是珙貽書杜范，語多頌揚，范覆書道：「古人謂將相調和，士乃豫附，此後願與君同心衛國，若用虛言相籠絡，殊非范所屑為哩。」這數語復達孟珙，珙很是愧服。范復拔徐元傑為工部侍郎，一切政事，輒與諮議。元傑知無不言，多所裨益。都人士喁喁望治，誰料天不假年，老成遽謝，總計范在相位，只八十日而卒，追贈少傅，予諡清獻。

過了月餘，元傑當入值，先一日謁見左丞相范鍾，在閣堂吃了午餐，下午歸寓，忽覺腹中未快，一入黃昏，寒熱交作，至夜四鼓，指爪暴裂，大叫數聲而亡。三學諸生，均伏闕上書，略言：「歷朝以來，小人傾陷君子，不過令他遠謫，觸冒煙瘴以死，今蠻煙瘴雨，不在嶺海，轉在朝廷，臣等實不勝驚駭」云云。於是有詔令閣中役使，逮付臨安府鞫治，怎奈獄無佐證，哪個肯來實供？臨安府尹也知事關重大，樂得延宕了事，何苦結怨權奸。未幾，劉漢弼又以腫疾暴亡。太學生蔡德潤等百七十三人，又叩閣上書訟冤，理宗也弄得沒法，只好頒給徐、劉兩家官田五百畝，錢五千緡，作為撫卹。眾議越覺藉藉。有謂：「故相杜范，也是中毒。」大家懲前毖後，甚至堂食都不敢下箸，情願枵腹從公。究竟是何人置毒，一時無從指定。唯史嵩之從子璟卿，因平日勸諫嵩之，也致暴斃，從此璟出毒謀，共謂由嵩之主使，范鍾匿嫌。

既而知江陵府孟珙，因病乞休，詔授寧武軍節度使，以少師致仕。使命才到江陵，珙已病歿任所，時當淳祐六年九月初旬（珙卒而京、湖已不可保，故大書年月）。是月朔日，有大星隕境內，聲崩如雷。珙死日，又有大風怒號，飛石拔木，訃達都中。理宗震悼輟朝，賻銀絹各千匹，累贈至太師，封吉國公，謚忠襄，立廟享祀，號曰威愛。後任委了一個賈似道，似道行誼，略見上文，如此重任，卻令此人擔當，已可見理宗的昏庸了。尚不止此。左丞相范鍾，屢乞歸田，乃免相職，令提舉洞霄宮，任便居住。召用鄭清之為右丞相，兼太傅銜。中使及門，清之方放浪湖山，寓居僧寺，詰旦始還。乃隨使入朝，力辭不允，勉膺簡命。又授趙葵為樞密使，督視江、淮、京、湖軍馬，兼知建康府，陳韡知樞密院事，任湖南安撫大使，兼知潭州。

　　史嵩之時已服闋，覬覦復用，理宗亦有起用意。殿中侍御史章琰，右正言李昂英，監察御史黃師雍，劾嵩之無君無父，竟忤上旨，均致落職。翰林學士李韶，又與同官抗疏力阻，乃命嵩之致仕，示不復用。未幾，升任賈似道為兩淮制置使，兼知揚州；李曾伯為京、湖制置使，兼知江陵府。趙葵且因言官糾彈，上疏辭職，言官謂：「葵不由科目進身，難任樞密。」葵辭表中有儷語云：「霍光不學無術，每思張詠之語以自慚。後稷所讀何書？敢以趙忭之言而自解。」四語流傳人口，理宗竟改授葵為觀文殿大學士，兼判潭州。葵亦一專閫選，理宗因讒罷葵，反用賈、李等人，朝局可知。

　　自淳祐紀元後，京、湖有孟珙，巴、蜀有余玠，淮西有招撫使呂文德，均能安排守備，無懈可擊，所以蒙古兵屯留境上，未敢進行。但也由蒙古內亂未平，不遑外略，雖有遊騎往來，畢竟沒甚戰事。看官道蒙古有何內亂？因六皇后乃馬真氏稱制，國內無君，竟歷四年，寵用侍臣奧都剌合蠻（一作諤多拉哈瑪爾）及回婦法特瑪，內外勾通，斥賢崇奸，把朝右舊

第九十四回　餘制使憂讒殞命　董丞相被脅罷官

臣，黜去大半。中書令耶律楚材，竟致憂死。嗣因太祖弟帖木格大王，以入清朝政為名，竟自藩鎮起兵，由東而西。乃馬真后不免著急，乃召長子貴由入都（貴由一作庫裕克），立為國主，藉此杜帖木格話柄，帖木格才收兵回去。貴由汗雖然嗣位，朝政猶歸母后，過了數月，後已逝世，貴由汗乃將奧都剌合蠻，及法特瑪等，一併處死，宮禁肅清，漸有起色。無如貴由汗素多疾病，自謂都城水土，未合養痾，不如往居西域，乃託詞西巡，直至橫相乙兒地方（橫相乙兒一譯作杭錫雅爾），一住經年，抱病益劇，竟爾畢命。皇后斡兀烈海迷失，尊貴由汗為定宗，自抱姪兒失烈門（一作錫哩瑪勒，係太宗孫父，名曲出，亦作庫春）聽政，諸王大臣多半不服，別開庫里爾泰大會，推戴拖雷子蒙哥（一譯作莽賚扣）為大汗，馳入都城。這時元都已奠定和林，都內官民，爭出城相迓。及蒙哥正位，殺定宗後海迷失，及失烈門生母，徙太宗後乞裡吉帖思尼（一作克勒奇庫塔納）出宮，放失烈門至沒脫赤（一作摩多齊），禁錮終身。蒙哥汗有弟名忽必烈（一作呼必賚），佐兄定命，素有大志，至是遂總治漠南，開府金蓮川，延聘藩府舊臣，及四方文學士，訪求治道。如劉秉忠、姚樞、許衡、廉希憲等，皆一時賢豪，盡歸錄用。量能授官，京兆稱治。元朝一統，定基於此。忽必烈遂銳意南略，遣將察罕等，窺伺淮、蜀，一面在汴京分兵屯田，俟機南下。宋廷尚姑息偷安，毫不為備。左丞相鄭清之年力已衰，政歸妻孥，免不得招權納賄，為世詬病。既而告老乞休，命充醴泉觀使，越六日即死。理宗又欲起用史嵩之，念念不忘此人。草詔已成，不知如何省悟，竟令改制，命謝方叔為左丞相，吳潛為右丞相，潛頗有賢名，方叔卻意氣用事，遂令蜀右長城，又要從此隳壞了。西蜀制置使余玠，鎮守四川，邊關無警，偏利州都統王夔，素性殘悍，向不受制使節度，所至殘掠，蜀民號為夜叉。玠因此閱邊，到了嘉定，夔率部眾迎謁，班聲若

雷，江水為沸，所張旗幟，俱寫著鬥方大的「王」字，非常鮮明。玠孤舟徑入，左右皆為失色，獨玠毫不改態，傳夔入見，從容與語。夔亦不禁心折，出語人道：「不意儒生間乃有此人。」玠命吏頒賞，事畢乃回，密語親將楊成道：「我看王夔驕悍，終非善類，但欲乘此誅夔，恐他部下或有違言，轉致生變，此事頗費躊躇了。」成答道：「今若勿誅，養成勢力，愈覺難圖。他日變動，西蜀定恐難保呢。」玠點首道：「既如此，只可用計除夔。」遂與成附耳數語。成直任不辭，應聲而去。玠乃夜召夔議事，夔甫離營，楊成已單騎直入，傳玠軍令，暫代夔職。比至翌晨，聞夔已為玠所斬，懸首桅檣，且揭示罪狀，部眾相率驚訝，唯尚不敢為亂。會統制姚世安，欲繼夔任，暗中運動戎州都統，保薦自己。玠得書，以軍中舉代，最為弊害，特覆書不允，且調三千騎至雲頂山下，徑遣都統金某往代世安。世安素與謝方叔子姪，互相結納，遂遣使求援方叔，自擁兵拒絕來將。玠方欲進討世安，不意有詔到來，竟召他入都，授為資政殿學士。

　　看官不必細問，就可知是丞相方叔，陰援世安了。

　　玠治蜀後，任都統張實治軍旅，安撫使王唯忠治財賦，監撫朱文炳治賓客，皆有常度。寶慶以來，蜀中閫帥，要推玠為巨擘。但久假便宜，不免專擅，所有平時奏疏，詞意間亦多未謹，理宗已是不平，一經方叔讒間，當即召他回朝，另調知鄂州餘晦為四川宣諭使。玠聞命，鬱郁不歡，晦尚未到，玠竟暴卒。或謂係仰藥自盡，亦未知是真是假，無從證實。蜀人多悲惜不置。侍御史吳燧反劾玠聚斂罔利共七罪，理宗也不加查察，竟令籍玠家資，犒師賑邊。子若孫認錢三千萬，徵索累年，始得繳足。

　　及餘晦至蜀，遣都統甘閏，率兵數萬，築城紫金山。蒙古將汪德臣，竟簡選精騎，銜枚夜進，突擊甘閏部卒，閏聞變即奔，全軍大潰，所建新城，即被蒙古兵奪去。理宗方擢晦為制置使，接到甘閏敗報，尚不欲將晦

第九十四回　餘制使憂讒殞命　董丞相被脅罷官

調開，參政徐清叟本與方叔同排余玠，至此又入奏道：「朝廷命令，不行西蜀，已是十有二年。今天斃余玠，正陛下大有為的機會，乃以素無行檢，輕儇浮薄的餘晦，充當制使，臣恐五十四州軍民，將自此懈體。就是蒙古聞知，也竊笑中國無人了。」理宗乃召晦還，命李曾伯繼晦後任。晦小名再五，安撫使王唯忠嘗呼道：「餘再五來了。真正可怪！」晦聞言大怒，竟誣奏唯忠，潛通北國。詔捕下大理獄，經推勘官陳大方鍛鍊成罪，斬首市曹。唯忠呼大方道：「我死當上訴天閽，看你能久生世上麼？」果然唯忠死後，大方亦死。何苦逞刁。是時蒙古藩王忽必烈，命兀良合臺（即速不臺子）統轄諸軍，分三道攻大理，虜國王段智興。進軍吐蕃，國王唆火脫（一作蘇固圖）惶恐乞降。忽必烈乃下令班師，轉圖西蜀。

　　理宗正改元寶祐，自慶昇平。後宮賈貴妃殞命，閻婉容晉封貴妃，內侍董宋臣，因妃得寵，益邀主眷。理宗命他幹辦佑聖觀，宋臣逢迎上意，築梅堂、芙蓉閣、香蘭亭，擅奪民田，假公濟私。且引倡優入宮，蠱惑理宗，無所不至，時人目為董閻羅。監察御史洪天錫，彈劾宋臣，並不見報。還有內侍盧允升，也是夤緣閻妃，得與宋臣相濟為奸。蕭山縣尉丁大全，本貴戚婢婿，面帶藍色，最善鑽營，暗中與董、盧兩宦官，勾通關節，託他在閻貴妃前，並作先容。董、宋所愛唯財帛，閻貴妃所愛唯金珠，經大全源源送去，自然極力援引，累遷至右司諫，拜殿中侍御史。適值四川地震，閩、浙大水，並臨安雨土，洪天錫又不忍不言，力陳陰陽消息的理由，並申劾董、盧兩內侍，疏至六七上，統如石沉大海一般，並不聞有覆音。天錫竟解職自去。宗正寺丞趙宗璠，貽書責丞相謝方叔，說他不能救正，方叔因對人道：「非我不欲格君，實因上意難回，徒言無益呢。」這數語是自己解嘲，並非反對董、宋。偏被兩人聞知，竟賄囑臺諫，力詆天錫，兼及方叔，無非說他朋奸誤國，應加黜逐。這位好色信讒

的理宗，竟將方叔、天錫免官。右丞相吳潛，已早卸職奉祠，兩揆虛席，乃任參政董槐為右丞相。

槐係定遠人，累任外職，素著政聲，及入參內政，遇事敢言，既任右丞相，頗思澄清宦路，革除時弊。這時候的宮廷內外，已變做婦寺專橫，戚幸交通的局面，單靠一個董丞相實心為國，如何行得過去？小人道長，君子道消。槐未免鬱憤，入白理宗，極言三害：一是戚裡不奉法，二是執法大吏擅威福，三是皇城司不檢士，力請理宗除害興利。理宗尚將信將疑，一班蠅營狗苟的小人，已是聞風生怨，視董丞相如眼中釘，丁大全尤為憂慮，密遣心腹至相府，與槐結歡。槐正色道：「自古人臣無私交，我只知竭誠事上，不敢私自給約，幸為我謝丁君！」待小人之法，也不能徒事守經。大全得報，變羞成怒，遂日夜隱伺槐短，槐復入劾大全，不應重任。理宗道：「大全未嘗毀卿，願卿弗疑！」宰相有任賢退不肖之責，難道徒徇譭譽？這明是袒護大全語。槐對道：「臣與大全何怨，不過因大全奸邪，臣若不言，是負陛下拔擢隆恩。今陛下既信用大全，臣已難與共事，願乞骸骨歸田里！」理宗竟怫然道：「卿亦太過激了。」槐乃趨退。大全遂上章劾槐，尚未批答，那大全意擅用臺檄，調兵百餘人，露刃圍槐第，並迫令出赴大理寺。槐徐步入寺中，宮內竟傳出詔旨，罷槐相職。婦寺戚幸，威權至此。於是士論大譁。三學生交章諫諍，乃詔授槐為觀文殿大學士，提舉洞霄宮。太學生陳宜中、黃鏞、林則祖、曾唯、劉黻、陳宗六人，又聯名攻大全，大全嗾使御史吳衍，劾奏六人妄言亂政，遂致六人削籍，編管遠州，且立碑三學，戒諸生不得妄議國事。士論遂稱宜中為六君子。大全反得遷任諫議大夫。唯右丞相一職，改任程元鳳。未幾且命大全簽書樞密院事，馬天驥同簽書院事。元鳳謹飭有餘，風厲不足，天驥與大全同黨，也是因閻妃進用。朝門外發現匿名揭帖，上書八字道：「閻、馬、

第九十四回　餘制使憂讒殞命　董丞相被脅罷官

叮噹，國勢將亡。」大全等毫不為意。笑罵由他笑罵，好官我自為之。至寶祐五年，且任賈似道知樞密院事。越年，程元鳳自請罷職，竟擢大全為右丞相兼樞密使。一丁一賈，並握樞機，宋室事可知了。不亡何待。

且說蒙古主蒙哥汗，聞前使月里麻思，錮死長沙，早欲興兵報怨。且因兀良合臺平西南夷，破交趾，宗王旭烈兀等前後略定西域十餘國，威震中外，乃決擬自行南下。留少弟阿里不哥守和林。當下分軍三路，自由隴州趨散關，諸王莫哥（一作穆格）由洋州趨米倉，萬戶李里叉（一作布林察克）由潼關趨沔州。一面令忽必烈率軍攻鄂，且命兀良合臺自交、廣引兵北還，往應忽必烈軍。東西並舉，宋廷大震。當時四川制置使李曾伯早已還朝，後任為蒲擇之，因蒙古入寇，亟遣安撫使劉整等，出據遂寧江箭灘渡，斷敵東路。蒙古將紐璘（一作耨埒）領兵到來，見宋軍已截住渡口，遂麾兵大戰，自旦至暮，劉整等支持不住，只好退回。紐璘長驅直進，徑達成都。擇之命楊大淵等守劍門及靈泉山，自率兵至成都城下。偏紐璘轉襲靈泉山，大破楊大淵軍，進圍雲頂山城，扼擇之歸路。擇之軍餉被斷，頓時潰散。成都、彭、漢、懷、綿等州，及威、茂諸蕃，悉降蒙古。蒙哥汗聞前軍得勝，遂渡嘉陵江，督軍繼進。行至白水，命總帥汪德臣造浮梁濟師，進薄苦竹隘。守將楊立戰死，張實被擒，亦為所害。蒙古兵直搗長寧山，守將王佐、徐昕，又相繼陣亡。鵝頂堡不戰即降，由是青居、大良、運山、石泉、龍州等處，望風輸款，均向蒙古軍投誠。唯運山轉運使施擇善，不屈被戕。

宋廷接連聞警，飛遣京、湖制置使馬光祖，移司峽州。六郡鎮撫向士璧，移司紹慶，兩軍相會，合擊蒙古兵。房州一戰，總算奏捷。蒙哥汗轉趨閬州，宋將楊大淵自靈泉山敗奔至閬，聞敵兵又至，急整軍守城。蒙哥汗督兵猛攻，炮石交射，泥堞齊飛，大淵不覺驚駭，因開城出降。推官趙廣殉難，蒙哥汗進圖合州，先遣降人晉國寶，招諭守將王堅，被堅叱出，

還至峽口。又由堅遣將捕歸，牽至閱武場，責他不忠不孝，梟首以殉。當下涕泣誓師，登陴死守。蒙哥汗乃自引兵攻合州，堅乘他初至，督軍出戰。將見，不由的步步退讓，直至十里外安營。堅收兵入城，固守如故。蒙古兵復更迭來攻，終不得手。會宋廷調回蒲擇之，令呂文德代任。文德領兵援蜀，攻破涪江浮橋，轉戰至重慶，遂率艨艟千餘，溯嘉陵江上渡。蒙古將史天澤分軍為兩翼，順流縱擊，文德勢處逆流，眼見得不能抵敵，被蒙古兵奪去戰艦百餘，自率殘眾奔回。蒙哥汗得天澤捷書，索性大集各軍，圍攻合州。偏王堅守禦有方，相持數月，竟不能下。軍中又復遇疫，十病六七，惱了前鋒將汪德臣，募集壯士，夜登外城。堅忙麾兵堵截，戰了一夜，殺傷相當。德臣單騎馳呼道：「王堅，我來活汝一城，快早投降！」道言未絕，那面前忽來一大石，正要擊中面目，慌忙一閃，已被飛石壓中右肩，大叫一聲，墜落馬下。勸人不忠，應遭此擊。正是：

巨石足傾胡虜命，孤城免被敵人屠。

未知汪德臣性命如何，且至下回交代。

宋廷非無賢將相，如杜范、吳潛、董槐等，皆相才也，孟珙、余玠、馬光祖、向士璧、王堅等，皆將才也，若乘蒙古之有內亂，急起而修政治，整軍實，勉圖安攘，尚不為遲；乃嬖豔妃，暱腐豎，寵貴戚，引奸邪，即當承平之世，尚懼危亡，況強敵壓境，觸機立發，而可若是之顢頇乎？杜范歿矣，孟珙逝矣，內外已乏一賢將相；至謝方叔進而余玠蒙讒，丁大全用而董槐被逐，僅有二三材士以扶危局，反欲盡排去之，理宗之不知理國若此，幾何而不論胥也。然則淳寶之際，亡形已成，不過因蒙古大統，尚未遽集，故尚有合州之蹉跌，及蒙古君臣之淪謝耳。理宗之不為亡國主，幸哉！

第九十四回　餘制使憂讒殞命　董丞相被脅罷官

第九十五回
捏捷報欺君罔上　拘行人棄好背盟

第九十五回　捏捷報欺君罔上　拘行人棄好背盟

　　卻說蒙古將汪德臣，被石擊傷，墜落馬下，當由蒙古兵救回，天意也未欲亡蜀，秋風秋雨，淅瀝而來，竟致攻城梯折，蒙古兵愈覺氣沮，遂相率退去。是夕，汪德臣傷重身亡，蒙哥汗頓兵城下，幾及半年，又遇良將傷斃，免不得憂從中來，抑鬱成疾。合州城外即釣魚山，遂登山養痾，竟至不起。諸王大臣用二驢載屍，掩以繪楮，擁向北行，合州解圍。王堅據實報聞，廷旨擢堅為寧遠軍節度使。堅益繕城鑿濠，防敵再至，這且慢表。

　　唯蒙古將士，既已北還，因即治喪頒訃，尊蒙哥汗為憲宗。忽必烈方悉兵渡淮，自將兵進大勝關，令別將張柔進虎頭關，分道併入，勢如破竹。宋軍皆聞風遠颺。兀良合臺亦引兵下橫山，蹂躪賓州、象州，入靜江府，連破辰沅，直抵潭州。還有李全子李璮，也受蒙古命，陷入海州漣水軍。京、湖、江、淮，同時告急。宋廷改元開慶，專任一賈似道為長城，官爵職權，接連下逮。俄而令為樞使，兼兩淮宣撫使，俄而令為京、湖南北四川宣撫大使，俄而令兼督江西、兩廣人馬，南宋半壁江山，盡付這賈節使掌中，滿望他旗開得勝，馬到成功，可謂匪夷所思。其實他是個色中魔鬼，酒裡神仙，要他選色徵歌，倒是一個能手，欲令出司閫事，真是用非所學，學非所用。忽必烈已窺破情實，料知必勝，忽聞凶訃南來，召令北歸，他不肯遽還，便語眾將道：「我奉命到此，豈可無功而退？」乃自登香爐山，俯瞰大江，大江北有武湖，武湖東有陽邏堡，南岸即滸黃洲。宋軍用大舟濟師，軍容甚盛。忽必烈唏噓道：「北人使馬，南人使舟，此語原不可易哩。」正道著，旁閃出一將道：「長江天險，宋恃此立國，勢必死守，我軍非破他一陣，不足揚威。末將願前去一試！」忽必烈視之，乃是董文炳，便點首稱善。文炳即自山趨下，令弟文忠、文用，帶領敢死士數百，駕著艨艟大艦，鼓棹渡江，自率馬軍沿岸往戰。宋軍水陸駐紮，不下數萬，遇著蒙古兵到來，好似羊入虎口，未鬥先潰。文炳兄弟，水陸大

進，殺得宋軍東逃西躲，沒命亂竄，霎時間兩岸肅清，一任蒙古兵渡江。至忽必烈率兵接應，文炳等早已安渡了。翌日，全師畢濟，進圍鄂州，分兵破臨江，知府事陳元桂死節。轉入端州，知府事陳昌世，百姓素愛戴，不令殉難，擁他出城，向南逸去。

右丞相丁大全，初尚匿著軍報，不令上聞，至都中人皆知，他無從壅蔽，始申奏軍情，並附疏乞休。事寬則矇蔽，事急則趨避，真好計策。理宗乃罷大全為觀文殿大學士，判鎮江府。中書舍人洪芹繳，御史朱貔孫、饒虎臣等，相繼糾彈，先時何不彈劾。乃詔令致仕，召吳潛為左丞相，兼樞密使。大出內府銀幣，犒賞軍士，令出禦敵。並將右丞相一職，特給賈似道，令進軍漢陽，為鄂外援。權閹董宋臣，因邊報日急，竟請理宗遷都四明，借避敵鋒。唯小人最怕死。軍器太監何子舉，轉報吳潛道：「若鑾輿一出，都中百萬生靈，何所依賴？」潛即入廷諫阻，朱貔孫亦上書切諫，理宗意尚未決，經謝皇后堅請留蹕，以安人心，才將遷都事罷議。寧海軍節度判官文天祥，上疏乞斬宋臣，留中不報。鄂州副都統張勝，日坐圍城，望援不至，乃登城紿敵兵道：「這城已為汝軍所有，但子女玉帛，盡在將臺，可往彼取給便了。」蒙古兵信為真言，遂焚城外民居，移師自去。

會襄陽統制高達，引兵來援，賈似道亦進駐漢陽，遙為聲應。張勝復繕城為備，蒙古將苦徹拔都兒（一作哲辰巴圖魯）又領兵進攻，先遣使入鄂州城，詰他違約。張勝將來使殺死，竟出襲蒙古營。誰知苦徹拔都兒已先防備，等到張勝殺到，竟張軍兩翼，把他圍住。勝左衝右突，不能脫身，自知不免一死，遂刎頸而亡。幸各路重兵，都來援鄂，如呂文德、向士璧、曹世雄等，陸續至城外，請賈似道督戰。似道聞各軍雲集，才放膽前來。高達自恃武勇，嘗輕視似道，每語眾將道：「渠但峨冠博帶，曉得什麼軍情，也好來督制軍馬麼？」因此開營接戰，必須似道先自慰遣，

第九十五回　捏捷報欺君罔上　拘行人棄好背盟

然後出兵，否則常使軍士譁噪軍門。呂文德諂事似道，輒使人呵止道：「宣撫在此，爾等何得亂譁？」由是似道親呂恨高。還有曹世雄、向士壁兩人，也瞧不起似道，一切舉動未嘗關白，似道亦暗中懷恨（為後文張本）。方在抵拒敵軍，忽有廷寄到來，乃是詔似道移軍黃州。看官道是何因？原來蒙古將兀良合臺進攻潭州，江西大震。左丞相吳潛用御史饒應予言，以鄂州已集重兵，當可無慮。不如令似道改防黃州。黃州在鄂州下流，正當兩湖及江西要衝，蒙古兵若渡湖出江，黃州就要吃緊。似道明知冒險，但已接朝旨，不得不去。統制孫虎臣率精騎七百，送似道至蘋草坪，俄接偵騎入報道：「北兵來了。」似道嚇得發抖，顧語虎臣道：「怎麼好？怎麼好？」虎臣道：「使相不必著急！待末將去抵擋一陣，再作計較！」總是武臣有膽。似道支吾道：「我軍只有七百騎，恐不足赴敵。」虎臣見他面如土色，料知不能督戰，便道：「使相且暫退一程，由我去攔截罷！」似道尚抖著道：「你……你須小心！」虎臣帶兵自去。似道奔回數里，揀一幽僻的地方，暫且躲避，還帶抖帶語道：「死了死了！可惜死得不明白哩。」待至日昃，尚未見有音信，好容易到了黃昏，才敢出頭探望；嗣見有數騎馳到，報稱：「孫統制已經得勝，擒住敵將一人，現已先往黃州，候使相入城！」似道方轉憂為喜，夤夜趕至黃州，由虎臣迎入。當下稟白似道，北兵係是遊騎，劫掠民間，由叛將儲再興為首領，現已將再興擒住，候使相發落。似道大悅，誇獎數語，便令將再興牽入，樂得擺些威風，叱罵一番，才命推出斬首。描摹醜態，唯妙唯肖。

　　過了兩日，鄂州、潭州的警報，接沓而來，一些兒沒有放鬆。心中又非常焦灼。沒奈何想了一條下計，密令私人宋京，詣蒙古大營，情願稱臣納幣。忽必烈尚不肯允，遣還宋京。會合州守將王堅，使阮思聰兼程來鄂，以蒙古主訃聞，謂敵當自退，儘可放心。偏賈似道似信非信，再遣宋

京往蒙古軍求和，忽必烈尚堅持未決。部下郝經諫道：「今國遭大喪，神器無主，宗族諸王，莫不窺伺，倘或先發制人，據有帝位，恐大王且腹背受敵，大事去了。現不如與宋議和，立即北歸，別遣一軍逆先帝靈輿，收皇帝璽，召集諸王發喪，議定嗣位，那時大寶有歸，社稷自安，豈不善麼？」忽必烈大悟，遂與宋京定議，令納江北地，及歲奉銀絹各二十萬，乃退兵北去。並檄兀良合臺，解潭州圍，留偏將張傑，閻旺，至新生磯趕築浮橋，渡兀良合臺還師。

兀良合臺奉檄，趨至湖北，由新生磯渡兵，不意後面卻有宋軍殺到，斯時蒙古兵已無心戀戰，趕緊飛渡，只有殿卒百數十人，不及隨行，被宋軍攻斷浮橋，一律殺死。看官道這宋軍從何而來？乃是賈似道用劉整計，命將夏貴躡敵歸路，僥倖圖功，偏偏遲了一步，只殺斃了一百多人，還報似道。似道想入非非，竟將稱臣奉幣的和議隱匿不報，反捏稱諸路大捷，鄂圍始解，江、漢肅清，宗社危而復安，實萬世無疆的幸福。理宗覽表大喜，以似道有再造功，召令還朝。及似道將至，詔百官郊勞，如文彥博故事。既入覲，而獎再三，進封少師，爵衛國公。呂文德功列第一，授檢校少傅，高達為寧江軍承宣使，劉整知瀘州，兼潼川安撫副使。夏貴知淮安州，兼京東招撫使。孫虎臣為和州防禦使，范文虎為黃州武定諸軍都統制。向士璧、曹世雄以下，各加轉有差。

似道既得售欺，入操巨柄，第一著即從事報復，聞前時移節黃州，議出吳潛，累得惶恐終日，至此即欲將潛摔去，聊以洩憤。適值皇儲問題，延案未決，似道遂得乘機下手，設法傾陷。先是理宗嗣位，曾追封本生父希瓐為榮王，母全氏為夫人，以母弟與芮承嗣襲爵，理宗有子名緝，早年夭遊，後來妃嬪雖多，始終無子。至寶祐元年，理宗年逾半百，仍然乏嗣，乃令與芮子孜入宮，作為皇子，賜名曰禥，封永嘉郡王。越年，進封

第九十五回　捏捷報欺君罔上　拘行人棄好背盟

忠王。至鄂州解圍，賈似道以大捷入奏，理宗接連改元；出兵時已紀元開慶，回兵時又紀元景定，趁這賀捷的時候，便欲立忠王禥為太子。吳潛獨密奏道：「臣無彌遠才，忠王無陛下福。」理宗年力已衰，立儲原係要務，若忠王不足主器，何妨勸帝改立，吳潛乃出此語，殊屬未當。這兩語已忤上旨。似道就進陳立儲大計。並陰令侍御史劾潛謂：「冊立忠王，足慰眾望，潛獨倡為異議，居心殆不可問」云云。理宗遂罷潛相位，竟令似道專政。似道遂申請立儲，即於景定元年六月，立忠王禥為皇太子。相傳禥母黃氏，係湖州德清縣人，與似道母胡氏，本屬同邑，相去僅數里。兩婦皆系出寒微，均生貴子。黃氏以媵僕入榮邸，適與芮苦未生男，見她面目韶秀，乃密令侍寢，一索得男，就是忠王禥，黃氏卒得封為隆國夫人。但自處極謙，每遇邸第親戚，輒以禥子自稱，人頗譽她盛德。似道母胡氏，為民家婦，嘗出浣衣，遇似道父賈涉渡河，偶顧胡氏，不覺觸起情感，胡氏亦眉目含情，淺挑微逗，涉遂隨胡至家，問伊夫何在？胡答以未歸，兩下裡互相問答，間及諧褻，胡氏竟半推半就，一任涉摟抱入床，寬衣解帶，成就好事。一度春風，竟結蚌胎。及伊夫回來，涉尚在婦家，向伊夫購婦。伊夫詢明底細，知涉已任朝官，自想勢不可敵，樂得做個人情，受了金錢，將婦給涉。涉竟攜婦歸任，婦已失節，自不如受金棄婦，伊夫可謂智民。未幾產下一子，名叫似道。既而胡色已衰，又被涉斥出，嫁為民妻。始愛終棄，涉亦負心。及似道年長，始覓母歸養，性極嚴毅，似道頗加畏憚。當景定、咸淳係度宗年號見後。年間，胡氏已受封秦、齊兩國夫人，屢入禁中，至與隆國夫人，嘗同寢處，恩寵甚渥。年至八十三乃卒，賜諡柔正，柔則有之，正則未也。賻贈無算。當時以一邑產兩貴婦，傳為奇事。事見《齊東野語》。

　　話休敘煩，且說忽必烈北還，到了開平，諸王莫哥合丹（一作哈

丹)、塔察兒等來會，願戴忽必烈為大汗，忽必烈佯不敢受。旭烈兀方鎮守西域，亦遣使勸進，忽必烈遂允所請，不待庫里爾泰會推許，竟登大位，即於宋理宗景定元年五月中，建元為中統元年。命劉秉忠、許衡等改定官制，立中書省總理政務，設樞密院掌握兵權，置御史臺管理黜陟，以下有寺、監、院、司、衛、府等名目，外官有行省、行臺、宣撫、廉訪諸官，牧民有路有府，有州有縣，一代規模，創始完備。命王文統為中書平章政事，統領眾官。授廉希憲為陝西、四川宣撫使，商挺為副。

希憲方就道，聞阿里不哥也稱帝和林，遣部下劉太平、霍魯懷等，至燕京慰諭人民。他即倍道前進，到了京兆，遣人誘執太平、魯懷，鋼斃獄中。六盤守將渾塔海，正起兵應和林，和林守將阿藍答兒（一作阿拉克岱爾）也領兵往會渾塔海。希憲亟令總帥汪良臣，率秦、鞏諸軍往討，再命別將八春（一作邊崇），領蜀卒四千為後援。忽必烈汗亦遣諸王合丹，統兵來會，三路俱進，與渾塔海等大戰甘州東。渾塔海敗死，阿藍答兒亦被殺，關、隴悉平。

忽必烈汗因遣郝經為國信使，至宋修好，通告即位，並促踐前日和約。經本任翰林侍讀學士，非行人職，因為王文統所忌，特地請遣，一面陰囑李璮，潛師侵宋，為假手害經計。李璮不待經行，便出兵襲擊淮安，幸主管制置司事李庭芝，先事預防，把璮擊退。庭芝得升任淮東制置使，賈似道正令門客廖瑩中等，撰《福華編》，稱頌鄂功，忽接宿州來報，蒙古遣使郝經南來，請求入國日期。似道一想，經若入都，前議必將敗露，此事如何使得？隨即飛使止住郝經。偏郝經貽書三省及樞密院，且轉告淮東制置使李庭芝，欲指日入都。似道既接經書，復得李庭芝報聞，自思一不休，二不息，索性拘住了他，再作計較。只管眼前，不管日後。便命真州忠勇軍營，將經拘住。經上表有云，「願附魯連之義，排難解紛，豈如

第九十五回　捏捷報欺君罔上　拘行人棄好背盟

唐儉之徒，款兵誤國？」最後又上書數千言，無非以弭兵靖亂為宗旨，由小子節述如下云：

貴朝自太祖受命，建極啟運，創立規模，一本諸理。校其武功，有不逮漢、唐之初，而革弊政，弭兵凶，弱藩鎮，強京國，意慮深遠，貽厥孫謀，有盛於漢、唐之後者。嘗以為漢似乎夏，唐似乎商，而貴朝則似乎周，可以為後三代。夫有天下者，孰不欲九州四海，奄有混一，端委垂衣，而天下晏然穆清也哉？理有所不能，勢有所難必，亦安夫所遇之理而已。貴朝祖宗，深見夫此，持勒捏約，不肯少易。是以太祖開建大業，太宗不承基統，仁宗治效浹洽，神宗大有作為，高宗坐弭強敵，皆有其勢而弗乘，安於理而不妄為者也。今乃欲於遷徙戰伐之極，三百餘年之後，不為扶持安全之計，反斷生民之餘命，棄祖宗之良法，不以理以勢，不以守以戰，欲收奇功，取幸勝，為詭遇之舉，不亦誤乎？伏唯陛下之與本朝，初欲復前代故事，遣使納交，越國萬里，天地神人，皆知陛下之仁，計安生民之意，而氣數未合，小人交亂，雖行李往來，徒費道路，迄無成命，非兩朝之不幸，生民之不幸也。有繼好之使，而無止戈之君；有講信之名，而無修睦之實；有報聘之名，而無輸平之納；是以藉藉紛紛，不足以明信，而適足以長亂。我主上即位之初，推誠相與，唯恐不及，不知貴朝何故接納其使，拘於邊郡？蔽幕蒙覆，不使進退，一室宛轉，不睹天日。試問經有何罪，而窘迫至此耶？或者以為本朝兵亂，有隙可乘，必有如范山語楚子，以為晉君不在諸侯，而北方可圖，愚請以貴朝之事質之！熙豐之間，有意於強國矣，而卒莫能強，宣政之間，有意於恢復矣，百年之力，漫費於燕山九空費，而因以致變；開禧之間，又有意於進取矣，而隨得隨失，反致淮南之師；端平之間，再事夫收復矣，而徒敝師，徒失蜀、漢。是皆貴朝之事，且有為陛下所親見者。況本朝立國，根據綿括，包括海宇，未易搖盪。太祖皇帝倡義漠北，一舉而取燕、遼，再舉而取河、

朔，又再舉而取西夏，遂乃掇拾秦、雍，傾覆汴、蔡，穿澈巴、蜀，繞出大理，東西北皆際海，西南際江淮，自周、漢以來，未有大且強若是者。而其風俗淳厚，禁網疏闊，號令簡肅，是以夷夏之人，皆盡死力，豈得一朝變故，便致淪棄者乎？事至今日，貴朝宜皇皇汲汲，以應我主上美意，講信修睦，計安元元，而乃仍自置而不問，實有所未解者。抑天未厭亂，由是以締造兵禍耶？抑別有所蘊蓄耶？皆不可得而知也。竊謂必有構議之人，將以敝貴朝誤陛下者。就令貴朝所舉皆中，圖維皆獲，返舊京，奮山東，取河朔，劃白溝之界，上盧龍之塞，而本朝亦不失故物。若為之而不成，圖之而不獲，復欲洗兵江水，掛甲淮壖，而遂無事，殆恐不能？一有所失，後將若何？且貴朝光有天下，三百有餘年矣，舉祖宗三百年之成烈，再為博者之一擲，遂以干戈為玉帛，殺戮易民命，戰爭易禮樂，竊為陛下不取。或稽留使人，不為無故，或別有蓋藏之跡，亦宜明白指陳，不宜擯而不問，陳說不答，表請不報，嘿嘿而已，殆非貴朝之長策也。南望京華，無任待命！

　　這書上後，又不見報。驛吏反棘垣鑰戶，晝夜巡邏，欲以懾經。經語從人道：「我若受命不進，負罪本國，今已入宋境，死生進退，唯彼所命，我豈肯屈身辱國？汝等從我南來，亦宜忍死以待，揆諸天時人事，宋祚殆不遠了。」經實蒙古第一流人物。理宗聞有北使，語輔臣道：「北朝使來，應該與議。」似道奏稱：「和出彼謀，不應輕徇所請，倘以交鄰禮來，令他入見未遲。」看你能瞞到何時？理宗也即擱過一邊。蒙古遣官訪問經等所在，且以稽留信使，侵擾疆場兩事，來詰宋吏。制置使李庭芝奏稱北使久留真州，應如何發落？偏宋廷一味延宕，毫無覆音。小子有詩嘆道：

　　北來信使為尋盟，累表修和願息爭。
　　怪底權奸不解事，欺心敢把趙宗傾。

第九十五回　捏捷報欺君罔上　拘行人棄好背盟

　　似道拘住郝經，已開敵釁，還要報復私仇，變更成法，眼見得菑害並至了。欲知後事，再閱後文。

　　宋至賈似道專政，雖欲不亡，不可得矣。似道無專閫才，自知不足勝任，何不面請辭職？乃貪權忘位，謬膺節鉞，逗留漢陽，狼狽黃州，所有醜態，盡情畢露。且既知蒙古之遭喪，忽必烈之將退，而猶必遣使乞和，稱臣奉幣，果何為耶？膽怯若此，不應詭詞報捷，既諱敗以欺君，復拘使以怒敵，天下事豈有長令掩飾者？況郝經再三上書，志在靖亂，不務遊說，若令其入見，婉詞與商，未始非弭兵息民之道，而乃幽之真州，自速其禍，謬誤至此，而理宗乃終不察也，如之何而不亡？

第九十六回

史天澤討叛誅李璮　賈似道弄權居葛嶺

第九十六回　史天澤討叛誅李璮　賈似道弄權居葛嶺

卻說賈似道既拘住郝經，仍然把前時和議，一律瞞住。他尚恐宮廷內外，或有漏洩等情，因此把內侍董宋臣，出居安吉州。盧允升勢成孤立，權勢也自然漸減；閻貴妃又復去世，宦寺愈覺無權；似道又勒令外戚不得為監司，郡守子弟門客，不得干朝政，凡所有內外政柄，一切收歸掌握，然後可任所欲為，無容顧忌。他前出督師，除呂文德外，多半瞧他不起，如高達、曹世雄、向士璧等，更對他傲慢不情（見前回）。他遂引為深恨，先令呂文德摭拾曹世雄罪狀，置諸死地；高達坐與同黨，亦遭罷斥。潼川安撫副使劉整，抱了兔死狐悲的觀感，也覺杌隉不安。會值四川宣撫使，新任了一個俞興。整與興具有宿嫌，料知興一到來，必多掣肘，心中越加顧慮。果然興蒞任後，便託賈丞相命令，要會計邊費，限期甚迫。整表請從緩，為似道所格，不得上達；自是慮禍益深，索性想了一條狗急跳牆的法兒，把瀘州十五郡、三十萬戶的版圖，盡獻蒙古，願作降臣。似道固有激變之咎，若劉整背主求榮，罪亦難逭。參謀官許彪孫不肯從降，闔門仰藥，一概自盡。整遂受蒙古封賞，得為夔路行省兼安撫使。俞興督各軍往討，進圍瀘州，日夕猛攻，城幾垂拔。蒙古遣成都經略使劉元振，率兵援瀘，與元振大戰城下，勝負未分。偏整出兵夾擊，害得興前後受敵，頓時敗走。宋廷以興妒功啟戎，罷任鐫職，也是罰非其罪。改命呂文德為四川宣撫使。

文德入蜀，適劉整往朝蒙古，他得乘虛掩擊，奪還瀘州，詔改為江安軍，優獎文德。賈似道意中只以文德媚己，恃作干城，他將多擬驅逐，乃藉著會計邊費的名目，構陷諸將。趙葵、史岩之等皆算不如額，坐了「侵盜掩匿」四字，均罷官索償。向士璧已掛名彈章，被竄漳州，至是又說他侵蝕官帑，浮報軍費，弄得罪上加罪，拘至行部押償。幕屬方元善，極意逢迎似道，欺凌士璧，士璧不堪凌辱，坐是殞命。還要拘他妻妾，傾產償

官，才得釋放。似道又忌王堅，降知和州，堅亦鬱憤而亡。良將盡了。理宗毫不覺察，一味寵任似道，到了景定三年，復賜給緡錢百萬，令建第集芳園，就置家廟。

似道益頤指氣使，作福作威。忽報蒙古大都督李璮，舉京東地來歸，似道大喜，即請命理宗，封璮為齊郡王。璮本陷入海州、漣水軍，迭下四城，殺宋兵幾盡，淮、揚大震。自蒙古主蒙哥卒，忽必烈嗣位，璮始欲叛北歸南，前後稟白蒙古凡數十事，統是虛聲恫嚇，脅迫蒙主。尋又遣使往開平，召還長子行簡，修築濟南、益都等城壁，即殲蒙古戍兵，舉京東地歸宋。反覆無常，酷肖乃父。宋既封他為王，復令兼保信、寧武軍節度使，督視京東、河北路軍馬，並復璮父李全官爵，改漣水軍為安東州。璮潛通蒙古宰相王文統，誘作外援，文統亦遣子蕘向璮通好，偏為忽必烈汗所覺，拿下文統，按罪伏法。璮失一援應，亟引兵攻入淄州。蒙古遂令宗王哈必赤（一作哈必齊），總諸道兵擊璮，兵勢甚張，因復丞相史天澤出征，諸道兵皆歸節制。天澤至濟南，語哈必赤道：「璮心多詭計，兵亦甚精，不應與他力戰。我軍可深溝高壘，與他相持，待至日久，他自然疲敝，不患不為我所擒了。」哈必赤稱善，乃就濟南城下，築起長圍，只杜侵突，不令開仗。璮屢出城挑戰，無一接應。及衝擊敵營，恰似銅牆鐵壁，絲毫不能得手。璮才知利害，遣人至宋廷乞援。宋給銀五萬兩犒璮軍，且遣提刑青陽夢炎（青陽複姓），領兵援璮。夢炎至山東，懼蒙古兵強，不敢進軍。蒙古且添遣史樞阿朮，（一作阿珠。）各將兵赴濟南，璮率兵出掠輜重，被北兵邀擊，殺得大敗，逃回城中。史天澤因來兵大集，遂四面築壘，環攻孤城。璮日夜拒守，待援不至，漸漸的糧盡食空，因分軍就食民家。既而民粟又罄，乃發給蓋藏，數日復盡，大家飢餓不堪，甚至以人為食。璮知城且破，不得已手刃妻妾，自乘舟入大明湖。主將一

第九十六回　史天澤討叛誅李璮　賈似道弄權居葛嶺

去，城即被陷。蒙兵到處索璮，追至大明湖中，璮自投水間，水淺不得死，被蒙古兵擒住，獻與史天澤。那時還有什麼僥倖，當然一刀兩段，並把他屍骸支解，號令軍前。

次日，蒙古兵東行略地，未至益都，城中人已開門迎降，三齊復為蒙古所有。蒙古主命董文炳為經略使。文炳本在軍營，受命後，輕騎便服，到了益都，既入府，不設警衛，召璮故將吏撫諭庭下，所部大悅。先是璮兵有沂、漣二軍，數約二萬，哈必赤欲盡行屠戮，文炳面請道：「若輩為璮所脅從，怎可俱殺？天子下詔南征，原為安民起見，若妄加屠戮，恐大將亦不免罪哩。」哈必赤乃罷，班師而回，留文炳居守。宋廷聞璮已敗死，贈璮檢校太師，賜廟額曰顯忠。

蒙古主忽必烈汗因宋先敗盟，拘郝經，納李璮，理屈情虛，乃決意南侵，授阿朮為征南都元帥，調兵南下。宋廷尚不以為意，賈似道既排去故將，且必欲殺故相吳潛，迭令臺官追劾，竄謫循州。似道遙令武人劉宗申監守，伺間下毒，潛亦自知預防，鑿井臥榻下，自作井銘，毒無從入。宗申苦難覆命，乃託詞開宴，邀潛赴席。潛一再不赴，宗申竟移庖至潛寓，強令潛飲。潛不能辭，筵宴已畢，宗申別去，潛即覺腹痛，便長嘆道：「我的性命休了，但我無罪而死，天必憐我，試看風雷大作，便是感及天心呢。」是夕，潛竟暴亡，果然風雷交至，如潛所言。潛字毅夫，寧國人，夙懷忠悃，兩次入相，均不久即罷，至是中毒喪身，免不得有人惋惜。似道恐不容眾議，竟歸罪宗申，將他罷職。受人嗾使者其鑑諸。且許潛歸葬，暫塞眾口。是時，丁大全迭次落職，安置貴州，州將遊翁明，訴大全陰招遊手，私立將校，造弓矢舟楫，勢將通蠻為變。當由廣西經略朱祀孫轉達朝廷，詔命改竄新州，拘管土牢。似道以大全素有奸名，樂得下石投阱，買個為國誅奸的美名，遂貽書朱祀孫，令他下手。你自己思量，與大

210

全能判優劣否？祀孫得書，召部將畢遷，授以密計，陽遣他護送大全，及舟過藤州，畢遷請大全登艙，玩景解悶，自己立在大全背後，把手一推，大全立刻落水，謁見河伯去了。大全尚得全屍，還是他的僥倖。遷返報祀孫，祀孫申報似道，也是應有的手續，無庸絮述。

且說賈似道報怨已畢，乃有意斂財，知臨安府劉良貴，浙西轉運使吳勢卿，希承鳳旨，想了一條買公田的計議，上獻樞府。似道以為奇計，亟令殿中侍御史陳堯道，右正言曹孝慶，監察御史虞𠫤、張希顏等，上疏請行。書中大意，是：「規仿祖宗限田制度，請將官戶田產逾限的數目，抽出三分之一，買回以充公田，計得田一千萬畝，每歲收米六七百萬石，可免和糴，可作軍糈，可停造楮幣，可平物價，可安富室，一舉能得五利，是當今無上良法」云云。看官！你想井田制度，久已不行，各田早成為民有，豪民田連阡陌，窮民貧無立錐，雖是窮富不均，但由大勢所遷，非一時所可補救。西漢、北魏，屢有限田諸說，終究不能推行。就使豪貴不法，所有田產，籍沒入官，也只可聽民佃買，較為便民。南宋建炎初年，籍蔡京、王黼等莊，作為官田，詔仍令佃戶就耕，每歲減稅三分。紹興二年，以福建八郡官田，聽民請買，歲入七八萬緡，補助軍衣，民皆稱便。可見得置官領田，不若聽民自為。此次賈似道妄信計臣，反欲將官田買回作公，已是違反人情的計畫，而且種種弊害，均從此而起。給事中徐經孫條陳弊端，反被御史舒有開劾令罷職。於是詔令置官田所，收買公田，命劉良貴為提領，通判陳訔為副，當下立一定額，每畝折價四十緡，不分肥磽。浙西田畝，或值百緡，數百緡，至千緡不等，經劉良貴等硬令抑買，民間當然大譁。安撫使魏克愚上疏諫阻，並不見從。未幾，由理宗手詔，謂：「永免和糴，原不若收買公田。但東作方興，且俟秋成後續議施行。」這數語觸怒似道，竟奏乞歸田，暗中卻諷令言官，抗章請留；並勸理宗下

第九十六回　史天澤討叛誅李璮　賈似道弄權居葛嶺

詔慰勉。統是他手做成。理宗乃促似道仍然任職,且因似道入朝,溫顏與語道:「收買公田,當自浙西諸路開手,作為定則。」似道具陳私議,理宗一律照行,三省奉命唯謹。

似道先把浙西私產萬畝,為公田倡。榮王與芮,也賣出私田千畝,趙立奎且自請投賣,自是朝野無人敢言。劉良貴等又增立條款,硬為敷派,凡宦家置田二百畝以上,概令出賣三分之二。後因公田尚未足額,就是家止百畝,亦勒令賣出若干。現錢不敷,改給銀絹各半。又或獎給虛榮,如度牒告身等類,充當緡錢。百姓失去實產,只換了一個紙上的誥封,試問他有什麼用處?可憐民間破家失業,怨苦連聲,稍有良心的官吏,不願操切從事,俱被劉良貴劾罷,且追毀出身,永不敘用。那時有司多半熱中,只好掩了天良,爭圖多買。不到數月,浙西六郡,買就公田三百餘萬畝,詔進良貴官兩階,他官亦進秩有差。

似道謂公田已成,當派立四分司,分領浙西公田。這四分司派將出去,便將所買公田原額,照數徵收。那時買入多虛報斛數,凡六七斗均作一石,遂致原數多虧,四分司無從交代,不得不取償田主,甚至以肉刑從事。人怨激成天怒,遂於景定五年,彗星出現,光焰燭天,長至數十丈,自四更現東方,日高始滅。有詔避殿減膳,許中外直言。臺諫士庶上書,以為公田擾民,致遭天變。似道因上書力辯,並乞避位。理宗又面慰似道,引「禮義不愆,何恤人言」二語,曲為譬解,似道方有喜色。太學生葉李、蕭規等應詔陳言,極詆似道專權,害民誤國。似道令劉良貴陷害二人,鍛鍊成罪,黥配葉李至漳州,蕭規至汀州。建寧府教授謝枋得,摘似道政事為問目,有「權奸擅國,敵兵必至,趙氏必亡」等語。漕使陸景思將原稿呈與似道,似道即令左司諫舒有開,劾枋得怨望騰謗,犯大不敬罪。遂竄枋得至興國軍。似道又創行推排法,凡江南土地,尺寸皆有

租稅，民力益困。又因南宋初年，廣行交子、會子等楮幣（就是今世的錢票、鈔票等類。交子、會子，係各票名目），楮多錢少，遂致楮賤物貴。似道更造銀關，仍然用票代銀，每票用一鈐印，如賈字狀，掉換舊楮。其實是改頭換面，毫無實益，反致物價愈昂，楮價愈賤，民間非常痛苦，那似道卻視為良謀。理宗老昏顛倒，但教似道如何說，他即如何行。

至景定五年十月，理宗不豫，下詔徵醫，如能療治上疾，自身除節度使，有官及願就文資，並與比附推恩，仍賜錢十萬，田五百頃。始終沒人應命。未幾，理宗駕崩，太子禥受遺詔即位，尊皇后謝氏為皇太后，以次年為咸淳元年，是為度宗皇帝。元年元旦，適逢日食，時人目為不祥。越三月，葬理宗於永穆陵。總計理宗在位四十年，改元凡六次，享壽六十二歲。史臣謂理宗繼位，首黜王安石，從祀孔廟，升濂、洛九儒，表章朱熹四書，士習不變，有功理學，應該廟號為理。哪知他陽崇理學，陰多私蔽，在位四十年間，連用奸相三人，令他竊弄威福，攪壞朝綱。史彌遠、丁大全，已是善蠱主心，再繼一隻手蔽天的賈似道，內逐正士，外怒強鄰。看官！試想這積弱不振的宋室，到此還能久存麼？評議甚當。

度宗以自己得立，功出似道。更大加寵眷，特授似道為太師，封魏國公。每當似道入朝，必起座答拜，稱為師臣，不直呼名。廷臣吹牛拍馬，均稱似道為周公。理宗安葬，似道以首相資格，兼任總護山陵使，及山陵告竣，即棄官還越，密令呂文德詐報寇至，已攻下沱，朝中大駭。度宗急召似道，他尚擺著架子，不肯應召，再經謝太后手詔敦促，方昂然入都。既謁見度宗，仍聲聲口口的要辭職還鄉，急得度宗惶恐萬狀，竟起身向他下拜，求他留任。參知政事江萬里，舊居似道幕下，至此也看不過去，便上前數步，掖住度宗道：「自古到今，無君拜臣禮，陛下不應出此。似道亦不可一再言去。」這數語說出，似道也難乎為情，急趨下殿，且舉笏謝

第九十六回　史天澤討叛誅李璮　賈似道弄權居葛嶺

萬里道：「非公此言，似道幾為千古罪人。」萬里還疑似道知過，才有此謝，不意似道偏暗恨萬里，經萬里窺出隱情，乃拜表告歸，疏至再四，詔命為湖南安撫使，兼知潭州。

越年，冊妃全氏為皇后。后會稽人，係理宗母慈憲夫人姪孫女，幼從父昭孫知岳州，開慶初年，秩滿回朝，道出潭州，適蒙古將兀良合臺，率兵圍潭（見前回）。后與父避難入城，旋因兀良合臺解圍而去。潭人謂有神人護衛，因得保全。皇帝且被人擄，何論一后？況後日固與度宗同為敵俘耶？無稽之言，不宜輕信。嗣返至臨安，昭孫復出調外任，病歿治所。先是理宗從丁大全言，為太子選妃，聘定知臨安府顧嵓女，及大全被斥，嵓亦罷去，臺臣謂宜別選名族，以配皇儲。理宗顧念母族，乃召后入宮，且問後道：「汝父曾病歿王事，至今追念，尚覺可哀。」後答道：「妾父可念，淮、湖人民，更可念哩。」理宗聞言，暗自詫異。越日，出語輔臣道：「全氏女言辭甚善，宜妃塚嫡以承祭祀。」輔臣等並無異詞，遂冊全氏為太子妃，至是乃立為皇后，並選楊氏為美人，尋封淑妃（即後文帝昰生母）。冊后禮定，晉上皇太后尊號為壽和，一面推恩錫類，加封貴戚勳臣。

賈似道又上疏乞歸，專用此策要君。度宗命太臣侍從，傳旨固留，每日必四五至，中使加賜，每日且十數至，到了夜間，飭侍臣交守第外，只恐似道潛逸，他若肯去，趙宗或尚可多延數年。且特授平章軍國重事。一月三赴經筵，三日一朝，治事都堂。賜第西湖的葛嶺，葛嶺在西湖北，相傳晉葛洪嘗在此煉丹，所以有這名目。似道遂鳩工庀材，大起樓閣亭榭，最精雅的堂宇，取名半間堂，塑一肖像，供諸神龕，並延集羽流，唪經禮懺，為來生預祝福祿。自己卻採花問柳，日訪豔姝，無論歌樓娼妓，及庵院女尼，但有三分姿色，便令僕役召她入第，供他淫汙。甚至宮中有一葉

氏女,妙年韶秀,亦被他逼出宮中,充作小星。度宗雖然知曉,也是無可如何。而且召集舊時博徒,作樗蒱戲,日夕縱博,男女雜集,謔浪笑傲,無所不至。每到秋冬交界,捉取蟋蟀,觀鬥賭彩,狎客嘗與戲道:「這難道是軍國重事麼?」他的技藝,只能如此。似道卻不以為忤,也對他談笑開心,整日裡興高采烈,酒地花天,從此把朝政盡行擱置。起初尚屆期五日,乘湖船入朝,就便至都堂小憩,把內外要緊公牘,約略展覽,後來竟深居簡出,所有軍國重事,令堂吏就第呈署,他也不遑審視,都委館客廖瑩中及堂吏翁應龍代理。唯臺諫彈劾,與諸司薦闢,暨京尹畿漕一切事情,非經賈第關白,得了取決,宮廷不敢徑行。所有正人端士,排斥殆盡,一班貪官汙吏,覬得美職,都夤緣賄託,貢獻無算。似道建一多寶閣,儲藏饋物,日必登樓一玩,不忍釋手;就是門下食客,也多藉此發財,連閽人都做了富家翁。似道又私下禁令,飭人民不準擅窺私第,如因事出入,必須先由門卒通報。一日,有妾兄入第,門卒因他誼關親戚,不先入白,便放他進去,將至廳門,為似道所見,即喝令左右,縛投火中。及妾兄自道姓名,大聲呼救,方得牽出,但已是焦頭爛額,苦痛不堪。有妾足供淫樂,妾兄原無用處,不妨投諸煨燼。似道反申斥門卒,如何不報?門卒只好磕頭認罪。嗣是苛鑰愈嚴,好令似道放膽縱歡,無拘無束。誰知蒙古征南都元帥阿朮,已帶同降將劉整等,南下攻襄陽了。小子有詩嘆道:

無賴居然作太師,狎遊縱博算敷施。
強鄰南下襄、樊震,尚是湖山醉夢時。

欲知襄陽被圍情事,且至下回再詳。

南宋之納李璮,猶北宋之納張瑴,瑴歸宋後,因金人責盟,乃函瑴首以畀之,於是金人遂生輕視,縱兵南來,遂亡北宋。璮為逆賊李全子,既

第九十六回　史天澤討叛誅李璮　賈似道弄權居葛嶺

降蒙古，復來歸宋，宋廷不懲前轍，且封為郡王，貪目前之小利，忘日後之大患，試思蒙古方強，豈肯坐視不討，一任叛命乎？況北使郝經，被拘有年，彼方調兵遣將，為南下之謀，璮之降宋，不啻害宋，蒙古益振振有詞，幾何而不大舉南侵也。璮既敗死，宋君若臣方旰食之不遑，乃大喪忽興，嗣君新立，國勢益形岌岌，而猶用一欺君誤國、縱慾敗度之賈似道，宋其尚可為乎？古人謂小人之使為國家，菑害並至，雖有善者，亦無如何，觀於賈似道而益信云。

第九十七回

援孤城連喪二將　寵大憝貽誤十年

第九十七回　援孤城連喪二將　寵大憝貽誤十年

　　卻說蒙古主忽必烈，早擬侵宋，因阿里不哥抗命，自督軍往討，至昔木土（一作錫默圖）地方，交戰一場，阿里不哥敗遁，追北五十里，敵將多降。忽必烈乃引還，尚恐死灰復燃，未敢南牧。及中統五年，阿里不哥自知窮蹙，不能再振，乃與諸王玉龍答失（一作玉隴哈什）及謀臣不魯花等（不魯花一作布拉噶）同至上都（即開平），悔過投誠。忽必烈汗赦阿里不哥，唯歸罪不魯花等數人，說他導王為惡，處以死刑。當命劉秉忠為太保，參領中書省事。秉忠請遷都燕京，忽必烈准如所請，就在燕京繕城池，營宮室，擇日遷都，並改中統五年為至元元年。又越四年，方命征南都元帥阿朮，與劉整等經略襄陽。阿朮駐馬虎頭山，顧漢東白河口，不禁欣然道：「若就白河口築壘，斷宋糧道，襄陽不難攻取哩。」遂督兵興役，築城白河口。時知襄陽府為呂文煥，聞蒙古兵在白河口築城，料知不妙，亟通報乃兄宣撫使呂文德。先是忽必烈用劉整計，饋文德玉帶，求在襄陽城外，建立榷場。文德好利貪餌，請諸朝廷，許開榷場於樊城外。於是就鹿門山築起土牆，外通互市，內築堡壁。蒙古兵也在白鶴山設寨，控制南北要道，且常出哨襄、樊城外，大有反客為主的情狀。互市之弊，非自今始。文德弟文煥，知乃兄墮入敵計，貽書諫阻，已是不及，文德尚沒甚著急，及白河口築城一事，文煥很是惶恐，文德反謾罵道：「汝勿妄言徼功，就使有了敵城，也不足慮。襄、樊城池堅深，儲粟可支十年，叛賊劉整，若果來窺伺襄、樊，但叫汝等能堅守過年，待春水一漲，我順流來援，看逆整如何對待？恐他就要遁走呢！」狂言何益。文煥無可奈何，只得繕城興甲，為固守計。

　　轉瞬間已是來春，劉整復獻計阿朮，造戰船五千艘。招募水軍，日夕操練，風雨不懈。漸得練卒七萬人，遂自白河口進兵，圍攻襄陽。警報迭達臨安，都被賈似道匿住，不得上聞。寧海人葉夢鼎素有令譽，曾以參政

致仕,似道亦欲從眾望,特別薦引,召他為右丞相。夢鼎初辭不至,經似道再三勸駕,不得已入朝就職。未至數日,因利州路轉運使王價子,訴求遺澤,夢鼎查例合格,便准給蔭。似道以恩非己出,即罷斥省部吏數人,夢鼎憤激求去。似道母胡氏,聞知此事,召似道責問,帶著怒容道:「葉丞相本安家食,未嘗求進,汝強起為相,又復牽制至此,我看汝所為,終要得禍,我寧可絕食而死,免同遭害。」老婦恰還有識。似道素來憚母,乃出留夢鼎,夢鼎知不可為,求去益力,度宗不許。嗣聞襄陽警信,被似道格住,遂長嘆數聲,單車宵遁。

　　蒙古復遣史天澤等益兵圍襄陽,天澤至襄陽城下,添築長圍,自萬山至百丈山,俱用重兵扼守,令南北不得相通。又築峴山、虎頭山為一字城,聯互諸堡,決擬攻取。又分兵圍樊城,更城鹿門,京、湖都統制張世傑,本蒙古將張柔從子,從柔戍杞,有罪來奔。呂文德召至麾下,見他忠勇過人,累擢至都統制,他即率兵往援樊城,至赤灘圃,為蒙古兵所遮。兩下交戰,蒙古兵非常精悍,世傑孤軍不支,只得敗退。度宗至此,始聞襄、樊告急,命夏貴為沿江置制副使,進援襄、樊。貴乘春水方漲,輕兵裹糧,到了襄陽。恐蒙古兵出來掩襲,只與呂文煥問答數語,立即引還。至秋間天大霖雨,漢水漲溢,貴乃分遣舟師,出沒東岸林谷間。蒙古帥阿朮望見,語諸將道:「這是兵志上所說的疑兵,不應與戰,我料他必來攻新城,且調集舟師,專行等著便了。」原來蒙古兵圍攻襄陽,共築十城,新城就在其列。待至翌晨,夏貴果艤舟趨新城,甫至虎尾洲,那蒙古水軍,已兩路殺出,截擊夏貴。貴不意敵兵猝至,倉皇失措,眼見得不能抵敵,掉舟急奔,被蒙古兵追殺一陣,貴軍多溺入水中,喪失了若干性命。都統制范文虎率舟師援貴,正值貴兵敗還,蒙古兵追擊前來,文虎本是個沒用人物,見蒙古兵這般強悍,嚇得膽顫心驚,忙乘輕舟遁去。部眾亦相

第九十七回　援孤城連喪二將　寵大憨貽誤十年

率驚潰，冤冤枉枉的做了好千百個鬼奴。虎而稱文，宜乎沒用。

　　呂文德聞援師連敗，方自悔輕許榷場，不禁嘆恨道：「我實誤國，悔無及了。」曉得已遲。因發生背疽，稱疾乞休。詔授少師，兼封衛國公，應封他為誤國奴。未幾即死。他的女夫，就是范文虎，賈似道升他為殿前副都指揮使，令典禁兵。阿翁誤國，尚嫌未足。反要添入一婿，何苦何苦！一面調兩淮制置使李庭芝，轉任兩湖，督師援襄、樊。文虎恐庭芝得功，自願再援襄陽，因貽書似道，謂：「提數萬兵入襄陽，一戰可平，但不可使受京閫節制。若得託恩相威名，幸得平敵，大功當盡歸恩相」云云。似道大喜，即提出文虎一軍，歸樞府節制，不受庭芝驅策。庭芝屢約文虎進兵，文虎只推說尚未奉旨，自與妓妾嬖倖，擊鞠蹴球，朝歌夜宴，任情取樂。呂文煥日守圍城，專待援音，哪知都中的權相，閫外的庸將，統在華堂錦帳中，尋些風流樂事，管什麼襄陽不襄陽。似道還再四稱疾，屢請歸田，度宗苦口慰留，甚至泣下。初詔六日一朝，一月兩赴經筵，繼復詔十日一朝，似道尚不能遵限。間或入謁度宗，度宗必起身避座。及似道退朝，又目送出殿，始敢就坐。似道益傲慢無忌，甚至累月不朝。度宗聞襄陽圍急，屢促入朝議事，似道尚延宕不至。一日，似道與群妾踞地鬥蟋蟀，方在拍手歡呼的時候，忽報有欽使到來，似道轉喜為怒道：「什麼欽使不欽使？就令御駕親臨，也須待我鬥完蟋蟀哩。」也算督戰。言已，仍踞地自若。良久方出見欽使，欽使傳度宗命，極力敦勸。似道方允於次日入覲。翌日，入朝登殿，度宗慰問已畢，方語道：「襄陽被圍，已近三年，如何是好？」似道佯作驚愕道：「北兵已退，陛下從何處得此消息？」度宗道：「近有女嬪說及，朕所以召問師相。」似道不禁懊惱，半晌才答道：「陛下奈何聽一婦人？難道舉朝大臣，統無耳目，反使婦人先曉麼？」你只能騙朝廷，不能騙宮禁，手段尚未綿密。度宗不敢再言，似道悻悻退

出。後來盤詰內侍，方知女嬪姓氏，竟誣她有曖昧情事，硬要度宗賜死。度宗硬了頭皮，令女嬪勒帛自盡。可憐紅粉佳人，為了關心國事，繫念民瘼，竟平白地喪了性命。可惜史不書氏。

似道才促范文虎統中外諸軍，往救襄陽，襄陽雖已被圍，尚有東西兩路可通，由京東招撫使夏貴，累送衣糧入城，城內守兵，倖免凍餒。蒙古將張弘範（即張柔子），獻計史天澤，謂：「宜築城萬山，斷絕襄陽西路，立柵灌子灘，斷絕襄陽東路，東西遏絕，城內自坐斃了。」天澤依計而行，即令弘範駐兵鹿門，襄、樊自是益困。范文虎帶領衛卒，及兩淮舟師十萬，進至鹿門。蒙古帥阿朮夾江列陣，別令軍趨會丹灘，犯宋軍前鋒。文虎督著戰船，逆流而上，好容易到了會丹灘畔，猛聽得鼓聲大震，喊殺連聲，連忙登著船樓，向西望去，但見來兵很是踴躍，已恐慌到五六分；且遠遠看著大江兩岸，統是蒙古兵隊，旌旗蔽日，戈鋋參天，幾不知他有若干人馬，愈覺心膽欲碎。說時遲，那時快，蒙古兵已鼓譟突陣，順流衝擊，他還未曾鳴鼓對仗，竟先飭舟子返戈數步。看官！你想行軍全靠銳氣，有進無退，乃能制敵。主將先已退縮，兵士自然懈體，略略交戰，便已棄甲拋戈，向東逃走。文虎逃得愈快，所棄戰船甲仗，不可勝計。

李庭芝聞文虎敗還，上表自劾，請擇賢代任，有詔不許，且令移屯郢州。庭芝偵知襄陽西北，有水名青泥河，源出均房，當命就河中築造輕舟百艘，每三舟聯成一舫，中間一舟，裝載兵器。兩旁舟有篷無底，懸揭重賞，募善戰善泅的死士，得襄、郢、山西民兵三千人，用張順、張貴為統轄。兩張俱有智勇，素為民兵所服，號貴為矮張，順為竹園張。二人即奉命，便號令部眾道：「此行是九死一生，汝等倘尚惜死，寧可退伍，毋敗我事。」三千人齊稱願死，無一求去。適漢水方生，兩張遂發舟百艘，由團山進高頭港門聯結方陣，夜漏下三刻，拔椗出江，用紅燈為號，貴先

第九十七回　援孤城連喪二將　寵大憝貽誤十年

登，順繼進，乘風破浪，徑犯重圍，至磨洪灘上，敵兵布舟蔽江，無隙可入。貴駛舟直進，令順率善泅水卒，自船底下水，就波流中斫斷敵舟鐵絚，復鑿通敵舟底面，敵舟半解半沉，當然驚惶。貴乘勢殺開血路，且戰且進。黎明抵襄陽城下，城中久已絕援，聞貴等到來，喜出望外，大家開城迎貴，勇氣百倍，戰退敵軍。及收兵還城，獨失張順。趁數日，有浮屍溯流上來，被甲冑，執弓箭，直抵浮梁。城中遣人審視，不是別人，正是張順，身中四創六箭，怒氣勃勃如生。軍士驚以為神，結塚殮葬。曾記宋江部下有一張順，戰死湧金河，此處復得一張順，戰死襄陽城下，同姓同名，煞是一奇。

　　貴入襄陽，文煥留與共守，貴奮然道：「孤城無援，不戰亦斃，看來只好向范統帥處求救，俟援軍到來，內外夾擊，或可退敵。」文煥也無詞可說，乃令貴設法乞援。貴募得二士，能伏水中數日不食，乃付以蠟書，令泅水齎往范文虎軍前。范得書，許發兵五千，駐龍尾洲，以便夾攻，仍令二士持書還復。貴既得還報，即別文煥東下，檢視部眾登舟，獨缺一人，係先前有罪被笞，因致亡去。貴大驚道：「我謀被洩了，應趕緊起行，敵或未知，尚可僥倖萬一。」乃舉炮發舟，鼓楫破圍，乘夜順流斷絚，竟得殺出險地。駛至小新河，見敵兵分艤戰艦，前來截擊，貴正麾眾死鬥，望見沿岸束荻列炬，火光燭天，隱隱間見有來船，旗幟紛披，此時已近龍尾洲，正道是范軍來援，喜躍而前。哪知來舟俱係敵兵，由阿朮、劉整兩路殺來。及兩舟相近，貴始知不是宋軍，一時不及趨避，被他困在垓心，殺傷殆盡。貴身受數十創，力盡被執，不屈遇害。原來范軍本到龍尾洲，因風狂水急，退屯三十里。阿朮得亡卒密報，遂先據龍尾洲，以逸待勞，遂得擒貴。貴已被殺，由敵兵舁屍至城下，呼守兵道：「識得矮張都統麼？」守兵見是貴屍，不禁大哭，頓時全城喪氣，敵兵棄屍而退。文煥出

城收屍，附葬順塚，立雙廟以祀二忠，都是范文虎害他。再誓眾死守。

到了咸淳九年，襄陽已被圍五年，樊城亦被圍四年了。襄、樊兩城，本相倚為犄角，中隔漢水，由文煥值木江中，鎖以鐵緪，上造浮橋，借通援兵。敵帥阿朮督兵將值木鋸斷，並用斧劈開鐵緪，將橋毀去。文煥不能往援。阿朮更用兵截江，防襄陽援兵，自出銳師薄樊城。城中支持不住，遂被陷入。守將范天順仰天嘆道：「生為宋臣，死為宋鬼。」遂懸梁自縊。別將牛富，尚率死士百人巷戰，敵兵死傷甚多。富亦身被重傷，用頭觸柱，赴火捐軀。裨將王福見富死，不覺泣下道：「將軍死國事，我豈可獨生？」亦赴火死。襄陽失去犄角，愈加危急，守兵至撤屋為薪，緝關會為衣。文煥每一巡城，南望痛哭而後下，尚日望朝廷遣援。賈似道至此，也瞞不過去，上書自請防邊，陰令臺諫上章留己，度宗遂不令親出。群臣多保薦高達，謂可援襄，御史李旺，亦入白似道。似道搖首道：「我若用達，如何對得住呂氏？」旺出嘆道：「呂氏得安，趙氏危了。」似道再請啟行，事下公卿雜議。監察御史陳堅等以為：「師臣行邊，顧襄未必及淮，顧淮未能及襄，不若居中排程，較為得當。」度宗遂從堅議，留似道在都。似道仍然歌舞湖山，暫圖眼前的快樂，把襄陽置諸度外。

襄陽愈覺孤危，呂文煥日夕登城，防守不懈。一日，正在城樓指揮軍士，忽聞城下有人叫他姓名，急垂目俯視，乃是敵將劉整，來勸出降。文煥不與多言，暗令弓弩手射下一箭，整不及防備，適中右肩，虧得甲堅不入，才得免害。當下飛馬退回，痛恨不休。他將阿里海牙（一作阿爾哈雅），曾得西域人所獻新炮法，造炮攻破樊城，至是又移攻襄陽。接連彈放，一炮擊中譙樓，聲如震雷，城中洶洶，守卒多越城出降。劉整欲立碎襄城，入擒文煥，報一箭仇，阿里海牙道：「且慢！待我再去招降。他若知懼投誠，何必多害生靈。且將軍亦不應常記宿嫌，彼此各為其主，何足

第九十七回　援孤城連喪二將　寵大憝貽誤十年

介意？」阿里海牙係畏吾兒，人頗具有仁心，不應輕視。言畢，即身至城下，招呼文煥道：「爾等拒守孤城，迄今五年，為主宣勞，亦所應爾。但已勢窮援絕，徒苦城中數萬生靈，若能納款出降，悉赦勿治，且加遷擢，這是我主的詔命，由我代宣，決不相欺。」文煥聽著此言，也覺有理，不覺躊躇起來。阿里海牙見他俯首沉思，料已有點說動，索性再進一步，折箭與誓道：「我若欺你，有如此箭！」文煥乃應允出降，先納管鑰，次獻城邑。阿里海牙先入城中，邀文煥出迎阿朮，待阿朮進城，文煥交出圖籍，即與阿里海牙同往燕都。

　　是時蒙古主忽必烈，已改國號為大元，小子此後敘述，亦改稱蒙古為元朝（特別點明）。文煥入朝元主，元主如阿里海牙言，依詔遷擢，拜文煥為襄、漢大都督。文煥遂自陳攻郢計議，且願為先驅。前時固守五年，可謂堅忍，奈何一變至此。元主稱善，暫命休息，再圖大舉。這消息傳報宋廷，賈似道且入對度宗道：「臣始屢請行邊，不蒙陛下見許，若早聽臣言，當不至此。」看你後來如何？度宗亦覺自悔。文煥兄文福知廬州，文德子師夔知靖江府，均上表待罪，當由似道庇護，概置勿問。度宗曾召用江萬里、馬廷鸞為左右丞相，萬里數月即去，廷鸞踰年亦歸。朝中只知有似道，不知有度宗。度宗嘗有事明堂，命似道為大禮使，禮畢幸景靈宮，適逢天雨，似道請諸度宗，俟雨止乘輅。度宗自然允諾，偏偏雨不肯停，滂沱終日，胡貴嬪兄顯祖，侍度宗旁，請如開禧故事，乘逍遙輦還宮。度宗道：「恐平章未必允行。」顯祖誑言平章已允，度宗乃乘輦還宮。似道聞知，頓時大怒，便入奏道：「臣為大禮使，陛下舉動，不得預聞，臣尚在此何用？」說著，即大踏步出朝，竟向嘉會門去了。全是撒賴。度宗驚惶萬狀，忙遣人慰留，似道不允。度宗不得已，罷顯祖官，涕泣出胡貴嬪為尼，似道乃還（此段是補述）。及襄、樊俱失，又上言：「事勢如此，非

臣上下驅馳，聯絡情勢，將來恐不堪設想。」度宗道：「師相豈可一日離左右？」似道乃奏請建機速房，借革樞密院漏洩兵事，及稽遲邊報的弊端。還要欺人。

旋有詔令中外大小臣僚，密陳攻守事宜。四川宣撫司參議官，上陳救危三策，一係鎖漢江口岸，二係城荊門軍當陽界的玉泉山，三係峽州、宜都以下，聯置堡寨，保聚流民，且屯且耕。並繪築城寨形勢圖，連章並獻。似道匿不上聞。陳宜中已任給事中，言：「襄、樊失守，均由范文虎怯懦所致，宜斬首以申國法！」似道不許。只降文虎一官，調知安徽府，反將李庭芝罷職，改任汪立信為京、湖制置使，趙溍為沿江制置使。

溍係趙葵子，少年昧事，監察御史陳文龍，謂溍乃乳臭小兒，不足勝閫外任，頓時觸怒似道，把他斥退。嗣復用李庭芝為淮東制置使，兼知揚州，夏貴為淮西制置使，兼知廬州；陳弈為沿江制置使，兼知黃州。弈毫無韜略，諸事賈似道，玉工陳振民，呼他為兄，因得夤緣干進，竄登顯要，竟握重兵。咸淳十年似道母死，歸越治喪，詔命用天子鹵簿送葬，築墓擬山陵。百官亦奉詔襄事，立大雨中，終日無敢易位。葬畢，即起復入朝。

越數月，度宗竟崩，遺詔令皇子㬎即位。總計度宗在位十年，壽三十五歲。度宗為太子時，以好內聞，既即位，益耽酒色，向例召幸妃嬪，次日必詣閤門謝恩，書明月日。度宗朝，每日謝恩，多至三十餘人，卒至娥眉伐性，逾壯即崩。子㬎年僅四歲，為全后所出，庶兄名昰，年齡較長，眾議嗣立長君，獨賈似道主張立嫡，乃以㬎嗣帝位，奉謝太后臨朝稱制，封兄昰為吉王，弟昺為信王，命賈似道獨班起居，尊謝太后為太皇太后，全皇后為皇太后，小子有詩詠度宗道：

第九十七回　援孤城連喪二將　寵大憝貽誤十年

誤國何堪至十年，暗君奸相兩流連。

從知興替由人事，莫謂蒼蒼自有天。

帝㬎即位以後，宋事益日棘了。欲知一切情形，再閱下文便知。

襄、樊扼南北咽喉，二城俱失，蒙古兵可順流而下，江淮即不能守。故宋之存亡，關係於襄、樊之得失，范天順、牛富等之戰死，賈似道實使之，呂文煥之叛主降虜，亦賈似道實使之。似道不死，宋其尚有幸乎？度宗念冊立功，始終寵任似道，又每日召幸嬪御，至三十餘人，豈以宗社將亡，聊作醇酒婦人之想歟？史謂度宗無大失德，夫色荒已足亡國，況拱手權奸，凡一切黜陟舉措，俱受制於大憝之手，不亡亦胡待也。彼如帝㬎以下，更不足譏矣。

第九十八回

報怨興兵蹂躪江右　喪師辱國竄殛嶺南

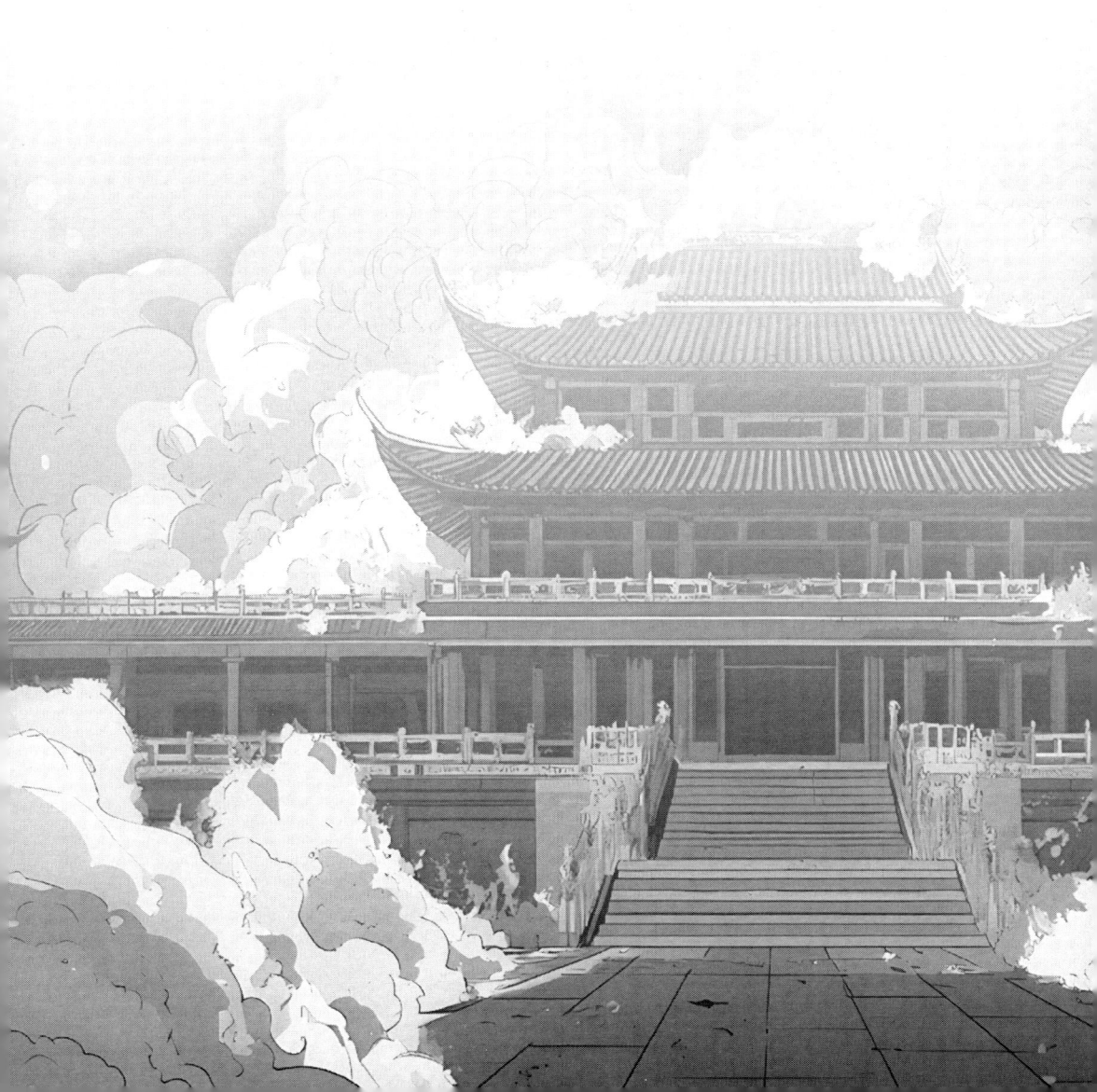

第九十八回　報怨興兵蹂躪江右　喪師辱國竄殛嶺南

卻說帝㬎嗣位，尚未改元，元主忽必烈已諭諸將大舉南侵，歷數賈似道拘使敗盟的罪狀，諭中有云：

自太祖皇帝以來，與宋使介交通。憲宗之世，朕以藩職，奉命南伐，彼賈似道復遣宋京詣我，請罷兵息民，朕即位之後，追憶是言，命郝經等奉書往聘，蓋為生靈計也。而乃執之以致師出，連年死傷相籍，係累相屬，皆彼宋自禍其民也。襄陽既降之後，冀宋悔禍，或起令圖，而乃執迷，罔有悛心，所以問罪之師，有不能已者。今遣汝等水陸並進，布告遐邇，使咸知之！無辜之民，初無與焉，將士毋得妄加殺掠！有去逆效順，別立奇功者，驗等第遷賞。其或固拒絕從，及逆敵者，俘戮何疑！（錄此諭以甚賈似道之罪。）

當下任命兩個大元帥，一是史天澤，一是伯顏（一譯作巴延），總制諸道兵馬。用降將劉整、呂文煥為嚮導，出兵二十萬南行。宋廷上面，小兒為帝，婦人臨朝，曉得什麼軍國大事？挾權怙勢，貪財好色的賈似道，正配那八字頭銜。依然歌舞湖山，粉飾承平。京、湖制置使汪立信，聞元朝又有出兵消息，免不得憂憤交迫，遂獻書宋廷道：

今天下大勢，十去八九，而君臣宴安，不以為虞。夫天之不假易也，從古已然，此誠宜上下交修，以迓續天命之機，重惜分陰，以趨事赴功之日也。而乃酣歌深宮，嘯傲湖山，玩歲愒日，緩急倒施，卿士師師非度，百姓鬱怨，欲上以求當天心，俯遂民物，拱揖指揮，而折衝萬里者，不亦難乎？為今日之計者，其策有二：夫內郡何事乎多兵？宜盡出之江干，以實外御，算兵帳，現兵可七十餘萬人，而沿江之守，則不過七千里，若距百里而屯，屯有守將，十屯為府，府有總督，其尤要害處，輒三倍其兵，無事則屯舟長淮，往來遊徼，有事則東西齊奮，戰守並用，刁斗相聞，饋餉不絕，互相應援，以為聯絡之固，選宗室大臣有幹用者，立為統制，分

東西二府以蒞任之，成率然之勢，此上策也。久拘聘使，無益於我，徒使敵得以為辭，請禮而歸之，許輸歲幣以緩歸期，不二三年，邊運稍休，藩垣稍固，生兵日增，可戰可守，此中策也。二策果不得行，則天敗我也，銜璧輿櫬之禮，請備以俟！

賈似道接閱此書，勃然大怒，將書擲道地：「瞎賊敢這般狂言麼？」原來立信一目微眇，因詬他為瞎賊，當即請旨罷斥立信，改用朱祀孫為京、湖制置使，兼知江陵府。元兵渡河南下，將至郢州，史天澤遇疾北還，諸軍並歸伯顏節制。伯顏遂分大軍為兩道，自與阿朮由襄陽入漢濟江，令呂文煥率舟師為先鋒，別命博羅歡（一作博囉幹，係亡兀人）由東道取揚州，監淮東兵，由劉整率騎兵為先行，兩個虎倀。水陸並進，旌旗延袤數百里。伯顏直抵郢州，在城西立營。宋都統制張世傑，正將兵屯郢，郢在漢北，疊石為城，另有新郢城築置漢南，中橫鐵絙，鎖住戰艦。水中密植木樁，夾以炮弩，要津亦皆設守，無隙可乘，元兵進薄郢城下，都被世傑擊退。阿朮獲住偵卒，好言撫慰，問他有無間道可出？俘卒謂宜出黃家灣堡，由河口拖船入藤湖，轉向下江，取道最便。阿朮乃轉告伯顏，伯顏復問呂文煥，文煥亦以為然。於是分兵攻拔黃家灣堡，盪舟自藤湖入漢，進至沙洋。沙洋曾設守城，伯顏遣俘卒持檄招降。守將王虎臣、王大用斬俘焚檄，登陴拒守。文煥復至城下招諭，亦不見應。會日暮風起，伯顏命軍士放炮縱火，順風焚城外廬舍，頓時煙焰蔽天，迷亂人目，守卒看不清楚，那元兵已緣梯登城，一擁而入。虎臣、大用力戰不支，均為所擒。

元兵遂進薄新郢城。文煥縛大用等至城下，令他招降，都統邊居誼不答。次日，大用等又至，居誼答道：「我欲與呂參政語，可請他來面談！」文煥聞言，即縱馬臨城，但聽得一聲梆響，城門陡啟，伏弩自城內亂射，幾似飛蝗。文煥亟欲回走，右臂已中了一箭，勉強忍住了痛，亟用左手揮

第九十八回　報怨興兵蹂躪江右　喪師辱國竄殛嶺南

鞭策馬,那馬又中箭蹶地,身亦隨僕。城中驅出健卒,各挾長矛來鉤文煥,文煥險些兒著手,經元兵齊來相救,急將文煥挾起,改乘他馬,疾馳得脫。為宋人大呼可惜。城卒已失去文煥,只得走回,城門復閉。元兵奮怒攻城,居誼督眾堅守,相持不下。伯顏增兵猛攻,一面射書城中,以爵祿誘降,總制黃順及副將任寧,為所誘惑,竟縋城出降。部下守卒,亦多縋城隨出。居誼開城驅出,悉數斬首。文煥乘隙來攻,居誼用火箭射退敵兵,不意入城休息,未及一時,城上已鼓聲大震,元兵蟻附而上,守卒不是被殺,就是卻走。居誼自知不支,拔劍自刎,偏鋒鈍不能斷喉,那時急不暇擇,竟投火自盡,新郢遂陷。伯顏以居誼忠烈,收屍瘞葬,遂進軍蔡店,大會諸將,指日渡江。

宋淮西制置使夏貴,正調集漢、鄂水師,分據要害,都統制王達守陽邏堡,京、湖制置使朱祀孫,用游擊軍扼住中流,元兵不得前進。伯顏乃用聲東擊西的計策,往圍漢陽,陽言將自漢口渡江,暗中恰遣別將阿剌罕,率奇兵襲取沙蕪口。夏貴果為所欺,專援漢陽,那沙蕪口竟被阿剌罕奪去。伯顏解漢陽圍,自沙蕪口入江,戰艦數千艘,進泊淪河灣口,遣使招降陽邏堡,被他拒回,進攻亦不克。伯顏又抄襲舊法,佯遣阿里海牙,再攻陽邏堡,暗令阿朮率四翼軍,溯流渡青山磯。阿朮黈夜潛進,適值風雪大作,宋軍未及預防,元兵安然上溯。到了天曉,阿朮見南岸多露沙洲,即登舟指麾諸將,命他速渡,並載馬後隨。萬戶史格(即天澤子)奉命飛駛,將達青山磯,為荊、鄂都統程鵬飛所阻,逆戰失利,阿朮率軍繼進,大戰中流。鵬飛抵當不住,退登沙岸。阿朮也薄岸進逼,縱馬登擊。鵬飛覆敗,負創奔鄂,失船千餘艘。元兵遂據住青山磯,徑向伯顏報捷。伯顏大喜,揮諸將急攻陽邏堡,夏貴正率舟師往援,聞阿朮已經飛渡,竟爾大駭,遽引麾下三百艘,沿流東還,並縱火焚掠西南岸,退屯廬州。陽

灑堡孤立失援，王達領所部八千人及定海水軍統制劉成，陸續戰死。伯顏遂渡江與阿朮會，進趨鄂州。

朱祀孫方領兵援鄂，聞陽灑堡敗沒，也不禁驚懼起來，連夜奔還江陵府。呂文煥傳檄勸降，於是知漢陽軍王儀，舉城降元。鄂州權守張晏然，與都統程鵬飛，也開城納伯顏軍。唯幕僚張山翁不屈，元諸將競欲殺張，伯顏獨稱為義士，釋令自便。山翁乃去。伯顏遂令阿里海牙率四萬人守鄂，且規取荊、湖，自與阿朮領大軍南下，直搗臨安。宋廷聞報大驚，連集群臣會議，大眾俱屬望賈師相，請他督兵，連三學生也如是云云。賈似道有何能力可督兵拒元？群臣及學生等俱請他督兵，無非嫉他權奸誤國耳。賈似道至此，沒法推諉，只好允議，遂有詔令他都督諸路軍馬，開府臨安，用黃萬石等參贊軍機，所關官屬，均得先命後奏。當就封樁庫內，撥金十萬兩，銀五十萬兩，關子一千萬貫，充都督府公用。王侯邸第，皆令輸助軍糈，並核僧道租稅，收供各餉，一面詔天下勤王。是時已是咸淳十年的暮冬，似道且在葛嶺私第中，與妻妾等圍爐守歲，還是花團錦簇，酒綠燈紅，快快活活的過了殘年。只此一遭了。

越日，為帝㬎嗣位第一年，紀元德祐，宮廷裡面，尚循例慶賀。是夕，即有警報到來，元兵入黃州，沿江制置使陳奕出降，元令為沿江都督。奕子巖守江東州，亦隨父降元，知蘄州管景模，又遣人迎降元兵。似道未免著急，亟召呂師夔參贊都督府軍事，任中流調遣。師夔不肯受命，竟與江州錢真孫，迎納元軍。伯顏命師夔知江州，師夔因就庾公樓，開設盛筵，請伯顏入宴，且獻宗室女二人侑酒。良心喪盡。伯顏赴宴入座，見二姝侍側，不禁發忿道：「我奉天子命，興仁義師，問罪宋廷，怎麼用女色蠱我？我豈為區區所動麼？」說得師夔滿面含羞，慌忙謝罪，即將二女遣出。伯顏喝過杯酒，便離坐自去，師夔徒叫著幾聲晦氣罷了。還是運氣，不致飲

第九十八回　報怨興兵蹂躪江右　喪師辱國竄殛嶺南

刃。知安慶府范文虎聞師夔降元，也起了異心，遣使至江州迎伯顏。伯顏先令阿朮至安慶，自率大兵繼往，文虎出城恭迓，敬禮備至。伯顏乃授文虎為兩浙大都督，獨通判夏倚仰藥自殺。呂、范本皆賈氏黨羽，接連叛去，急得似道不知所為。忽聞劉整病死無為城下，似道竟喜躍道：「劉整一死，敵失嚮導，這是上天助我呢。」叫你速死。原來元人南侵，本恃劉整、呂文煥為導引，旋由伯顏發令，遣整別將兵出淮南，整自請乘虛搗臨安，伯顏不從。整乃率騎兵攻無為軍，日久不克。聞文煥入鄂捷音，頓時失聲道：「首帥束我，使我功落人後。」因鬱憤而死。死已晚了。賈似道偏視為奇遇，竟上表出師，抽諸路精兵十三萬人啟行。金帛輜重，統滿載舟中，舳艫相銜，幾達百里。到了蕪湖，遣人通問呂師夔，令調停和議，師夔不答。

　　既而夏貴引兵來會，從袖中取出一書，指示似道，謂宋歷只三百二十年，似道也不多辯，但俯首嘆了兩聲，暗思夏貴等人都不可恃，乃復起汪立信為江、淮招討使，令就建康募兵。立信聞命，即日就道，與似道會晤蕪湖。似道拊立信背道：「不用公言，因致如此，今將若何措置？」急時抱佛腳，還有何益？立通道：「目今還有何策！寇已深入，江南無一寸乾淨土，立信此來，不過欲尋一片趙家地上，拚著一死，死要死得分明，方不失為趙家臣子呢。」光明磊落之言。似道暗暗懷慚，勉強對付數語，立信便告別而去。似道自知不妙，再遣宋京至元軍請稱臣奉幣，如開慶原約。伯顏答書道：「我軍未渡江時，尚可議和入貢，今沿江州郡，盡為我屬，還有什麼和議可言？必欲求和，請自來面議！」兩語甚妙。看官！你想似道得此覆書，敢去不敢去麼？

　　元兵進犯池州。知州王起宗遁去，通判趙卯發權攝州事，繕壁聚糧，為固守計。都統張林，屢諷卯發出降，卯發忠憤填胸，瞠目視林，林不敢

復言。已而林率兵巡江陰，納款元軍，陽助卯發為守，守兵俱為林屬。卯發知事不濟，乃置酒會宴親友，與訣死別，且對妻雍氏道：「城已將破，我為守臣，不當出走，汝可先去避難。」雍氏道：「君為忠臣，我獨不能為忠臣婦麼？」卯發道：「婦人女子，也能解此麼？」雍氏遂請先死，卯發怡然道：「既甘同死，何必求先？」明日元兵薄城，卯發晨起書幾上道：「國不可背，城不可降，夫婦同死，節義成雙。」書畢，即與雍氏對縊室中。張林開門迎降，伯顏入城，問太守所在。左右以死事對，伯顏很是嘆惜，命具棺合葬，親自祭墓而去。宋廷追贈卯發為華文閣待制，諡「文節」，妻雍氏為「順義夫人」。

似道聞池州又陷，乃簡精銳七萬餘人，盡屬孫虎臣，令截擊元軍，又命夏貴率戰艦二千五百艘，陸續繼進，自率後軍駐魯港，作為援應。虎臣有一愛妾，隨身不離，至是亦令乘舟相隨。身當大敵，尚攜愛妾，安能成事？甫至池州下流的丁家洲，望見敵舟相近，即艤艦待戰。猛聞炮聲迭震，彈火噴薄前來，所當輒靡。虎臣不覺驚愕，勉強麾兵對擊，哪知元將阿朮，復督划船數千艘，乘風疾至，呼聲動天地。宋前鋒統領姜才頗懷忠勇，挺身奮鬥，偏虎臣膽顫心驚，忙向姜舟上躍入，部眾頓時譁噪道：「步帥遁了！」遂相率潰亂。夏貴因虎臣新進，權出己上，本已事前觀望，此時即不戰而奔，徑駛扁舟掠似道船，大呼道：「彼眾我寡，勢不可支，請師相速自為計！」似道大懼，慌忙鳴鉦收軍。舳艫簸盪，忽分忽合，元將阿朮，乘間橫掃，伯顏復指揮步騎，夾岸助擊，宋軍不死刀下，也死水中，江水為之盡赤。所有軍資器械，統被元兵劫去。

似道奔至珠金沙，夜召夏貴等議事，適虎臣馳至，撫膺慟哭道：「我兵無一人用命，奈何？」但叫愛妾保全，他何足計。貴微笑道：「我從前與他血戰，倒也有幾次了。」似道因問及禦敵事宜，貴答道：「諸軍已皆

第九十八回　報怨興兵蹂躪江右　喪師辱國竄殛嶺南

膽落，不堪再戰，師相唯有速入揚州，招集潰兵，迎駕海上，我當死守淮西便了。」言已，解舟自去。似道與虎臣單舸奔還揚州，次日，見潰卒蔽江而下，似道令隊目登岸，揚旗招致，均不見應，或反用惡語相侵，害得似道無法可施。嗣是鎮江、寧國、隆興、江陰守臣，皆棄城遁走，太平、和州無為軍，復相繼降元。元軍趨陷饒州，知州事唐震不屈被害，闔家殉難。故相江萬里在籍，曾鑿池芝山後圃，署名止水，至是即自投水中。左右及子鎬，依次投入，積屍如疊。翌日，萬里屍猶浮出水上，由從役替他殮埋，入告宋廷，追封太傅益國公，賜諡文忠。唐震亦得諡忠介。歷詳忠節，力闡潛光。

似道上書請遷都，太皇太后不許。殿帥韓震，係似道爪牙，復以為請，乃下宰臣等詳議。當似道出師時，曾用李熷、章鑑為左右丞相，熷嘗力辭不允，至此主張固守，為韓震等所反對，竟自遁去。旋經京學生上疏，諫止遷都，因即罷議，再詔令各路勤王。先是勤王詔下，諸將多觀望不前，唯李庭芝嘗遣兵入援，此時又來了一個張世傑。參政陳宜中，還疑他自元軍來歸，把他部眾易去，另調一支新軍，歸他統帶。江西提刑文天祥，湖南提刑李芾，從前統忤似道意，貶竄出外，及聞臨安危急，文天祥募郡中豪傑，並結溪峒山蠻萬餘人入衛。芾亦招集壯士三千人，選將統轄，促令勤王。但大局已被似道攪壞，都中風鶴頻驚，單靠一、二忠臣義士，徒手募兵，奮身衛國，已是勢成弩末，不足有為。宋廷追回王熷，仍令輔政，右丞相章鑑卻託故徑歸，有詔進陳宜中知樞密院事。適值郝經弟郝庸奉元主命，來宋訪兄，宜中疏請禮遣經歸，乃令總管段佑，送經出境，經留宋十六年，歸至燕都，遇病即歿。元主諡為文忠，惋惜不置，因屢促伯顏進兵。伯顏遂進薄建康。江、淮招討使汪立信，自與似道別後，向建康出發，但見守兵悉潰，四面統是北軍，乃折回高郵，意欲控引淮、漢，作為

後圖。嗣聞似道師潰,江、漢守臣,望風降遁,不禁長嘆道:「我今日猶得死在宋土了。」因置酒訣別賓僚,自作表報謝三宮,且與從子書,屬以後事。夜半起步庭中,慷慨悲歌,握拳擊案,接連三響,以致失聲三日,竟扼吭而終。及元兵至建康,立信愛將金明,挈立信家人走避。或以立信三策告伯顏,請戮立信妻孥。伯顏嘆息道:「宋有是人,能為是言,如果宋廷採用彼策,我怎得率兵到此?這是宋朝忠臣,奈何可戮及妻孥呢?」遂命訪求立信家屬,恤以金帛。金明扶立信櫬,歸葬丹陽。建康都統徐旺榮迎伯顏入建康城,伯顏復遣兵四出,收降廣德軍,宋廷益震。似道窮迫無計,因繳還都督府印。

　　陳宜中問堂吏翁應龍,謂似道現在何處?應龍答以不知。宜中疑他已死,即上疏乞誅似道。太皇太后謝氏道:「似道勤勞三朝,不忍因一朝失算,遽置重刑。」乃詔授賈似道醴泉觀使,罷免平章都督。凡似道所創弊政,次第革除,將公田給還田主,令率租戶為兵,放還竄謫諸人。並復吳潛、向士璧等官職,刺配翁應龍至吉陽軍,貶廖瑩中、王庭、劉良貴、陳伯大、董樸等官。既而三學生及臺諫侍臣,復連章請誅似道,太皇太后尚不肯從。似道亦上表乞求保全,且言為夏貴、孫虎臣所誤。有旨令李庭芝資遣似道歸越,守喪終制。似道尚留揚不歸。意欲何為?王爚復上論:「似道既不死忠,又不死孝,乞下詔嚴加譴責。」及頒詔下去,似道乃還紹興府。紹興守臣閉城不納。王爚復入白太后道:「本朝權臣稔禍,從沒有如似道的厲害,縉紳草茅,疊經彈論,陛下統擱置不行,如此不恤人言,將何以謝天下?」太皇太后乃降似道三官,居住婺州。婺人聞似道到來,爭作露布,驅逐出境,不准容留。監察御史孫嶸叟等又均上言罪重罰輕,更流竄至建寧府。國子司業方應發、中書舍人王應麟均謂:「必須遠投四裔,以御魑魅,且應重懲奸黨,借申國法。」乃下詔斬翁應龍,籍沒家產。廖

第九十八回　報怨興兵蹂躪江右　喪師辱國竄殛嶺南

瑩中、王庭均除名，竄逐嶺南。二人皆畏罪自盡。似道再被謫為高州團練使，安置循州，籍產充公。榮王與芮已晉封福王素恨似道，募人作監押官，令他途次除奸。會稽縣尉鄭虎臣欣然請行。這一番有分教：

作惡從無良結果，喪身徒博醜聲名。

欲知似道如何了局，且看下回說明。

南宋之亡，事事蹈北宋覆轍，外有強元，猶女真也，內有賈似道，猶蔡京也。女真侵宋，勢如破竹，強元亦然。北宋失守中原，尚有江南半壁，可以偏安，韓、岳、張、劉諸將，各任閫帥，兵力俱足一戰。故高宗南渡，傳祚猶百餘年。至南宋則僅恃江、湖；襄、鄂陷，江、淮去，誠如汪立信所云：「無趙氏一寸乾淨土。」有相與淪胥已耳。賈似道為禍宋罪魁，一死誠不足蔽辜，但宋廷諸臣，不於事前發其覆，徒於事後摘其奸，國脈已傷，大奸雖去，亦何益乎？故蔡京死而北宋隨亡，賈似道死而南宋亦繼之，權奸之亡人家國，固如此其烈哉！

第九十九回

屯焦山全軍告熸　陷臨安幼主被虜

第九十九回　屯焦山全軍告熸　陷臨安幼主被虜

　　卻說會稽縣尉鄭虎臣，奉福王與芮命，願充監押官。看官道是何因？原來虎臣父曾為似道所傾，刺配遠方，虎臣久欲報怨，湊巧遇著這個差使，當然奉命維謹，遂往押似道啟行。似道正寓建寧府開元寺中，侍妾尚數十人。虎臣到後，命將侍妾屏逐，即令似道登程，令輿夫撤去輿蓋，使曝行秋日中。且囑唱杭州歌為謔。每斥似道名，窘辱備至。一日入古寺，壁上有吳潛南行時所題詩句，虎臣因指示道：「賈團練！吳丞相何故至此？」似道慚不能答。既而舍陸登舟，進次南劍州的黯淡灘，虎臣復令似道觀水，謂此水甚清，可以就死。似道以未接詔命對。再行至漳州木綿庵，虎臣道：「我為天下殺似道，雖死何恨？」竟就廁上拉似道胸，折骨而死。先是似道柄國，位極人臣，嘗夢金紫人引到一客，語似道云：「此人姓鄭，能制死公命。」時大璫鄭師望方用事，似道疑是師望，且姓與夢合，因假他故勒令外竄，不意後來竟死鄭虎臣手中，可見存亡皆有定數，非人力所能強避哩。

　　冥冥間雖有定數，然如似道之怙惡不悛，不死何待？

　　宋廷命王爚平章軍事，陳宜中、留夢炎為左右丞相，併兼樞密使，都督諸路軍馬。宜中在太學時，與黃鏞等糾劾丁大全，編管遠州，當時曾號為六君子（應九十四回），後來大全被逐，宜中釋歸，夤緣似道，漸躋顯職。至蕪湖喪師，宜中疑似道已死，乃疏請正似道罪名，本來是個反覆刁詐的小人，且因鄭虎臣擅殺似道，立捕虎臣下獄，置諸死地。嗣復許似道歸葬，賜還田廬。太皇太后謝氏，還道他是存心忠厚，事事依從，又是一個賈似道。一面命張世傑總都督府諸軍，分道拒元。怎奈元兵日逼日近，臨安一夕數警，不得不格外戒嚴。同知樞密院事曾淵子，左司諫潘文卿，右正言季可，兩浙轉運使許自，浙東安撫使王霖龍，侍從陳堅、何夢桂、曾希顏等數十人，皆遁去。簽書樞密院事文及翁，同簽書院事倪普，故意

令臺諫劾己。章尚未上，已出關潛逃。花樣翻新。太皇太后聞知此事，特下詔戒禁，榜示朝堂云：

我朝三百餘年，待士大夫以禮，吾與嗣君，遭家多難，爾大小臣工，未嘗有出一言以救國者。內而庶僚，畔官離次，外而守令，委印棄城。耳目之司，既不能為吾糾擊，二三執政，又不能倡率群工，方且表裡合謀，接踵宵遁。平時讀聖賢書，自許謂何？乃於此時作此舉措，生何面目對人，死亦何以見先帝？天命未改，國法尚存，其在朝文武官，並轉二資，其畔官而遁者，令御史臺覺察以聞，量加懲譴！

這詔雖下，朝中百官，尚不免有逃逸等情；大家顧命要緊，能有幾個忠君愛國的志士，肯出來支撐危局？最可笑的是邊境守將，還是仗著一柄利劍，亂殺外使，一誤不足，至再至三，哪得不益挑敵怒，自速危亡呢？元禮部尚書廉希賢及工部侍郎嚴忠範，齎奉國書，南抵建康，與伯顏相見。希賢請兵自衛，伯顏道：「行人恃言不恃兵，兵多反致增疑哩。」希賢固請，伯顏乃遣兵五百人送行。到了獨松關，宋守將張濡不管什麼利害，竟遣部曲襲殺忠範，並執希賢送臨安。希賢病瘡道死，宋廷才知惹禍，亟使人移書元軍，略言：「戕使事係邊將所為，朝廷實未預知，當依法按誅，還乞貴國罷兵修好！」伯顏因再遣議事官張羽，偕宋使還臨安，途過平江，又被守將殺死。真是野蠻舉動。於是伯顏怒上加怒，遣兵四出，收降常州。阿里海牙又攻入岳州，安撫使高世傑戰敗降元，為阿里海牙所殺，總制孟之紹舉城迎降。再進破沙市城，監鎮司馬夢求自縊。京、湖宣撫使朱祀孫及副使高達，聞元兵連陷州城，已是忐忑不安，及阿里海牙轉攻江陵，達累戰累敗，竟與祀孫等輸款元軍。阿里海牙入江陵城，命祀孫移檄部屬，勸使歸附。湖北諸郡，如歸峽、郢、復、鼎、澧、辰、沅、靖、隨、常德、均、房、施、荊門諸城，相繼皆降。荊南已為元有，伯顏無西顧憂，安心東下。

第九十九回　屯焦山全軍告燼　陷臨安幼主被虜

阿朮前驅至真州，遣弁目李虎持招降書入揚州城，宋制置使李庭芝焚書殺虎，遣統制張俊出戰。俊反持元降臣孟之縉書，回城招降。庭芝復毀去來書，梟俊首級示眾。一面出金帛牛酒，宴犒將士。人人感憤涕泣，誓同死守。真州守將苗再成，與宗室子趙孟錦，迎擊元兵於老鸛嘴，失利而還。阿朮乘勝趨揚州，庭芝令統制姜才出戰，才赴三里溝，布三疊陣，擊敗敵眾。阿朮佯退，誘才往追，至揚子橋，徑還兵再戰，兩軍夾水列陣。元將張弘範率二十騎，絕流南渡，來衝宋軍，才堅壁不動。弘範屢突不入，又佯為趨避，才將回回躍馬出陣，挺著大刀，去追弘範。弘範待他追近，陡然回馬，運動手中長槍，把回回刺落馬下。回回以驍悍聞，忽被刺死，嚇得宋軍一齊膽落，竟爾潰退。阿朮、弘範後先馳擊，宋軍自相踐踏，傷斃甚眾。姜才肩上亦被流矢所中。才大吼一聲，拔矢揮刀，回截元兵，剁死了好幾人，元兵才不敢逼，由才收潰軍入城。

阿朮又進薄揚州南門，庭芝登城堵御，一攻一守，還算旗鼓相當，沒甚勝敗。宋將劉師勇，本自民兵進身，積功至濠州團練使，至是克復常州，升任和州防禦使，助知州事姚訔守城，兵威少振。浙右諸軍，亦漸來援助。張世傑乃召劉師勇、孫虎臣等，大集舟師，進次焦山，為揚州聲援，途次，聞成都安撫使昝萬壽，舉嘉定諸城降元，兩川郡縣，亦多叛去（兩川事用簡筆帶敘）。世傑愈覺孤危，定計與元兵死戰，決一勝負，令以十舟為方，碇江中流，非有號令，無得發碇，示以必死。世傑計議多迂，實非將才。元阿朮登石公山，望見陣勢，便微笑道：「這軍可燒而走呢。」遂選弓弩手千人，用巨舟裝載，分作兩翼，夾射宋師。阿朮由中路進戰，方與宋師接仗，即用火箭接連注射。宋師碇舟為陣，無從散駛，徒落得篷檣俱毀，煙焰蔽江。大眾進退兩難，除投江自盡外，竟無別法。元將張弘範、董文炳等，復用銳卒橫擊，殺得宋師七零八落。張世傑不復能軍，只

好奔回圌山，棄去黃白鷂船七百餘艘。劉師勇還常州，孫虎臣還真州。

　　世傑表請濟師，適宋廷執政，互生意見，你排我擠，還有什麼心思去顧世傑？先是世傑出師，平章王爚上言：「陳、留二相，宜出一人督師吳門，否則自己請行。」陳宜中陰懷忮忌，暗沮爚議。至世傑敗績焦山，爚復入請道：「今二相併建都督，廟算指授，臣不得預知，近因六月出師，諸將無統，臣豈不知吳門去京，為路不遠？不過因大敵在前，非陛下自將，即大臣出督，方能事專責成，可望卻敵。今世傑因諸將離心，遂至失敗，試問國家今日，尚堪幾敗麼？臣既無職可守，有言不從，自愧素餐，乞罷平章重任。」太皇太后不許。既而京學生劉九皋等，又伏闕上書，歷數陳宜中擅權誤國，不亞似道，疏入不報。宜中竟悻悻自去，太皇太后遣使召還，累徵不至。沒奈何捕劉九皋等下獄，罷爚平章軍國重事。爚尋病卒。宜中歸至溫州，仍不造朝，太皇太后自作手書，遺宜中母楊氏，令轉促宜中入都。宜中尚乞以祠官入傳，進拜醴泉觀使。是時左相虛席，太皇太后欲召李庭芝入相，因加夏貴為樞密副使，兼兩淮宣撫大使，令與淮東制置副使知揚州朱煥互調。貴不受命，煥仍回揚州，連李庭芝亦不能離任。

　　會文天祥提兵入衛，久留不遣，至宜中還朝，乃令天祥知平江府，與李芾知潭州的詔命，同日頒行。天祥臨行時，特上疏請建四鎮，略云：

　　本朝懲五季之亂，削藩鎮，建都邑，一時雖足以矯尾大之弊，然國以寖弱，故敵至一州則一州破，至一縣則一縣殘，中原陸沈，痛悔何及？今宜分天下為四鎮，建都督統御於其中，以廣西益湖南，而建閫於長沙。以廣東益江西，而建閫於隆興。以福建益江東，而建閫於番陽。以淮西益淮東，而建閫於揚州。責長沙取鄂，隆興取蘄黃，番陽取江東，揚州取兩淮。地大力眾，乃足以抗敵，約日齊奮，有進無退，日夜以圖之。彼備多

第九十九回　屯焦山全軍告燼　陷臨安幼主被虜

力分，疲於奔命，而吾民之豪傑者，又伺間出於其中，如此則敵不難卻也。（汪立信沿江之計，文天祥四鎮之謀，俱屬當時要計，故備錄之。）

宋廷方用留夢炎為左丞相，再任陳宜中為右丞相，併兼樞密使，都督諸路軍馬。兩相見了此疏，俱以為迂闊難行，擱置不答。天祥嘆息而去。

元統帥伯顏方自建康渡江，分兵三路，同時東下，阿剌罕（一作阿樓罕）、奧魯赤（一作鄂囉齊）。率右軍出廣德四安鎮，趨獨松關，董文炳、姜衛率左軍出江並海，取道江陰，趨澉浦、華亭，用范文虎為先鋒。伯顏自將中軍，趨常州，用呂文煥為先鋒，水陸並進，期會臨安。文天祥至平江，正值常州被圍，亟遣部將尹玉、麻士龍、朱華，與陳宜中遣援的張全，會師赴援。士龍與玉陸續戰死，全與華不戰即還，常州援絕勢孤，知州事姚訔，通判陳炤，都統王安節，與劉師勇協力固守。伯顏遣使招降，譬喻百端，終不見聽。因遂役城外居民，運土為壘，連人帶土，一併填築，且殺民煎膏取油，作炮轟城。城中危急萬狀，炤等守志益堅。伯顏乃督帳前諸軍，奮勇爭先，四面並進，城遂被陷，姚訔、陳炤皆戰死，王安節被擒，亦罵敵死節。全城屠戮殆盡。唯劉師勇用八騎突圍，奔往平江。元將阿剌罕亦攻克廣德軍四安鎮，還有別將蘇都爾岱、李恆等，又進軍隆興，連拔江西十一城，直逼撫州。安撫使黃萬石奔建昌，都統密佑，麾眾逆戰集賢坪，兵敗被執，從容就刑。元兵復進取建昌，萬石入閩，尋且降元，統制米立，迎戰江坊，亦為元軍所獲。阿剌罕令萬石諭降，立始終不屈，殺身全忠。

宋廷令謝枋得招諭江西，其實江西諸郡縣，已大半沒入敵軍，枋得本與呂師夔友善，欲貽書相勉，令介紹和議，適師夔北去，不及而返，因請命改知信州。元將阿剌罕略定江西，進攻獨松關，守將張濡聞風遁去。宋廷太懼，促文天祥入衛。天祥與張世傑會商，以為：「淮東堅壁，閩、廣

全城，若與敵血戰，萬一得捷，又命淮師截敵後路，國事或尚可為。」世傑甚以為善，入奏宋廷，偏陳宜中入白太皇太后，謂王師務宜慎重，竟將他奏議打消。慎重慎重，坐待敵軍深入，束手就擒而已。左丞相留夢炎且不告而去。宜中沒有他法，只有求和一策，當遣工部侍郎柳岳，至元軍通好。岳至無錫見伯顏，且泣且請道：「嗣君幼沖，尚在衰絰，自古禮不伐喪，貴國為何興師？況前此失信背盟，俱出賈似道一人，今似道伏誅，貴國亦可恕罪了。」伯顏艴然道：「汝國執戮我行人，所以興師問罪。從前錢氏納土，李氏出降，俱係汝國成制。況汝國得諸小兒，今亦應失諸小兒，天道好還，何必多言！」（回應首文。）岳無詞可對，只好退還。及伯顏入平江，宜中復奏遣宗正少卿陸秀夫，及兵部侍郎呂師孟，與柳岳再赴元軍，情願稱姪納幣，否則降稱姪孫。且囑呂師孟轉達文煥，乞他通好罷兵。師孟係文煥猶子，滿望就此成議，哪知伯顏仍然不許。秀夫等還報，宜中再白太皇太后，願奉表求封為小國。太皇太后只泣涕漣漣，毫無成算，一任宜中取決。宜中乃命直學士院高應松草表，應松不允，改命京局官劉褒然屬草，再遣柳岳齎表前往，行至高郵秬家莊，被土民秬聳殺死。

元兵逐漸進逼，宋廷惶急得很，好容易度過殘年，算作德祐二年的元旦，宮廷內外，統是食不甘，寢不安，也無心行慶賀禮，過了一日，忽接湖南警耗，潭州失守，湖南鎮撫大使兼知州事李芾死難。原來潭州為阿里海牙所圍，已三閱月，由李芾竭力拒守，大小數十戰，無從卻敵。阿里海牙督攻益急，且決水灌城，城中大困，力不能支。諸將泣白李芾道：「事已急了，我等當為國死，但百姓不堪殘虐，奈何？」芾怒叱道：「國家平時，厚養汝等，正為緩急起見，汝等但務死守，若再敢多言，我先斬汝。」諸將無言而退。元旦這一日，天尚未曉，元兵蟻附登城。知衡州尹谷，時寓城中，料知事不可為，即與家人自焚死。芾正留賓佐會飲，尚

第九十九回　屯焦山全軍告熸　陷臨安幼主被虜

手書「盡忠」二字，作為軍號。及賓佐出署，城已被陷，參議楊霆投水自盡。芾坐熊湘閣，召帳下沈忠與語道：「我已力竭，義當死國，我家人亦不可為敵所辱，汝可盡殺我家，然後殺我。」忠泣謝不能。芾堅令照行，忠乃勉允。當下召集家人，取酒與飲，大眾盡醉，乃由忠一一下手。芾亦引頸受刃，闔家具死。忠遂縱火焚室，復還家殺死妻孥，再至火所大慟，舉身投地，隨即自刎。烈哉烈哉！幕僚陳億孫、顏應焱皆自盡。潭民亦多舉家殉難，城無虛井，林間懸屍相望。阿里海牙入城後，傳檄諸郡，袁、連、衡、永彬、全道、桂陽、武岡諸州縣，望風降附。唯寶慶通判曾如驥，不屈而死。

宋廷聞警，贈芾端明殿大學士，予諡忠節，都城戒備愈嚴，訛言益甚。參知政事陳文龍，同簽書樞密院事黃鏞，又相繼遁去。確是三十六策的上策。有旨命吳堅為左丞相，常楙參知政事。日午宣詔慈元殿，文班止到六人，未幾楙又潛遁。旋聞嘉興知府劉漢傑，舉城降元，安吉州戍將吳國定，復輸款元軍，知州趙良淳與提刑徐道隆先後死事，諸關兵盡潰。太皇太后日夕惶惶，便欲向元稱臣，奉表乞和。陳宜中頗有難色。何必做作？太皇太后泫然道：「苟存社稷，稱臣亦不足惜呢。」乃遣監察御史劉岊，如元軍奉表稱臣，上元主尊號，願歲貢銀絹二十五萬，乞存境土，聊奉烝嘗。伯顏尚不肯允，必欲宋君臣出降。岊無奈返報，太皇太后召群臣會議，文天祥請命吉王、信王，出鎮閩、廣，徐圖恢復，議上未決，宗室大臣，申請如天祥議，乃晉封吉王昰為益王，出判福州，信王昺為廣王，出判泉州。二豎子亦不足濟事。陳宜中恰率群臣入宮，面請遷都。太皇太后不許，宜中慟哭以請，乃命具裝待發。及暮，宜中不入，太皇太后怒道：「我本不欲遷，經大臣固請，才有是命。哪知竟來誑我呢？」遂脫簪珥拋擲地上，閉閤而泣。全是一村婦俗態。其實宜中尚非面欺，不過因諸事倉

皇，未及預奏時期，才有此誤。越宿，聞元伯顏已至皋亭山，阿剌罕、董文炳各軍皆會，前鋒直抵臨安府北新關。文天祥、張世傑聯名上請，願移三宮入海，自率眾背城一戰。宜中視為危事，入定祕謀，竟遣監察御史楊應奎，齎奉傳國璽及降表，往投元軍。降表有云：

　　宋國主臣　，謹百拜奉表言：臣眇然幼冲，遭家多難，權奸賈似道，背盟誤國，至勞興師問罪，臣非不能遷避以求苟全，只以天命有歸，臣將焉往？謹奉太皇太后命，削去帝號，以兩浙、福建、江東西、湖南、二廣、四川、兩淮，現存州郡，悉上聖朝，為宗社生靈祈哀請死。伏望聖慈垂念，不忍臣三百餘年宗社，遽至隕絕，曲賜存全，則趙氏子孫，世世有賴，不敢弭忘！

　　伯顏受了璽表，遣還楊應奎，令傳語首相陳宜中，出議降事。不料宜中竟於是夕遁歸。宗社已拱手讓人，樂得逃回。張世傑、劉師勇等因朝廷不戰即降，憤憤入海。元遣都統卞彪，勸世傑降，世傑割斷彪舌，磔死中子山。師勇憂患成疾，縱酒而亡。太皇太后至此，只好就出降問題，做將下去，遂命文天祥為右丞相，與左丞相吳堅偕赴元軍，會議降約。天祥辭職不拜，即與吳堅同行。及見了伯顏，遂進言道：「北朝若以宋為與國，請退兵平江或嘉興，然後議歲幣與金帛犒師，北朝得全師而還，最為上策。若必欲毀宋宗社，恐淮、浙、閩、廣，尚多未下，兵連禍結，利鈍難料，請執事詳察！」伯顏因他語言不遜，留置軍中，只遣堅還都。當即改臨安為兩浙大都督府，命將忙兀臺（一作蒙固岱）及降臣范文虎入城治事，再命張惠、阿剌罕、董文炳、張弘範、唆都（一作索多）等，入封府庫，收史館禮寺圖書及百司符印告敕，罷官府及侍衛軍，尋復索宮女內侍及諸樂官，宮女多赴水死節。太皇太后尚命賈餘慶為右丞相，劉岜同簽書樞密院事，與左丞相吳堅，簽書樞密院事家鉉翁等，並充祈請使如元，先

第九十九回　屯焦山全軍告熸　陷臨安幼主被虜

　　至伯顏軍營，伯顏引文天祥與堅等同坐，賈餘慶語多諂諛，天祥即斥餘慶賣國，並責伯顏失信。呂文煥從旁勸解，天祥起身叱文煥道：「君家受國厚恩，不能以死報國，尚合族為逆，夫復何言！」文煥語塞。伯顏竟拘住天祥，令隨祈請使北行，一面進駐錢塘江沙上。錢江本有大潮，每日兩至，臨安人方望波濤大作，一洗而空，誰知潮竟三日不至，輿論以為天數，相率諮嗟罷了。

　　伯顏聞益王、廣王已出臨安，復遣范文虎率兵南追。駙馬都尉楊鎮本隨二王同行，聞報反馳還臨安，與二王作別道：「我將就死該處，藉緩追兵。」途次遇著文虎，偽言二王已往就鎮。文虎乃執鎮還報，伯顏因入臨安城，建大將旗鼓，率左右翼萬戶巡城，觀潮浙江。又登獅子門覽臨安形勝，部分諸將適福王與芮，自紹興至，伯顏好言撫慰，令隨帝㬎及全太后，入覲元都。且遣使入宮宣詔，免牽羊繫頸禮。德祐二年三月丁丑日，伯顏劫帝㬎及全太后，並福王與芮，沂王與檡，度宗母隆國夫人黃氏，駙馬都尉楊鎮等，一律北去。小子有詩嘆道：

　　殘局由來未易支，六齡天子更何知？
　　豈真天道無差忒，得失都應自小兒！

　　帝㬎北去，南宋已亡，尚有一段亡國尾聲，容至下回續敘。

　　宋多賢母后，而太皇太后謝氏實一庸弱婦，以之處承平之世，尚或無非無議，靜處宮闈，若國步方艱，強鄰壓境，豈一庸嫗所能任此？觀其初信賈似道，及繼任陳宜中，而已可知謝氏之不堪訓政矣。似道為禍宋之魁，夫人知之，宜中之罪，不亞似道，當元兵東下之時，如文天祥四鎮之謀，及其後血戰之策，俱屬可行。即至元兵已薄臨安，文、張請三宮移海，背城一戰，利鈍雖未可必，寧不勝於束手就俘乎？宜中一再阻撓，必

欲以國授虜而後快，是似道所不敢為者，而宜中竟為之。趙氏何負於宜中，顧忍出此謀？太皇太后何愛於宜中，顧寧受此辱？要之似道誤國，宜中賣國，謝后婦人，偷生惜死，卒為所欺，蓋亦一亡國奴也。靈鵲之祥，何足信哉。

第九十九回　屯焦山全軍告熸　陷臨安幼主被虜

第一百回
擁二王勉支殘局　覆兩宮悵斷重洋

第一百回　擁二王勉支殘局　覆兩宮悵斷重洋

卻說帝㬎被虜，除全太后、福、沂二王及隆國夫人、駙馬都尉外，庶僚謝堂、高夢松、劉褒然暨三學生等皆從行。獨太學生徐應鑣，與二子琦、崧，及一女元娘，皆赴井殉難。太皇太后謝氏因病不能行，暫留臨安。元伯顏留阿剌罕、董文炳等經略閩、浙，自劫帝㬎等北去。時知信州謝枋得為元兵所逐，竄往建寧山中，妻子皆被執，江東陷沒。制置使夏貴又以淮西降元。知鎮巢軍洪福為貴所殺。唯淮東、真、揚、泰各州，尚為宋土。孫虎臣已經憂死，李庭芝、姜才、苗再成等，各死守不去。會文天祥北行至鎮江，與幕客杜滸等十二人，乘夜亡入真州。苗再成迎入，與天祥共圖恢復。天祥貽書李庭芝，令同時舉兵，扼敵歸路。不意庭芝誤信潰卒，傳言元遣宋相說降真州，因疑天祥有詐，密囑再成亟殺天祥。再成不忍，紿天祥出閱城壘，才把庭芝文書相示。天祥憤甚，願往揚州自訴。再成乃遣兵二十人送往揚州，夜抵城下，聞門卒宣言，謂奉制置使令，捕文丞相甚急。天祥知事不妙，因變易姓名，沿東入海。途中飢寒交困，幸得樵夫相救，挈往高郵。秸家莊民秸聳迎天祥至家，遣子德潤護送至泰州，遂由通州泛海至溫州，訪求二王。還要訪求二主，戀主真誠，可謂僅有。途次聞益王昰已嗣立福州，改元景炎，乃自溫州再行航海，奔赴福州。

原來益王昰與弟廣王昺，自渡浙南行，由昰母楊淑妃及淑妃弟亮節，並昺母俞修容弟如珪及宗室秀王與檡擁護同往，途中為元兵所追，徒步匿山中七日。虧得統制張全，率數十騎走衛，乃同往溫州。適宋臣陸秀夫、蘇劉義等，亦接踵前來，乃議召陳宜中於清澳，召他何為？張世傑於定海，兩下遣使去訖。未幾陳、張俱至，因奉益王昰為都元帥，廣王昺為副，發兵除吏，命秀王與檡為福建察訪使，先入閩中，撫吏民，諭同姓，檄召諸路忠義，同謀興復。閩人頗多響應。於是陳宜中等，奉二王至福州，立益王昰為帝，改號景炎元年，尊楊淑妃為皇太妃，同帝聽政。遙上

帝顯尊號為「恭帝」，加封廣王昰為衛王，授陳宜中左丞相兼樞密使，都督諸路軍馬。賣國賊臣，尚堪重任麼？李庭芝為右丞相，陳文龍、劉黻參知政事，張世傑為樞密副使，陸秀夫簽書樞密院事，蘇劉義主管殿前司。命舊臣趙溍、傅卓、李班、翟國秀等，分道出兵，改福州為安福府，溫州為瑞安府，循例大赦。是日有大聲出府中，眾多驚僕。

越數日，文天祥來謁，廷議以李庭芝扼守淮東，不便至閩，右相尚是虛席，應授天祥為右相，兼知樞密院事。天祥不悅宜中，固辭不拜，乃改授樞密使，同都督諸路軍馬。天祥請還溫州，借圖進取，偏宜中欲倚用張世傑，規復兩浙，自蓋前愆，特命天祥開府南劍州，經略江西。江西由吳浚出兵，克復南豐、宜黃、寧都三縣，翟國秀亦進取秀山。傅卓至衢信，諸縣民亦多起應，偏元將唆都率兵拔婺州，復進陷衢州，故相留夢炎降元。唆都遣兵進擊吳浚，浚戰敗引還，國秀不戰即遁，傅卓亦為元兵擊敗，徑詣元江西元帥府乞降。還有廣東經略使徐直諒，初遣部將梁雄飛，奉款元軍，元將阿里海牙，授雄飛招討使，使徇廣東。自益王是立，檄至廣州，直諒變計拒雄飛，令李性道、黃俊等扼守石門。雄飛甘作虎倀，竟引元兵來攻，性道不戰先走，俊戰敗退歸，直諒棄城遁。雄飛竟入廣州，全城皆降。獨俊不降被殺。贛、粵事皆失敗，淮東又報淪亡，制置使李庭芝與姜才協守揚州，元將阿朮屢攻不下，自臨安被陷，元伯顏迫令太皇太后謝氏，手詔諭庭芝降，詔至阿朮軍前。阿朮使人至城下宣詔，庭芝登城與語道：「我只知奉詔守城，未聞有詔諭降。」阿朮沒法，仍然再攻，依舊不克。及帝㬎等被虜北去，庭芝涕泣誓師，盡散金帛犒士，令姜才率四萬人截擊瓜洲，謀奪兩宮。接戰至三時，元兵擁帝㬎避去，才追戰至浦子市，遇阿朮督兵夾擊，料知不能取勝，只好退還。阿朮令人招才，才慨然道：「我寧死，肯作降將軍麼？」真州苗再成，亦欲出兵奪駕，均不能如願。

第一百回　擁二王勉支殘局　覆兩宮恨斷重洋

　　帝㬎與全太后等至燕都，祈請使賈餘慶已先病死，高應松亦絕食而亡，唯吳堅及家鉉翁迎謁，伏地流涕，自言奉使無狀，不能儲存宗社，全太后等相對唏噓。及帝㬎進見元主，元主憐他幼弱，封為瀛國公，全太后自願為尼，乃令出居正智寺，嗣覆命帝㬎為僧。㬎時年僅六歲，後來竟病終沙漠。太皇太后謝氏，本留居臨安，過了數月，被元兵從宮中舁出，北至燕都，降封為壽春郡夫人，留燕七年乃歿。了過帝㬎及全太后。福王與芮，亦受元封為平原郡公。家鉉翁不就元官，自號則堂，館河間教授弟子，為諸生談宋興亡，常至泣下。至元成宗時，放還眉州原籍，賜號處士，贈金不受，卒以壽終家中（特提出家鉉翁以表節義），這是後話。

　　且說太皇太后謝氏，未發臨安，再遣數使諭李庭芝降元，庭芝不答，命發弩射死一使，餘使奔去。元阿朮遣兵守高郵、寶應，阻絕揚州糧道，復索得帝㬎諭旨，遣使招降。庭芝開壁納使，將他殺死，焚詔陴上。既而淮安、盱眙、泗州，均因糧盡出降，庭芝尚力戰不屈，糧盡繼以牛皮麴糵，甚至兵民易子相食，尚無叛志。會福州使命至揚，召庭芝為右相，庭芝令制置副使朱煥守揚城，自與姜才率兵七千趨泰州，不意庭芝甫出，朱煥即獻城出降。元阿朮分道追庭芝，庭芝馳入泰州，泰州裨將孫貴、胡唯孝，潛開北門納元兵，姜才適背上生疽，不能迎戰，庭芝亟投蓮池中，水淺不死，致為元兵所縛。姜才亦被執，由元兵押送揚州。阿朮責他不降，姜才憤叱道：「我是第一個不降，要殺就殺，何庸多言！」言下猶痛罵不已。阿朮愛他才勇，不忍加刃，偏降將朱煥入請道：「揚州自用兵以來，積骸滿野，統是李、姜二人所致，不殺何待？」喪盡良心。阿朮乃將李庭芝、姜才同時殺害，揚民莫不泣下。

　　元兵轉攻真州，守將趙孟錦乘霧出襲，及日出露消，元兵見來騎不多，鼓譟往逐，孟錦登舟失足，至墮水溺死，未幾城陷，苗再成亦死難。淮東

州縣，盡歸元屬。元再遣阿剌罕、董文炳、忙兀臺、唆都等，領舟師出明州。搭出（一譯作達春）、李恆、呂師夔等，領騎兵出江西，水陸南下，分徇閩、廣，復檄阿里海牙率兵略廣西。先是東莞民熊飛起兵，聯絡宋制置使趙溍，攻入廣州，元降將梁雄飛遁去。熊飛又進取韶州，新會令曾逢龍亦率兵來會，元將呂師夔越梅嶺，徑達南雄。趙溍令熊飛、曾逢龍拒戰，逢龍敗死，飛走還韶州。師夔攻韶，守將劉自立以城降，飛巷戰不支，赴水自盡。趙溍竄出廣州，不知去向。元阿剌罕、董文炳入處州，宋秀王趙與檡，適出兵浙東，往截元兵，逆戰瑞安，敗績被殺。弟與慮，子孟備，及觀察使李世達，監軍趙由噶，察訪使林溫皆從死。元兵長驅至建寧府，執守臣趙崇鐵，知邵武軍趙時賞等，均棄城逸去，福州震動。陳宜中、張世傑，亟備海舟，奉帝昰及楊太妃衛王昺，登舟西走。

　　福建招撫使王積翁，送款元軍，導阿剌罕等至福州。知州王剛中舉城降元。泉州招撫使蒲壽庚，至泉州港迎謁帝昰，請就州治駐蹕。張世傑以為非計，並取壽庚舟西行。壽庚大為怨望，竟把泉州城內的皇親國戚，搜殺多人，自與知州田子真，舉城降元。元阿剌罕收降泉州，遣使至興化軍勸降，宋正命參政陳文龍，知興化軍事，當下斬了來使，飭部將林華出戰。華反引元兵至城下，通判曹澄孫開門迎敵，文龍無從脫身，驟被執去。阿剌罕脅令歸降，文龍用手指腹道：「此中皆節義文章，怎得為汝脅迫呢？」也是個硬頸子。乃械送杭州，文龍竟絕粒而死。元將阿里海牙一軍，趨入廣西，知邕州馬墍，屯兵靜江，前後數十戰，死傷相籍。阿里海牙貽書招墍，許為江西大都督，又請元主降詔勸諭。墍焚詔斬使，阿里海牙洩濠傅陴，督眾登城。墍猶率死士巷戰，臂傷被獲，斷首後，尚握拳奮起，逾時才僕。兵民多被坑死。元兵遂分取郁林、潯、容、藤、梧等州。宋廣西提刑鄧得遇聞靜江已破，朝服南望拜辭，投南流江自盡。

第一百回　擁二王勉支殘局　覆兩宮悵斷重洋

那時赤膽忠心的文天祥，尚奔走汀、漳間，專想從江西進兵。汀州守將黃去疾，已與吳浚叛宋降元，浚且至漳州遊說天祥。天祥以大義相責，斬浚示眾，即引兵自梅州出江西，拔會昌，下雩都，又使趙時賞等分道取吉、贛諸縣，進圍贛州，自居興國縣排程。廣東制置使張鎮孫復克廣州，張世傑奉帝昰至潮州，又還軍討蒲壽庚。壽庚閉城自守，世傑傳檄諸路，攻取邵武軍。陳文龍猶子名瓚，也舉兵殺林華，奪還興化。又有淮人張德興、傅高，用宋景炎年號，舉民兵攻入黃州及壽昌軍，殺元宣慰使鄭鼎。四川制置副使張珏，自合州進兵，規復瀘、涪諸州，一隅殘宋，大有勃興的氣象。大約是迴光返照。看官道是何因？原來元諸王昔里吉（一譯作錫喇勒濟）叛據北平，元主因調回南方諸將，改圖北方，殘宋因得乘隙進兵，略得各地。嗣由元伯顏討平昔里吉，乃更命塔出、呂師夔、李恆等，率步卒出大庾嶺，忙兀臺、唆都、蒲壽庚及元帥劉深等，率舟師下海，合追二王。李恆方遣兵援贛，自至興國縣襲擊天祥。天祥不意恆兵猝至，與戰失利，往就永豐。永豐守將鄒㵯兵先潰，乃改趨方石嶺。恆督兵追及，天祥部將鞏信、張日中皆戰死，餘卒盡潰。天祥妻歐陽氏，及二子佛生、環生，俱被元兵擄去。天祥脫身急走，趙時賞坐著肩輿，在後徐行。追兵問時賞姓名，時賞詭說姓文，遂為追兵所拘，天祥乃得與長子道生及杜滸、鄒㵯等，乘騎奔循州。李恆既拿住時賞，令俘卒審視，才知是假冒天祥。時賞奮罵不屈，竟為所害。恆送天祥妻子家屬至燕，二子病死道中。元將唆都進援泉州，宋張世傑只好解圍，於是邵武復失，興化隨陷。陳瓚為唆都所獲，鐶裂畢命。唆都再取漳州，轉至惠州，與呂師夔合軍趨廣州。張鎮孫又以城降元，就是淮西的義民張德興，亦被元宣慰使昂吉兒攻殺，傅高變姓名出走，終遭捕戮。黃州壽昌軍又陷，到了景炎三年，四川制置副使張珏，被元將不花（一作布哈）、汪良臣等，分道掩擊，合州失

守，走至涪州，遇伏被執，解弓弦自經死。滿盤失去。

各路宋師，倏起倏滅，單剩張世傑一軍，奉帝昰走淺灣，又遇元將劉深來襲，不得已趨避秀山，轉達井澳。老天也助元為虐，陡起了一夜狂風，竟把帝昰坐舟，掀翻海灘，可憐沖齡孱主，溺入水中，經水手急忙救起，已是半死半活，好幾日不能出聲。劉深又率元兵追襲，張世傑再奉昰入海，至七裡洋，欲往占城，陳宜中託名招諭，先至占城達意，竟做了一去不還的壯士。世傑更遷帝昰至碙州，帝昰疾尚未癒，禁不起東西簸盪，出入洪波，急驚慢驚諸風症一併上身，兩眼一翻，嗚呼死了。年僅十一，名目算作三年的小皇帝。不堪卒讀。群臣多欲散去，簽書樞密院事陸秀夫道：「度宗皇帝一子尚存，何妨嗣立。古人一成一旅，尚致中興，今百官有司皆具，士卒尚有數萬。天意若未絕宋，難道竟不可為國麼？」乃與眾人共立衛王昺，年方八歲。適有黃龍現海中，因改元祥興，升碙州為翔龍縣。楊太妃仍同聽政。適都統凌震與轉運判官王道夫，復取廣州，張世傑遂擇得廣州外海的厓山，以為天險可恃，奉主移駐，遣士卒入山伐木，築行宮軍屋千餘間，造舟楫，製器械，忙碌了好幾月，即就厓山瘞葬帝昰，號為端宗，進陸秀夫為左丞相。秀夫正色立朝，尚日書大學章句，訓導嗣君。其行似迂，其志可哀。文天祥因母與弟均在惠州，復收集散卒，奉母攜弟，同出海豐，進次麗江浦，且上表厓山，自劾兵敗江西的罪狀。詔加天祥少保銜，封信國公，張世傑為越國公。可巧湖南制置使張烈良等，也起兵應厓山，雷、瓊、全、永，與潭州人民周隆、賀十二等，同時舉義，大群數萬，小群數千。元主命張弘範為都元帥，李恆為副，再下閩、粵，一面促阿里海牙，速平湖、廣。阿里海牙兼程至潭州，周隆、賀十二等不及防備，均被擒斬。張烈良等逆戰皆死。阿里海牙進略海南，招宋瓊州安撫趙與珞降。與珞不從，率兵拒白沙口，偏偏州民作亂，執與珞降元，與

第一百回　擁二王勉支殘局　覆兩宮悵斷重洋

珞被磔。海南一帶，相率歸元。

　　李恆由梅嶺襲廣州，凌震、王道夫累戰皆敗，棄城奔厓山。張弘範由海道進兵，襲擊漳、潮、惠三州。適文天祥屯兵潮陽，與鄒洬、劉子俊等，剿海盜陳懿、劉興，興伏誅，懿遁走，竟以海舟導元兵入潮陽。天祥率麾下走海豐，母與長子已遇疫皆亡，他尚始終為宋，心總不死，方至五坡嶺造飯，與眾共餐，突由元先鋒將張弘正，領兵追到，眾皆駭散，單剩天祥、劉子俊、鄒洬、杜滸等數人，盡為元兵拘住。天祥（冰片）不死。鄒洬自到。劉子俊冀免天祥，佯說天祥是假天祥，自云是真天祥，彼此互爭一番，畢竟有人認識，子俊以欺誑被烹，杜滸憂憤不食，未幾身死。弘正執天祥至潮陽，與弘範相見，左右叱天祥拜謁，天祥毅然不屈。弘範欲羈縻天祥，親為解縛，待以客禮。天祥一再請死，弘範不許，令處舟中。凡天祥族屬被俘，概令還伴天祥。天祥早具死念，因尚存一死灰復燃的希望，聊且在舟中寓著，滿腔忠憤，盡付詩歌。後世有文信國專集，小子不及細述。

　　唯張弘範進攻厓山，嘗使張世傑甥，三次招降，世傑不從。弘範令天祥作書相招，天祥道：「我不能扞父母，乃教人叛父母，如何使得？」弘範固令作書，天祥提筆寫就八句，乃是過零丁洋感懷詩，著末一韻道：「人生自古誰無死，留取丹心照汗青。」弘範覽畢，付諸一笑，遂督兵攻厓山。張世傑又用聯舟為壘的法兒，結大舶千餘，作一字陣，碇泊海中，中艫外舳，四周起樓棚如城堞，奉帝昺居中，為必死計。將士多以為非策，我亦云然。世傑慨然道：「頻年航海，何時得休？不若與決勝負，勝乃國家幸福，敗即同歸於盡罷了。」厓山兩門如對立，北面水淺，舟不能進。弘範繞舟大洋，轉入南面，用銳卒薄世傑舟，堅不可動。再用茅茨沃膏，乘風縱火，偏世傑已早防著，舟上皆塗水泥，經火不爇，弘範倒也沒法，

遣人語宋軍道：「汝陳丞相已去，文丞相已執，尚欲何為？」宋軍置諸不答。弘範乃用舟師據海口，斷宋軍樵汲要路，宋軍遂困。元將李恆又率舟師來會，弘範命守山北，自分部下為四軍，相去里許，下令諸將道：「宋舟西艤厓山，潮至必遁，宜乘潮進攻，聞我作樂乃戰，違令立斬！」祥興二年二月六日，大書特書。晨間有黑氣出山西，早潮驟漲。李恆先乘潮進攻，世傑率兵死戰，相持至午，勝負未分。俄聞南軍樂作，弘範督軍繼進，世傑南北受敵，軍士皆疲，不能再戰。但見旗靡檣倒，波怒舟搖，翟國秀、凌震等，俱解甲降敵。世傑兀自支持，戰至日暮，值風雨大作，昏霧四塞。咫尺不辨南北，料知大勢已去，竟與蘇劉義斷纜出港，帶著十六舟徑去。陸秀夫走至帝昺舟上，帝昺已驚作一團，秀夫見諸舟環結，度不能脫，乃先驅妻子入海，隨語帝昺道：「國事至此，陛下當為國死。德祐皇帝受辱已甚，陛下不可再辱。」遂負帝昺同投海中。後宮諸臣，從死甚眾。楊太妃聞昺死耗，撫膺大慟道：「我忍死至此，單為趙氏一塊肉，今還有什麼餘望！」也赴海而死。

　　世傑舟至海陵山下，適遇颶風大作，將士勸他登岸，世傑太息道：「無須無須。」因自登柁樓，焚香禱天道：「我為趙氏，已力竭了，一君亡，又立一君，今又亡，我尚未死，還望敵兵退後，別立趙氏以存宗祀，今風濤若此，想是天意應亡趙氏，不容我再生呢。」禱畢，風愈大，波愈湧，竟覆世傑舟。世傑墮水溺死。蘇劉義出海洋，為下所殺，無一非可憐事。南宋乃亡。自高宗至帝昺凡九主，歷一百五十二年，若與北宋合算，共得三百二十年。文天祥被執至元都，越三年，受刑燕市，由妻歐陽氏收屍，面目如生。張毅甫負天祥骸骨，歸葬吉州原籍。又越七年，謝枋得被脅北行，絕食死義，子定之護骸骨歸葬信州。二人為故宋遺臣，所以並志死節。宋事至此已終，後事備見《元史演義》，小子無庸申述了。爰賦二

第一百回　擁二王勉支殘局　覆兩宮恨斷重洋

絕，作為《宋史演義》全部的收場。

　　黃袍被服即當陽，三百年來敘興亡。
　　一代滄桑說不盡，倖存三烈尚流芳。
　　北朝無將南無相，華冑夷人混一朝。
　　寫到厓山同覆日，不堪回首憶陳橋。

　　本回敘南宋殘局，一氣趕下，幾似山陰道上，目不暇接。然每段恰自有線索，閒閒呼應，無一罅漏，是敘事文綿密處，亦即敘事文收束處。至若寫二王之殂逝，及文、張、陸三人之奔波海陸，百折不回，尤為可歌可泣，可悲可慕。六合全覆而爭之一隅，城守不能而爭之海島，明知無益事，翻作有情癡，後人或笑其迂拙，不知時局至此，已萬無可存之理，文、張、陸三忠，亦不過吾盡吾心已耳。讀諸葛武侯《後出師表》，結末云：「鞠躬盡瘁，死而後已，成敗利鈍，非所逆睹。」千古忠臣義士，大都如此，於文、張、陸何尤乎？宋亡而綱常不亡，故胡運不及百年而又歸於明，是為一代計，固足悲，而為百世計，則猶足幸也。

宋史演義——從屈膝求和至悵斷重洋

作　　者：蔡東藩	國家圖書館出版品預行編目資料
發 行 人：黃振庭	宋史演義——從屈膝求和至悵斷重洋 / 蔡東藩 著 . -- 第一版 . -- 臺北市：複刻文化事業有限公司 , 2024.10 面；　公分 POD 版 ISBN 978-626-7595-22-0(平裝) 857.4551　　　113015257
出 版 者：複刻文化事業有限公司	
發 行 者：複刻文化事業有限公司	
E-mail：sonbookservice@gmail.com	
粉 絲 頁：https://www.facebook.com/sonbookss/	
網　　址：https://sonbook.net/	
地　　址：台北市中正區重慶南路一段 61 號 8 樓 8F., No.61, Sec. 1, Chongqing S. Rd., Zhongzheng Dist., Taipei City 100, Taiwan	

電　　話：(02)2370-3310
傳　　真：(02)2388-1990
印　　刷：京峯數位服務有限公司
律師顧問：廣華律師事務所 張珮琦律師

定　　價：350 元
發行日期：2024 年 10 月第一版
◎本書以 POD 印製

電子書購買

爽讀 APP　　　臉書